In schwereloser Meisterschaft erzählt Gerhard Roth in diesem Roman, wie Menschen heute – auf dem Lande – leben. Er erzählt von einem Städter, der aufs Land gezogen ist, beschreibt scheinbar einfaches Leben: Maisernte, Fuchs- und Hasenjagden, den Tod eines alten Mannes, eine Hochzeit. Der Städter fügt sich nur allmählich in die Dorfgemeinschaft, hat zunächst Mühe, seine Beobachtungen, die Schwere der bäuerlichen Arbeit, die Gleichförmigkeit des ländlichen Lebens für sich selbst einzuordnen und hinzunehmen. Indem er sich aber den Bedingungen stellt, die Menschen und ihre Lebensumstände akzeptiert, erkennt er auch die inneren Zusammenhänge der Dorfgesellschaft. Als die Hauptfigur Ascher hinter der trügerischen Idylle einer schönen Natur und hinter der archaischen Exotik des auf den ersten Blick beschaulichen Lebens der Enge, die Hilflosigkeit, den Fatalismus der Bauern erkennt, entschließt er sich, dort tätig zu werden, wo man ihn braucht. Die *FAZ* schrieb zu diesem Roman, den sie im Vorabdruck brachte: »Etwas von Stifterscher Genauigkeit und Stille.«

Gerhard Roth wurde 1942 in Graz geboren. Nach einem Medizinstudium war er mehrere Jahre Organisationsleiter im Rechenzentrum Graz; er debütierte 1972 mit dem Roman ›die autobiographie des albert einstein‹; seither zahlreiche Romane, Erzählungen, Essays, Theaterstücke, Drehbücher für Film und Fernsehen; unter anderem wurde er mit dem Preis der Bestenliste des Südwestfunks (1978), dem Alfred-Döblin-Preis (1983), dem Marie-Luise-Kaschnitz-Preis (1992), Preis der Stadt Wien (1992) und dem Ehrenpreis des Österreichischen Buchhandels (1992) ausgezeichnet. Gerhard Roth lebt abwechselnd in Wien und in der Steiermark.
Die Werke von Gerhard Roth sind bei S. Fischer und im Fischer Taschenbuch Verlag erschienen.

1

Als Ascher nach einer unruhig verbrachten Nacht (in der er eine am Vorabend auf dem Dachboden zwischen Maiskolben entdeckte Hacke neben sein Bett gelegt hatte) erwachte, fiel sein Blick auf den noch gepackten Koffer. Er erinnerte sich, daß er nicht imstande gewesen war, die Einladung des Hausvermieters zur Fasanenjagd auszuschlagen und daß ihn der Gedanke daran bis zum Einschlafen belästigt hatte, nun aber bei Tageslicht fand er sich damit ab. Auf diese Weise würde er die Bewohner der Gemeinde kennenlernen, auch würde es ihm erspart bleiben, sie einzeln anzulügen. Beim Ankleiden dachte er kurz an seine Frau und das Kind, dann trat er aus dem Haus. Wegen des Nebels konnte er nur bis zum nächsten Apfelbaum sehen. Er ging die Straße entlang zur Hügelkuppe, wo er einen Mann, der ihm mit einem Rucksack entgegenkam, nach dem Haus des Jagdleiters fragte, jedoch verstand er seine Auskunft nicht, schloß aber aus der Handbewegung, daß er sich auf dem richtigen Weg befand.

Gerade als er den gesuchten Hof erreicht hatte, schleppte ein Jäger mit einem breiten Hut einen Rehbock vom Kofferraum eines abgestellten Autos zum Misthaufen. Der Rehbock trug schon das graue Winterfell. Jetzt erkannte Ascher eine Gruppe von anderen Jägern, die sich im Nebel zusammengestellt hatte. Wie er ihren abfälligen Reden entnehmen konnte, hieß der Jäger August Rogy. Ascher war ja in der Absicht gekommen, die Bewohner kennenzulernen, darum achtete er besonders auf Namen. Jemand brachte einen blauen Emailkübel mit heißem Wasser und einen Fetzen, und der Jäger hatte die Jacke in das Gras gelegt und begonnen, den Bock auszuweiden. Aschers Hausvermieter, der Zeiner hieß, war hinzugetreten, hatte einen Blick auf den Rehbock geworfen und eine gelangweilte Bemerkung gemacht, wobei er Ascher entdeckt hatte. Er erklärte den anderen respektvoll und nicht ohne eine gewisse Vertraulichkeit, Ascher sei Biologe am Max-Planck-Institut in Deutschland und halte sich hier wegen einer bei seinen Forschungsarbeiten zugezogenen Viruserkrankung auf, bis es ihm seine Gesundheit erlaube, nach Deutschland zurückzukehren. Mit dieser Erklärung gaben sich die Jäger zufrieden.

Rundherum lag brauner, von der Sonne durchleuchteter Nebel. Die Jäger hatten Gürtel mit dicken Schrotpatronen um den Bauch geschnallt. Über den Hügelkuppen breitete sich goldener Dunst aus.

Hier werde ich also lange bleiben müssen, dachte Ascher ohne Freude. Auf einer rotlackierten Futterschneidemaschine sah er ein Gewehr liegen.

»Es ist ein gutes Gewehr«, sagte Rogy und nahm es in die Hand.

Sie stiegen in die Autos und kamen zuerst ins Tal nach Unterhaag, wie das Dorf, so sagte Zeiner, hieß. Unterwegs fuhren sie an den Maishaufen vorbei, die als kegelförmige Schatten gegen die Sonne standen. Auch die Baumkronen der Obstbäume waren von Nebellicht durchleuchtet oder ragten aus der grauen Luft wie Schattenrisse.

An den Heuhütten und Stallungen klebten Parteiplakate mit den Köpfen von Politikern. Die Plakate der Volkspartei zeigten den Kopf des Landeshauptmannes, auf den Plakaten der Sozialdemokraten war der stellvertretende Landeshauptmann zusammen mit dem Bundeskanzler abgebildet.

»Wie werden die Wahlen ausgehen?« fragte Hofmeister.

»Die Sozialisten werden verlieren«, sagte Ascher.

»Er ist Gemeinderat der Volkspartei«, erklärte Zeiner und deutete auf Hofmeister.

»Interessieren Sie sich für Politik?« fragte Hofmeister.

»Ich bin Sozialdemokrat.«

Sie schwiegen eine Weile, dann sagte Hofmeister: »Das macht nichts. Jeder soll nach seiner Überzeugung wählen.«

Ascher warf einen verstohlenen Blick auf Hofmeister. Das erste, was ihm aufgefallen war, waren seine schlechten Zähne. Er war mittelgroß und schlank bis auf einen Spitzbauch. Sein Gesicht war blaß, an den Augenwinkeln hatten sich Fältchen gebildet, seine hellen Lippen waren rissig. Wenn Hofmeister sprach, arbeitete sein Körper automatisch mit. Beim Lachen krümmte er sich, bei Fragen hoben sich die Augenbrauen, wollte er jemandem stummes Einverständnis bezeigen, schloß er die Augen und nickte rasch hintereinander, beim Beschwichtigen zog er die Augenbrauen herunter, senkte den Kopf und stellte ihn etwas schief, dachte er nach, stand er kreuzhohl und streckte seinen Spitzbauch heraus, um plötzlich beim Sprechen seinen Körper zu verbiegen. Das aber fiel Ascher erst während der Jagd auf. Hofmeister hatte ein kleines Anwesen, drei Söhne und war mit der Schwester Zeiners verheiratet. Er arbeitete im Schichtbetrieb in einem Ziegelwerk bei Gasselsdorf, das dem Bruder eines verstorbenen Landeshauptmannes gehörte. Zeiner hatte dunkles, volles Haar, eine runde Nase und große staunende Augen. Seine Hände waren breit, sein Körper war kräftig. Er konnte, das hatte Ascher in den wenigen Worten, die er mit Zeiner gewechselt hatte, gespürt, rasch und schlagfertig antworten und sich über andere lustig machen. Zeiner trug das Handgelenk eingebunden, er war fünf oder sechs Jahre Fahrer bei einem Transportunternehmen gewesen, nun versuchte er eine kleine Rente zu bekommen, die er mit seinem arthrotischen Handgelenk begründete, um endgültig zu Hause bleiben zu können. Er hatte für fünf Personen zu sorgen, auch er besaß eine nicht große Landwirtschaft: Maisäcker, eine Ribiselkultur, ein paar Kühe, einige Schweine und ein Pferd.

Sie bogen von der Straße ab und überquerten die Saggau, deren dunkles Wasser langsam dahinfloß. Hinter der Brükke warteten sie dann im Nebel auf die anderen Jäger. Sie waren durch zwei Ortschaften gefahren, in denen Menschen mit Körben voll Feldfrüchten und Obst zum Erntedankfest zusammengekommen waren. Durch den Nebel hörten sie von weitem die Musikkapelle spielen, und Ascher sah noch die festlich in Trachten oder dunkle Anzüge und Kostüme gekleideten Menschen vor sich, die die Straße entlanggegangen waren und sich vor einem Rüsthaus getroffen hatten.

Er dachte wieder an seine Frau und das Kind. Seit kurzem arbeitete seine Frau in einem Versicherungsbüro. Anfangs hatte sie darüber geklagt, zuletzt hatten sie aber nicht mehr darüber geredet. Obwohl sie es nur ungern sah, hatte sie ihm geraten, auf das Land zu ziehen. Er hatte ihr allerdings versprechen müssen, auf sich achtzugeben. Die Musik war inzwischen verstummt, und die Jäger standen herum und beratschlagten. Einer der Jäger sagte nach einer Pause: »Wir warten.«

Ascher blickte zur Sonne auf, die nur ein greller Fleck im Nebelhimmel war. Wieder begann die Musik zu spielen, dann läuteten die Kirchenglocken.

Endlich hörten sie das Auto herankommen.

Sie gingen unter den gelben Eichen zu einer Wiese mit Heugestellen – dahinter lagen die Maisfelder. Unter der Brücke war Gerümpel angeschwemmt. »Beim nächsten Hochwasser ist die Brücke weg«, sagte Zeiner.

Zuerst lag ein frisch abgeerntetes Feld vor ihnen mit großen Flecken bleicher Maisfedern, dann folgten umgepflügte Äkker, neben denen ockerfarbene Maisfelder lagen, schließlich langgedehnte Stoppeläcker. Aus dem Nebel hörte Ascher eine einzelne Trompete, aber die Jäger beachteten sie nicht. Gleich darauf hatten sie das erste Maisfeld erreicht, und nachdem sie es umstellt hatten, wurden die Hunde hineingelassen. Sie verschwanden mit großen Sprüngen zwischen den raschelnden Stengeln, wurden von den Jägern gerufen, angetrieben und getadelt, die Jäger selbst

standen im Abstand von zwanzig Schritten mit dem Gewehr in der Hand, die Läufe nach oben gerichtet. Vögel zwitscherten. Ascher dachte sofort an seine eigene Lage, als die Hunde in das Maisfeld gehetzt waren. Andererseits war er jetzt in Sicherheit. Warum sollte man sich für sein Leben interessieren? Durch welchen Zufall konnte man erfahren, wer er war? Die Stadt lag mehr als fünfzig Kilometer entfernt, und seine Frau hatte sich mit ihm geeinigt, ihn nicht zu besuchen, um keine Anhaltspunkte zu liefern. Jetzt erst bemerkte er, daß ihm der Jagdleiter schon zum zweiten Mal eine Frage gestellt hatte. Aber er hatte ihren Sinn noch immer nicht verstanden. Er lächelte daher als Antwort und nickte zustimmend. Die Jäger hatten aufgehört, nach den Hunden zu schreien, um nicht während der Jagd heiser zu werden. Sie pfiffen statt dessen auf den Fingern. Nachdem das Maisfeld vergeblich von den Hunden durchsucht worden war, was Ascher mit Erleichterung bemerkte, wurde das nächste Feld umstellt. Als er in den letzten Wochen über seine Zukunft nachgedacht hatte, war ihm plötzlich eingefallen, daß ihn jene Menschen am meisten beeindruckt hatten, die ihr Leben führten, ohne sich selbst dauernd in Frage zu stellen. Auch die Bewohner der Gemeinde kamen ihm arglos vor. Ihre Arglosigkeit entsprang wohl ihnen selbst.
Über den umgepflügten Äckern lag eine Dampfschicht. An den Drahtzäunen sah er Ketten von durchsichtigen Wassertropfen hängen, die manchmal rosa gefärbt waren, wenn der Zaun rostig war. Sie stapften durch ein von einem Mähdrescher abgeerntetes Maisfeld, die Stengel reichten ihnen bis zu den Knien, und sie mußten die Füße bei jedem Schritt so hoch heben, daß es aussah, als bewegte sich eine militärische Formation; nur unordentlicher, dachte Ascher. Am Ufer der Saggau standen hohe, blattlose Arnika-Stengel, zwischen denen Spinnen ihre Netze gewebt hatten.
Nachdem sie mit den Autos wieder ein Stück gefahren waren, hielten sie vor einem Sägewerk. Es war Sonntag, und

keiner von den Arbeitern war zu sehen. Sie gingen auf der schwarzen, aufgewühlten Erde, links und rechts waren hohe Bretterstapel aufgeschichtet. Die Saggau rauschte über ein Wehr. In einem Schuppen stand ein alter, rostiger Traktor vor der eisernen Sägemaschine. Der Weg führte ein Stück bergauf zwischen Obstbäumen und Bienenkästen am Rand eines herbstlichen Laubwaldes entlang. Ascher tat es wohl, den Jägern blindlings zu folgen. Auf dem Hügel verschwanden die Hunde wieder in einem Maisfeld. Gleich darauf hörte er einen Schuß, und ein Jäger kam mit der Beute um eine Ecke des Feldes. Ascher ging ihm neugierig entgegen. Der Fasanenhahn war um die Augen rot gefärbt, sein Schädeldach war grünblau, die Halskrause weiß, schwarz und violettblau geschuppt, der Kragen leuchtete goldbraun mit dunkelgrünen Spitzen, die Flügel, die der Jäger jetzt für ihn auseinanderspreizte, waren hellbraun und seidengelb, die Flügelspitzen braun, grau und weiß getupft. Der Jäger hielt ihm ruhig den toten Fasanenhahn hin. Es war, als sei dieser plötzlich zahm und schläfrig geworden, weiter nichts. Ascher berührte ihn, woraufhin der Jäger einige Federn aus dem Körper zupfte und ihm in die Hand drückte. Ascher zögerte, der Jäger hatte sein Zögern wohl mißverstanden und vermutet, daß Ascher sich davor scheute, das Geschenk anzunehmen.
»Es ist nichts Besonderes«, sagte er wie zur Beruhigung.
Die anderen waren inzwischen weitergegangen. Der Nebel lichtete sich, die Sonne schien, und der Kirchturm von Oberhaag tauchte auf. An der Sammelstelle öffnete der Jagdleiter eine Zwei-Liter-Weinflasche und reichte sie herum. Dann fuhren sie durch ein paar Dörfer zum nächsten Maisacker. Einige Musikanten blieben mit ihren Instrumenten am Straßenrand stehen, schauten in die vorbeifahrenden Autos, als suchten sie nach Bekannten und blickten ihnen nach, bis sie außer Sichtweite waren. In einem der Dörfer mußten sie anhalten, da sich vor ihnen eine Erntedankprozession zur Kirche bewegte. Die Musik spielte an der Spitze

des Zuges das Kirchenlied »Heilig ist der Herr«. Ascher lächelte. »Heilig ist nur er«, spielte die Kapelle weiter. Im Grunde beneidete er die Menschen um ihren Glauben. »Ich habe nur meine Selbstbeobachtung«, dachte er weiter, »die Zerstörung.« Dadurch kam er sich auch den anderen gegenüber vor wie einer, der sie in einem fort verraten wollte und zur Täuschung eine andere Miene aufsetzt. Was ihn sich schuldig fühlen ließ, war ihr Vertrauen. »Schließlich bin ich angelangt, wo ich immer anlange, wenn ich mich beobachte: bei der Untätigkeit.« »Er, der immer war«, hörte er jetzt die Menschen zur Musik singen, es klang wie ein Sprechen. Die Musik hatte so laut gespielt, daß er anfangs den Gesang der Prozessionsteilnehmer nicht wahrgenommen hatte. Ihm fielen die Jahre ohne ein Bedürfnis nach Religion ein und die späteren heimlichen Versuche, den Glauben zu finden, die kläglich scheiterten, denn in dem Augenblick, wo er sich zu ihm bekennen wollte, löste er sich in nichts auf. »Sein wird immerdar«, sangen die Prozessionsteilnehmer zu Ende. Als Ascher an den Häusern und Bäumen nun wieder die politischen Plakate wahrnahm und die Menschen in der Prozession an den riesigen Gesichtern vorbeigehen sah, dachte er, daß, wenn er ein Opfer und gleichzeitig unschuldig wäre, ihm alles schön erscheinen würde. Außerdem würde er wehrlos sein und das Wissen haben müssen, ausgeliefert zu sein. Das aber hatte er nicht.

»Die gehen wie im Schlaf«, sagte Hofmeister unruhig.

»Ja«, bestätigte Zeiner. Er überholte jetzt die Prozession, die von der Straße zur Kirche hin abgebogen war. Ascher warf einen flüchtigen Blick auf die Prozessionsfahne und den von vier Männern an Stäben getragenen Seiden- und Brokathimmel, unter dem der Pfarrer mit der Monstranz schritt.

»Haben Sie die Frau gesehen?« fragte Hofmeister und zeigte mit dem Finger hinaus. »Vor zweiundzwanzig Jahren war sie meine Freundin. Das ist das Haus, in dem sie gewohnt hat.« Ascher blickte aus dem Fenster.

»Dort drüben«, sagte Hofmeister.
Sie fuhren jetzt an Obstbäumen vorbei, deren Stämme weiß gekalkt waren.
Nachdem sie das nächste Maisfeld ohne Erfolg umstellt hatten – zwei Jäger hatten einen auffliegenden Hahn, der mit schwerfälligen Flügelbewegungen über sie hinweggeflogen war, verfehlt –, gingen sie quer über eine weite, abgemähte Wiese an schwach belaubten Bäumen und Sträuchern vorbei zurück zur Saggau. Plötzlich fielen Schüsse. Die Jäger schrien »Hahn«, Ascher blickte zur Waldschneise, aus der der Fasan geflogen kam, und Zeiner, der sich neben ihm befunden hatte, traf den Vogel im Flug, daß Federn durch die Luft wirbelten. Für den Bruchteil einer Sekunde wurde der Fasan durch die Wucht der Schrotkugeln in die Höhe gerissen, dann stürzte er zu Boden, als sei es vermessen gewesen, daß er jemals versucht hatte zu fliegen. Es war Ascher, als sei der Fasan jetzt dort, wo er hingehörte. Schrotkugeln waren neben ihm auf die Blätter geprasselt. Ascher dachte daran wie an etwas lange Zurückliegendes. Das Maisfeld, aus dem der Hahn aufgeflogen war, lag auf der anderen Seite eines kleinen Baches. Daneben stand ein Haus, ein Anzug hing zum Auslüften auf einer Stange vor einem Fenster. Später begegneten sie zwei hübschen, weiß und blau gekleideten Mädchen. Ascher nahm an, daß sie von der Erntedankprozession kamen. Seine Tochter Katharina war acht Jahre, also im gleichen Alter wie eines der Mädchen. Wahrscheinlich saß sie zu Hause in der Wohnung und langweilte sich.
Einige Jäger lungerten inzwischen unter Obstbäumen herum und schossen auf Äpfel. Ascher war müde, ließ sich jedoch nichts anmerken. Nachdem das letzte Maisfeld durchsucht worden war, schrie der Jagdleiter überdrüssig: »Ende! Ende!« Sie nahmen Ascher ein Stück mit, den Rest des Weges ging er zu Fuß.

2

Es war ein warmer Herbsttag geworden. Äpfel fielen raschelnd durch das Gezweig und klopften auf den Boden. Als er am Vortag aus der Stadt weggefahren war, hatte im Garten hinter dem Mietshaus die Asche in der Wiese noch geglost, davor waren die eiserne Gießkanne und der Laubrechen der Hausmeisterin gelegen. Dann hatte ihn seine Frau zum Bahnhof gebracht.

»Du fährst jetzt also«, hatte sie gesagt, »Ja, ich fahre jetzt«, hatte er geantwortet. Der Abschied war ihm schwergefallen. Die Eisenbahn, in die er gestiegen war, hieß »Der Rote Blitz«. Der Zug verkehrte mehrmals am Tage von Köflach über Graz nach Wies und zurück. An seinem Namen stimmte nur die Farbe. Er fuhr kaum schneller als eine Straßenbahn und hielt in jeder winzigen Ortschaft. Zumeist stiegen dort zwei oder drei Passagiere aus und immer weniger ein. Es war Nachmittag gewesen, und Ascher war zwischen Lehrmädchen, Schülern und Pensionisten gesessen. Das Quälende war für ihn gewesen, daß der Zug so langsam dahinfuhr. So konnte er das Abschiedsgefühl nicht loswerden. Als er die Schüler sah, hatte er sich um Katharina Sorgen gemacht. Wenn er an ihren Schulweg dachte, befürchtete er immer, es könne ihr etwas zustoßen. Auch seine Frau hatte sich gesorgt. Zumeist waren sie vor dem Einschlafen wach beisammen gelegen und hatten sich in der Dunkelheit erzählt, was vorgefallen war. Häufig sprachen sie über ihr Kind, und er hatte ihr gern zugehört, wenn sie von ihrem Tagesablauf erzählt hatte. Zuletzt aber hatte sie in dem Büro gearbeitet, und das Kind war ein paar Stunden nach Mittag allein zu Hause und aß in der Küche das Vorgekochte. Ascher litt unter der Vorstellung, daß in dieser Zeit niemand da war, der sich um es kümmerte.

Sie waren auf das offene Land gekommen. Die Maisfelder, durch die der Zug jetzt fuhr, sahen vertrocknet aus. Es war ein regenarmer Herbst, aber Ascher hatte das in der Stadt

nicht bemerkt. In den Mischwäldern waren ihm die Laubbäume als gelbe Flecken zwischen dem dunklen Grün der Nadelbäume aufgefallen. Aschers Koffer war so groß, daß er nicht in das Gepäcknetz paßte, so hatte er ihn auf dem Gang zwischen den Sitzen abgestellt und mußte ihn jedesmal auf die Knie nehmen, wenn jemand bei einem Zughalt an ihm vorbeigehen wollte.
Vor der kleinen Bahnstation von Gleinstätten hatten Zeiner und dessen Schwager Golobitsch schon auf ihn gewartet. Ascher hatte eine Kiste mit Büchern und Medikamenten einen Tag zuvor mit der Bahnpost aufgegeben, und Golobitsch und Zeiner halfen ihm beim Tragen. Später erfuhr er, daß Golobitsch mit der Frau von Zeiners verstorbenem Bruder, einem Dachdecker, der vor drei oder vier Jahren beim Bau seines eigenen Hauses abgestürzt war und dabei den Tod gefunden hatte, zusammenlebte. Wenn sie heirateten, würde die Frau die Witwenpension verlieren, was sie sich nicht leisten konnten, da Golobitsch nur Gelegenheitsarbeiten nachging und nahezu seinen gesamten Besitz: Wald, Wiesen, einen Acker an seinen Nachbarn verkauft hatte. Sein Haus, in dem Ascher sich einmietete, gehörte jetzt Zeiner. Trotzdem verfügte Golobitsch, so hatte man Ascher gewarnt, nie über Geld. Insgesamt hatte er acht Motorräder besessen, sonst vermochte er nichts aufzuzählen. Bestandteile davon lagen noch auf dem Dachboden, den ihm Zeiner weiter zu benutzen erlaubt hatte. Golobitsch lagerte dort auch den Mais, den er auf dem kleinen Acker vor dem Haus erntete und sackweise mit dem Motorrad holte, um ihn an die Schweine der Frau zu verfüttern. Er war ein mittelgroßer, kräftiger Mann. Die Haare waren am Ansatz schütter und zurückgekämmt. Zumeist trug er einen braunen Samthut, dessen Krempe er tief in sein Gesicht zog. Seine Stirn war breit und wuchtig, seine Augen waren hell. Sie waren in Zeiners klapprigem weißen Opel von Gleinstätten in die Ebene gefahren, die von Mais bewachsen war. Früher, vor Jahrtausenden, sei hier einmal ein See

gewesen, hatte Zeiner gesagt. Als ein Fischreiher vor ihnen am Himmel flog, hatte Zeiner erzählt, daß sein Schwiegervater an dieser Stelle ein Flugzeug habe abstürzen sehen, das ein 23jähriger Bauer in Pölfing Brunn gebaut habe. Das Flugzeug sei ein Tiefdecker mit 30-PS-Rotationsmotor und verstellbarer Luftschraube gewesen. Vom Schloß Gleinstätten sei es gekommen, habe eine kleine Schleife über Haslach gezogen und sei plötzlich wie ein Stein vom Himmel gefallen. Der Pilot sei unverletzt gewesen, jedoch habe er einige Minuten kein Wort sprechen können und sich, nachdem der Schwiegervater ihm aus den Trümmern geholfen habe, in die Wiese gelegt. Aber schon ein paar Monate später sei er erneut geflogen. Im Ersten Weltkrieg sei er dann im Westen gefallen. Ascher dachte plötzlich: Die Menschheit träumt. Er dachte, daß ein Bruchteil der Menschheit davon lebte, das Volk in seinen Träumen zu belassen und dafür sorgte, daß es fortfuhr zu träumen. Auf der Eisenbahnfahrt hatte Ascher zum ersten Mal einen der Bewohner von der Tollwut sprechen hören. Zeiner erklärte, daß über zwei angrenzende Bezirke die Tollwutsperre verhängt worden sei. Jede Katze, die sich vom Haus entferne, würde erschossen, ebenso jeder Hund, der nicht an der Leine geführt werde und auf freiem Feld herumlaufe. Natürlich sei die Fuchsjagd verschärft worden.
»Sie als Biologe werden ohnedies Bescheid wissen«, hatte Zeiner gesagt. Angeblich wäre, wenn die Tollwut bei einem Menschen einmal ausgebrochen sei, keine Hilfe mehr möglich.
Ascher bestätigte das. Daraufhin wollte Zeiner wissen, wie die Infektion verlaufe. Ascher antwortete, daß von der Infektion bis zum Ausbruch der Krankheit 30 bis 50 Tage vergingen. Beim Menschen kündigte sich die Erkrankung gewöhnlich mit Ruhelosigkeit und Fieber an. Die Unruhe wachse zu unkontrollierbarer Erregung mit Speichelfluß und quälenden Krämpfen der Muskeln des Rachens und des Kehlkopfes an. Der Tod trete gewöhnlich innerhalb von

drei bis fünf Tagen ein und sei die Folge von Erstickung, Erschöpfung oder allgemeinen Krampf- und Lähmungszuständen.
Zeiner und Ascher hatten sich einige Male getroffen, nachdem Ascher ihm aufgrund einer Zeitungsannonce geschrieben hatte. Einmal war Ascher mit dem Autobus bis Pölfing Brunn gefahren, von wo ihn Zeiner abgeholt hatte.
Das Haus bestand aus einer Küche mit kleinen Fenstern und einem gemauerten alten Herd, einem Zimmer sowie einer Dachbodenkammer. Der Verputz war von der Decke gehangen. Ascher hatte die Miete für ein Jahr im voraus bezahlt und war vierzehn Tage, bevor er nun das Haus bezogen hatte, nochmals gekommen, um alles zu kontrollieren.

3

Am nächsten Tag war Ascher damit beschäftigt, die Kiste auszupacken und sich im Haus zurechtzufinden. Die Winterfenster der Dachbodenkammer, in der er schlief, waren noch nicht eingehängt, der gemauerte Ofen in der Küche war undicht und rauchte, als er einmal mit Papier versucht hatte, Feuer zu machen; die Ritzen zwischen den Wänden und den hölzernen Böden wären wegen der Mäuse mit Glaswolle zu verstopfen gewesen. In der Holzkiste fand er sein Mikroskop, das ihm seine Frau eingepackt hatte, und einen Histologischen Atlas. Er schlug ihn auf. Bunte Bilder von Zellen und Geweben waren in dem Buch – die 240fach vergrößerte Abbildung einer Vorderhornzelle aus dem Rükkenmark eines Rindes mit Säurefuchsin gefärbt: Ein roter Polyp mit verschlungenen Armen in einer rotwolkigen Flüssigkeit, wie es Ascher jetzt schien, ein 60fach vergrößertes Pigmentepithel eines Pferdeauges, dessen sechseckige Zellenumrisse auch im ungefärbten Zustand honigfarben waren und aussahen wie Bienenwaben, glatte Muskelzellen einer

Kaninchenblase mit Haemolysin-Chromotrop-Färbung, die in 380facher Vergrößerung Ascher wie der Zug von Fischembryos in einem scharlachroten Gewässer vorkamen, das Injektionspräparat einer Kaninchenleber, bei der zur Darstellung des gesamten Gefäßbettes die Vene mit einer blau gefärbten Gelatinelösung durchspült worden war, wodurch die Abbildung den Eindruck eines vielarmigen Gewässers, das durch ziegelrote Erde fließt und sich in einem von Inseln durchbrochenen Fluß trifft, erzeugte, mit Silberimprägnierung gefärbte Gallenkapillaren schienen als schwarze Zweigchen in einem Schwefelnebel aufzutauchen, mit Azan gefärbtes Plattenepithel der äußeren Haut eines menschlichen Nasenflügels glich auf eine wunderbare Weise den tektonischen Schichten eines Vulkans, der zuoberst rotglühend, dann rosa war und in der Tiefe in blaues Wasser überging, die ungefärbten Plattenepithele des Bauchfells einer Katze sahen jetzt in 240facher Vergrößerung wie trockene, lehmgelbe Erde einer von Heuschrecken heimgesuchten indischen Provinz aus, gesprungen wie die Glasur auf einem Tongefäß. Langsam blätterte Ascher weiter. Da war eine Nervenzelle aus dem Vorderhorn des Rückenmarks eines Hundes, 380fach vergrößert, ein blauroter Papierdrachen auf einem Wolkenhimmel, der sich losgerissen hatte und Papierfetzen verlor, ein Katzennerv, um das 150fache vergrößert, ohne Färbung, sah für ihn aus wie Gras in einem Blasen treibenden Sumpf, die 60fache Ausschnittsvergrößerung der Zungenschleimhaut kam ihm vor wie der Fruchtknoten einer orientalischen Pflanze, deren Blüten brennenden Flammen glichen, die wiederum hellblaue Rauchwolken absonderten. Ihm fiel der schöngefärbte, tote Fasanenhahn ein, den er gestern gesehen hatte und der nun in einen Zusammenhang mit den Bildern trat. Der unvollständige Querschnitt durch eine menschliche Luftröhre glich einem violetten Regenbogen, seltsame, durchsichtige Körper von Wassertieren waren Zellen aus Nierenteilen, wie bunte geschliffene Schnitte durch Minerale erschienen ihm manche Bilder, andere wiederum wie von einem hellen Licht durchleuchtete Blätter oder Ausschnitte aus Landkarten, die 45fach vergrößerte Hirnrinde glich dem Rot von Sonneneruptionen, während die Kleinhirnrinde eine leuchtende Pflanze war, deren Kapillaren durchsichtig weiß waren, silberimprägnierte Dendriten glichen in 150-facher Vergrößerung dem gelben Holz fossilierter Bambusrohre, dann waren da die roten und bleichen Nachtfalter des Rückenmarks, der Längsschnitt durch das Spinalganglion eines Hundes, der dem Kopf einer im trüben Wasser schwimmenden Wildente glich, die Ohrentrompete schien ein Ausschnitt aus dem Mosaik einer arabischen Moschee zu sein, Augenzellen waren bunte Gärten, der Nerv eine gelbrote Blüte aus fleischigen Membranen. Ascher spürte dieselbe Neugierde wie vor fünfundzwanzig Jahren bei seinem Studium, nur waren die Bilder beim Betrachten anders geworden. Damals waren sie für ihn fremd und faszinierend gewesen, nun schien ihm alles ineinander überzugehen, die Schöpfung verwandelte sich in eine unendliche, zusammenhängende Kette von Bildern. Diese kleinen Zellen und Zellformationen waren Wälder, Seen, Pflanzen, Gebirge und Wolken, sie waren Steine und Muscheln, Insekten, Krebse und Fische, Vögel und Blüten. Er packte das Mikroskop aus, nahm eine Nadel, stach sich in den Fingerballen und verwischte den Blutstropfen auf einem Glasplättchen, das er zusammen mit anderen in einer blechernen Bleistiftdose fand. Da waren Präpariernadeln, gläserne Löffel zum Verstreichen von Flüssigkeiten, das Rasiermesser seines Vaters, mit dem er Schnitte anfertigte, Hohlschliffobjektträger, ein Fläschchen mit Kalilauge zum Skelettieren von Insekten, Glyceringelatine, Objektive in einem Lederetui, Haarpinsel, Pipetten, Rasierklingen, Deck- und Uhrgläser und verschiedene Farblösungen. Er betrachtete kurz seinen Blutstropfen durch das Okular. Dann zog er den Stecker für das Mikroskop heraus. In dem gelben Holzkästchen, das viele Jahre unbenutzt und vergessen in einer Lade seines Schreibtischs gelegen war, fand er sein Sezierbesteck; auch die Lehrbücher, in denen er lesen wollte, packte er aus. Er stellte sie jedoch zunächst unter die Vitrine der Küchenkredenz. Am Vorabend hatte er seine Frau und sein Kind vom Kaufhaus aus angerufen, das eine viertel Fußstunde entfernt an der Straße lag. (Das Kaufhaus war ein großer, nackter Raum, in dem auf Eisenregalen Lebensmittel und Schulhefte, Tabak- und Zuckerwaren, Taschenlampen, Messer, Plastikkübel und Besen und anderes mehr zum Verkauf aufgeschichtet lagen.) In einem Nebenzimmer mit zwei großen Tischen und einer an der Wand rund um das Zimmer laufenden Sitzbank waren Männer gesessen und hatten getrunken. Sie hatten kurz aufgeschaut, als Ascher durch den Raum gegangen war, um zu telefonieren. Es hatte ihm wohlgetan, die Stimmen seines Kindes und seiner Frau zu hören.

Einen Teil der Gegenstände stopfte er wieder in die Kiste, die er auf den Dachboden schleppte. Er stellte das Mikroskop vor dem Fenster auf und legte das Zubehör in die Kommode. Im Kaufhaus hatte er ein Paar Gummistiefel gekauft, die er in das Vorhaus trug und mit verschiedenen Gegenständen wie Tablettenfläschchen, Behältern mit Merfen Orange und Wasserstoffsuperoxyd, Plastikinjektionen und Injektionsnadeln sowie Schachteln mit gläsernen Ampullen in den Kasten verstaute. Da es im Haus kein fließendes Wasser gab, ging er ins Freie und wusch sich am Eisenbrunnen die Hände, wobei seine Schuhe naß wurden. Dann ging er zurück und setzte sich in die Küche.

Gegen Mittag kam Golobitsch mit seinem Motorrad, das er vor dem Schweinestall abstellte. Er rechte sorgfältig die Äpfel von der Straße in die Wiese. Ascher sah ihm mit dem Feldstecher zu. Er konnte feststellen, daß Golobitsch mit sich sprach. Auf dem Gepäckträger des Motorrades vermutete Ascher in einem Sack das Gewehr. Nachdem Golobitsch mit dem Rechen fertig war, kam er mit dem Sack in das Haus. Es war ein Flobertgewehr, zu dem er ihm eine

Schachtel mit Patronen gab. Er bot ihm auch eine Waltherpistole an. Ascher wollte die Waffen zuerst ausprobieren, aber Golobitsch meinte, sie würden beim Nachbarn Turracher Aufsehen erregen.
Seit er Zeiner wegen einer Waffe angesprochen hatte, war er im Zweifel gewesen, ob es richtig war, was er tat. Tatsächlich aber hatte er ein Gefühl der Sicherheit empfunden, als Golobitsch die Waffen und Patronen auf die Küchenbank gelegt hatte. »Das Gewehr schießt genau«, hatte Golobitsch fortgesetzt. »Die Kimme darf nur ein winziges Stück über das Korn ragen ... auf hundert Schritte können Sie damit einen Menschen töten. Es ist nur ein Beispiel«, fügte er hinzu. Er war eifrig damit beschäftigt, mit Ascher ein Geschäft abzuschließen. »Soll ich das Gewehr in den Graben mitnehmen?« fragte er. »Sie können dann im Graben das Gewehr und die Pistole ausprobieren, und wenn Sie zufrieden sind, können Sie mir sagen, was sie Ihnen wert sind.« Ascher war einverstanden.
»Ziehen Sie sich die Gummistiefel an«, fuhr er fort. »Ich muß meinen Fischteich auslassen, der Boden ist dort sumpfig.« Seine Fürsorglichkeit rührte Ascher. Er gehorchte und steckte seine Füße in die verschnürbaren grünen Stiefel. Er war jetzt froh, nicht mehr allein zu sein.
Golobitsch sah ihm zu, wie er die Stiefel verschnürte. »Hinter dem Kaufhaus wohnt eine Witwe mit ihren Söhnen und ihrer Stiefschwester. Wenn Sie wollen, können Sie dort essen«, sagte er dann.
Er packte das Gewehr und die Pistole ein, und Ascher dachte, daß es völlig grundlos Momente gab, in denen man genau wußte, daß man sich an das soeben Erlebte später werde erinnern können. Er stand noch im Vorraum, und Golobitsch trat als Schatten durch die Tür ins Freie, den Sack mit dem Gewehr in der Hand. So war er selbst aus dem Gerichtsgebäude getreten, nachdem die Verhandlung zu Ende gegangen war. Seine Mutter war aus dem Zuschauerraum gekommen und hatte ihn gefragt, was nun

weiter geschehen würde, und Ascher hatte plötzlich Mitleid gefühlt. Sie hatte Schuhe mit flachen Absätzen getragen, als wollte sie vor Scham unter den anderen Menschen verschwinden. Vor dem Ausgang hatte sie eine entfernte Verwandte getroffen und sich von ihr verabschiedet. Ascher hatte gesagt, er habe es eilig. Es war ein lichter Tag gewesen... Und jetzt empfand er wieder dasselbe Gefühl wie nach der Gerichtsverhandlung. Er sah die sonnige Landschaft, die ihn umgab. In Augenblicken wie diesem kam ihm das Leben voll verborgener Güte und Schönheit vor. Als er sich hinter Golobitsch auf das Motorrad setzte, hatte er für einen winzigen Moment die Sorge, sie könnten während der Fahrt stürzen.

Sie bogen von der Straße ab und holperten an einem aufgelassenen Bauernhaus vorbei, dessen Verputz abgefallen war. Fensterläden hingen schief in den Angeln, die Ziegel waren braunrot »wie der Tropfen unter dem Mikroskop«, fiel es Ascher ein. Die abgebrochenen Balken der Dachsparren standen in die Luft. An großen Flächen fehlten die Ziegel. »Gestern haben sie in der Nähe von Leibnitz einen tollwütigen Iltis geschossen«, schrie Golobitsch. »Bald werden wir die Tollwut haben.«

Der Hohlweg, den sie hinunterfuhren, war voller Äpfel. Sie bogen durch ein Gatter in einen Hof ein und hielten an. Der Hof bestand aus einem flachen Holzhaus mit Ziegeldach, an der braunen Tür stand – vom letzten Besuch der »Heiligen Drei Könige« – in Kreideschrift: K + M + B 78. Noch während Ascher das feststellte, kam er sich dadurch selbst in Schutz genommen vor. Vor dem Haus war Gerümpel an die Wand gelehnt: eine verfallene Kommode, Töpfe, ein Stuhl ohne Lehne, die alle im Verwitterungsprozeß dieselbe Farbe wie das Haus angenommen hatten. Im Weinlaub, das die vordere Hälfte des Hauses überwucherte, hingen blaue Trauben. Golobitsch stellte das Motorrad ab, während Ascher die Trauben kostete. Das Fleisch schmeckte kräftig-süß, jedoch war die Haut so zäh, daß er sie ausspuckte. Im Hof lag ein Haufen Kürbisse. Die zahnlose Bäuerin, die schlank und groß war und über dem vollen grauen Haar ein gemustertes Kopftuch trug, richtete sich auf und sah ihn an. Golobitsch erklärte ihr, wer Ascher sei, daraufhin wollte sie im Haus verschwinden, um, wie sie sagte, sich umzuziehen. Hinter dem Kürbishaufen bemerkte er einen hölzernen Schweinestall mit Klapptüren, die man öffnen mußte, um die Schweine zu füttern. Auf dem Hang eines Hügels stand das kleine Gebäude mit der Mostpresse und dem Keller, auf der anderen Seite war eine Tenne mit abgestellten Fuhrwerken, Möbeln, Matratzen, Werkzeugen und Arbeitsgeräten. Golobitsch sagte, daß sie gleich in den Graben gehen würden, und daher sei es nicht notwendig, daß sie sich umzöge. Hühner gackerten auf dem Hof. Im Haus bellte ein Hund. Die Frau gab Ascher ihre kalte Hand. Als sie sprach, konnte er kaum etwas verstehen. Offensichtlich wollte die Frau mit ihm scherzen, denn sie lachte und riß dabei den Mund auf, daß er aussah wie ein schwarzes Loch. Vor dem Haus lag ein toter Maulwurf mit rosa Pfoten. Die Frau hob ihn mit einem Blatt auf und warf ihn auf den Misthaufen. Dann schaute Ascher ihr zu, wie sie mit dem Hackmesser einen Kürbis zwischen ihren nackten Füßen aufschlug und mit den Händen, während sie auf einem Faß sitzend den halben Kürbis zwischen ihren Knien hielt, die Kerne herausgriff und in einen grünen Metalltopf warf. Die Kerne legte sie auf ein Packpapier unter dem Hausdach, wo sie an der Sonne trockneten. Wenn sie trokken waren, wurden sie zu Öl verarbeitet. Die ausgehöhlten Kürbisschalen zerhackte die Frau und warf sie den Schweinen vor, darum ließ sie sich auch mit dem Kürbisschälen Zeit: Sie arbeitete immer nur so viel weg, wie die Schweine von den Schalen fressen konnten. Golobitsch sagte ihm im Graben, daß es viele Bauern so machten, andere wiederum ließen die Schalen als Dünger auf dem Feld. Ascher fiel ein, daß er hundert Jahre zurück schaute. Noch immer stand er da, noch immer schälte die Frau Kürbisse aus.

Er kam sich vor wie eine Versteinerung, ein fossiliertes Schneckenhaus. Jetzt hörte er wieder den Hund im Haus bellen. Er sagte sich die Erdzeitalter in Gedanken vor. Welch ungeheuren Ballast er in seinem Kopf angehäuft hatte. Und doch war es ihm angenehm, seine Gehirnbilder zu betrachten, zu verspüren, wie ein Wort, ein Gedanke wie eine Schrift in der Luft auftauchten, wie sich Erinnerungen gleich Eisenfeilspänen unter der Einwirkung einer magnetischen Kraft ordneten. Golobitsch hatte sich Werkzeuge ausgeliehen und stieg nun mit Ascher zum Teich hinunter. Zuerst mähte er mit einer Sense das hohe Gras rund um den Abfluß, weil er dort – am nächsten Tag, wenn der Teich endlich leer sein würde – die Fische hinlegen wollte. Das Gras war silbrig und golden vertrocknet und hoch, da es den ganzen Sommer über nicht gemäht worden war. Rund um den Teich wuchsen grüne Wasserpflanzen, das Wasser war schwarzgrün. Wenn man längere Zeit hinstarrte, konnte man Frösche und Kröten schwimmen, Wasserkäfer untertauchen und einen Fisch aufspringen sehen. Bei jedem Schritt raschelte das vertrocknete Gras. Auf einem schmalen Brett balancierte Golobitsch zum Wasserausfluß und versuchte den Holzpfropfen herauszuziehen. Er verwendete dazu die Holzstange, an der der Rechen befestigt war. Der Pfropfen war jedoch so fest im Abflußloch eingeklemmt, daß Golobitsch beim Versuch, ihn mit Gewalt herauszuziehen, den Rechen abbrach, der im dunklen Wasser versank. Ascher hatte sich neben den Sack mit den Waffen gestellt und sah Golobitsch zu. Noch immer hatte er den Eindruck, ein Fossil zu sein. Er hatte einmal den Gesteinsabdruck einer Sumpfzypresse – *taxodium dubium* – in der Tschechoslowakei gesehen. Damals hätte er nie daran gedacht, daß er sich einmal damit identifizieren würde. Auch Abdrücke von fossilierten Eichenblättern und Baumfarnen hatte er gesehen. Er bückte sich nach dem Gewehr, nahm eine Flobertpatrone aus der Schachtel, steckte sie in den Lauf, legte den Sicherungshebel um und zielte auf einen

Baum. Der Schuß klang gedämpft; Golobitsch, der sich inzwischen bis auf die Unterwäsche ausgezogen hatte und Anstalten machte, in das Wasser zu steigen, blickte in die Richtung, in die Ascher geschossen haben mußte.

»Nichts?« fragte er.

»Nein.«

Golobitsch zuckte mit den Schultern und stieg in das eiskalte Wasser. Er fröstelte. Ascher lud das Gewehr und wartete darauf, daß im Algenschleim am Ufer ein Frosch auftauchte, auf den er zielen konnte. Sogleich aber verwarf er den Gedanken. Er hatte kein Recht zu töten. Er, ein fossilierter Krebs, dessen Geschichte lastend in Form von tektonischen Erinnerungsschichten auf ihn drückte. Alles lag weit hinter ihm. Hier herunten, am Ufer des kleinen Teiches, spielte nichts eine Rolle. Golobitsch, der sich auf das Abflußgatter gelegt hatte und mit der abgebrochenen Stange im Wasser herumstocherte, glitt, ohne einen Laut von sich zu geben, bis zur Brust in den Teich und zerrte, nach vorne gebeugt, am Holzpfropfen. Eine große Libelle sirrte über das Wasser, eine Amsel schnatterte, und im selben Augenblick, in dem er den nachgebenden Pfropfen aus dem Wasser riß, wobei er beinahe nach hinten gestürzt wäre, strömte von der Unterseite des Teiches rauschend dunkelbraunes, schmutziges Wasser in den Wald. Er beeilte sich, ans Ufer zu kommen. In der einen Hand hielt er den abgebrochenen Rechen, in der anderen den großen hölzernen Pfropfen mit dem Eisenring. Der Pfropfen war von Erde und Nässe schwarzgrün, der Eisenring verrostet. Unter dem Wehr legte er, nachdem er sich angezogen hatte, einen zweiglosen Ast quer, dann hackte er Fichtenäste ab und steckte sie so vor den Zweig in die Erde, daß sie das Wasser zwar durchlassen würden, nicht jedoch die Fische.

Jetzt sah Ascher einen jungen Burschen, einen Hut auf dem Kopf, eine Zigarette im Mund, daherkommen. Er stellte sich zu ihnen und sagte nichts. Golobitsch fragte ihn, ob er einmal schießen wolle, und der Bursche ließ sich von

Ascher das Gewehr geben, lud es und suchte nach einem Ziel. Aus einem Baum flog eine Schar Vögel auf. Der Bursche zielte sorgfältig, aber als er geschossen hatte, fiel nichts zu Boden. Daraufhin legte er das Gewehr zurück auf den Jutesack. »Ohne Schrot sind Vögel schwer zu treffen«, sagte er. Er blieb kurz stehen und ging dann hinter einen Hügel, wo, wie er sagte, sein Traktor stand. Golobitsch wartete, bis er verschwunden war. Er kleidete sich an und zeigte Ascher, wie er mit der Pistole umgehen mußte. Ascher begriff rasch. Er schoß auf Blätter und Zweige und Gräser, später gingen sie durch die ungemähte Wiese bergauf. Golobitsch trug die Geräte, Ascher den Sack. In der Wiese fanden sie die Schale von einem Fasanenei. Das Licht zeichnete auf den Waldboden bizarre Muster.
Der Hof des Bauernhauses war nun leer. Golobitsch lehnte die Werkzeuge an den Brunnen. Ascher sah Spinnennetze am Dachrand des Wohngebäudes glitzern, und erstaunt stellte er fest, wie rasch er sich von seinem früheren Leben entfernt hatte.

4

Einige Tage verbrachte er im Haus. Am Morgen waren die Gräben zwischen den Hügeln, die er von seinem Fenster aus sah, mit Nebel gefüllt und glichen Gletschern. Der Nebel konnte sich schnell verziehen oder weiter verdichten. Schien die Sonne durch ihn, so leuchtete er blendend hell wie Dampf von schmelzendem Eisen, dann wiederum löste er sich in milchig durchsichtige Schleier auf. Ein anderes Mal war neben die Haustüre eine Bohnenstange gelehnt. Die Bohnenblätter waren rostrot, die Schoten gelb und vertrocknet gewesen. Alles schien aus dem leuchtend durchsichtigen Nebeldunst, der auf den Wiesen und vor dem Wald lag, zu kommen. Die Nebel des Präkambriums hatte er sie genannt. Einmal ging er hinaus und kehrte mit einer Handvoll Blätter zurück, die er unter das Mikroskop legte. Sie waren gelb und hellbraun gesprenkelt wie Eidechsen- oder Schlangenhäute, manche waren einfach vertrocknet und hatten sich entfärbt, wodurch sie Pergamenten ähnelten, andere waren wassergelb oder braun wie Tabak oder hatten sich auf den Zweigen eingerollt oder lagen schwarz und verfaulend unter den Bäumen. Dann war er im Zimmer gestanden und hatte sie angestarrt. Wie sinnlos ihm plötzlich alles erschienen war. Was für ein Leben war das, ohne seine Frau und das Kind. Er setzte sich vor das Mikroskop. Eines der Blätter bestand nur noch aus den Pflanzenadern. Als er durch das Mikroskop schaute, fiel ihm ein, wie er früher Blätter präpariert hatte. Er fand das Fläschchen Zaponlack und bestrich ein Blatt, dann schnitt er die Lackschicht, nachdem sie getrocknet war, mit dem Rasiermesser an. Er nahm eine spitze Pinzette, zog die feine Lackhaut von der Blattfläche ab, legte sie auf einen Objektträger und verschloß sie mit einem Deckglas. Es war ihm wieder, als schaute er in ein anderes Zeitalter. Für dieses Blatt mußte er ein versteinerter Kopffüßler sein, der sich über es beugte und durch geschliffene Gläser betrachtete. Wie würde er selbst leben mit dem Zeitempfinden einer Mücke? Welche Zeitalter blickten ihn an, wenn er einen Fisch betrachtete? Er erinnerte sich an die fliegenden Fasane: Verging die Zeit für sie schneller oder langsamer als für ihn? Er hatte einige Monate die Tiere und Pflanzen in Süßwassertropfen studiert. Alles war von Organismen durchdrungen, die in ihre Zeit gebettet waren, ohne von den anderen Zeitaltern etwas zu wissen. Vielleicht war er auch nur eine winzige Zelle in einem größeren Organismus, den er nicht erkennen konnte, ja, nie begreifen würde. Er wußte zwar, daß die Erde sich drehte und durch das All flog, aber er spürte nichts davon. Er spürte nichts von der Zeit, die im All verging, nur von seiner Zeit spürte er etwas. So konnte es also leicht möglich sein, daß er sich im Inneren eines riesigen Körpers befand, der sich selbst bewegte. Vielleicht war das Gott? – Er gab es auf, für sich selbst zu sorgen. In Abfallsäcken lagen Konservenbüchsen, Sardinendosen, zerknitterte Aluminiumfolien, in die das Trockenbrot eingewickelt gewesen war. Die Fliegen setzten sich auf jedes winzige Nahrungsstück. Nachts hörte er Mäuse rascheln. Unter der Holzdecke seines Plafonds lebte ein Tier, das in der Nacht scharrte, kratzte und pfiff. War es ein Vogel? Eine Ratte? In diesem Haus war Platz genug. Er versuchte zu beten, aber es kam ihm feige vor, im Geheimen, im Versteckten zu beten. Vor Gericht hatte man alles so genommen, als ob er dafür verantwortlich sei. Und er hatte sich immer wieder gefragt, ob das wirklich er gewesen war, von dem man gesprochen hatte. Er hatte schließlich nur noch darüber gestaunt, wie einfach alles schien. Aber nur vor Gericht war es einfach gewesen, nachher trat er wieder der Zeit gegenüber. Die Zusammenhänge lösten sich für ihn jetzt in eine Reihe von Handlungen auf, denen man erst im nachhinein eine Bedeutung gegeben hatte. War er schuldig? Er glaubte nicht mehr daran, daß er tun konnte, was er wollte. Er ging hinaus. Vor den Häusern war überall Holz gestapelt. Am Wegrand blühten wilde Kamille und Rainfarn. Später sah er über den Wiesen einen hellbraunen Hauch von abgeblühten Habichtskrautkugeln. Die großen, grünen Blätter von Burgunderrüben waren von Würmern zerfressen. Auf der Straße lagen verlorene Maispflanzen, und er bemerkte jetzt immer wieder abgeerntete Äcker zwischen den Maisfeldern, die die Sicht in die Ferne öffneten. Vor einem Bauernhaus lehnten zwei ausgediente Kinoklappstühle, die umgeklappten Sitzflächen waren schwarz, darauf stand in großen Ziffern 49 und 50. Er ging hinunter ins Dorf. Unterwegs blieb er einmal stehen und sah einem Bauern zu, der mit seiner Frau und seinem Sohn Mais umschnitt. Die Maispflanzen lagen der Reihe nach in den Ackerzeilen, die Stritzeln waren auf Haufen zusammengeworfen. Zwar hatten die drei Ascher gesehen, aber sie ließen sich nichts anmerken, sondern hackten mit den Sicheln auf die Stengel ein. Die Blätter raschelten. Sie hieben die Maispflanzen knapp über dem Boden ab, so daß gelbe Spieße stehenblieben, nahmen die Bündel in den Arm und streuten sie in die Ackerzeile. Der Bauer hob einmal seine Jacke am Feldrand auf, trank einen Schluck aus dem Mostkrug, die Sichel hielt er in der anderen Hand. Der Sohn trug einen Gummihandschuh und eine Schildmütze mit der Reklame einer Baufirma. Alles kam Ascher richtig vor, nur er selbst empfand sich als Störung. Er gehörte nicht hierher. Hühner gackerten. Neben einem Holzschuppen standen zwei Fässer mit rotgestrichenen Eisenreifen. Die Wiese um das Maisfeld war voll von Klee. Im Bauernhof hingen die Hosen an den Stulpen aufgehängt zwischen den Bäumen, von den Hemden baumelten die Ärmel hinunter. Rund um das Haus standen kahle Apfelbäume, aber die Äpfel hingen noch an den nackten Zweigen. Manchmal sah er an den Hängen unter den Obstbäumen Bretter in die Erde gerammt, damit die von den Bäumen fallenden Äpfel nicht in den Graben rollten. Hin und wieder knieten auch Frauen und Kinder unter den Bäumen, die Äpfel in Blechkübel klaubten und in durchsichtige Plastiksäcke leerten. Als er nach Wuggau kam, überholte ihn einer der Männer, die er bei der Jagd kennengelernt hatte, mit dem Traktor und nahm ihn mit. Auf dem kurzen Stück Fahrt erfuhr Ascher, daß ein Landesrat der Volkspartei eine Wahlrede halten würde und deshalb viele Menschen im Gasthaus versammelt sein würden. Am Straßenrand standen Büschel von hohen Gräsern, deren Samen von Licht durchschienen waren wie Glas. Im Hof des Gasthauses parkten Traktoren, Mopeds und Personenwagen unter den Bäumen. Die hölzerne, halbverfallene Kegelbahn war voller Äpfel. Einer der langen Tische war mit einem grün und weiß karierten Tischtuch gedeckt, das große Löcher hatte. Leere Limonadenflaschen standen herum. Ascher ging hinter dem Mann in den Nebenraum, der voller Menschen war. Ihre Jacken waren offen, auf den Samtwesten mit silberfarbenen, runden Knöpfen sah Ascher die aus glänzender Seide gestickten bunten Blumen. Er setzte sich an einen freien Platz. Rechts von ihm saß ein älterer Mann mit einem kleinen Schnurrbart. Sein Gesicht war lebhaft und faltig, er rauchte eine Zigarette mit einem halbverkohlten Spitz aus Holz. Kaum hatte Ascher Platz genommen, als der Landesrat den Gastraum betrat und vom Bürgermeister vorgestellt wurde. Der Hund des Wirtes lag unter dem vordersten Tisch und schlief. Aus dem Viehstall konnte Ascher dumpfe Tierlaute hören. Anfangs zählte der Politiker auf, was die Landesregierung für die Gemeinde getan hatte. Sei nicht damit begonnen worden, die Saggau zu regulieren? Früher, das wüßten die Zuhörer, seien im Frühjahr häufig die Felder überschwemmt gewesen, auch die Höfe seien vom Hochwasser erreicht worden. Nun habe der Landeshauptmann seit einiger Zeit damit begonnen, den Fluß regulieren zu lassen, so daß bald nichts mehr zu befürchten sein werde. Außerdem sei man dabei, die Straße von Gasselsdorf bis nach Wuggau zu asphaltieren, die halbe Strecke, davon habe er sich überzeugen können, sei schon fertiggestellt. Ascher betrachtete den Mann aufmerksam. Zeitlebens hatte er, wenn er einen Vortrag gehalten hatte, mit dem Gefühl gekämpft, ein Betrüger zu sein. Jeder Widerspruch war für ihn etwas gewesen, das seinen Betrug aufdeckte. Dieser Mann aber – und darum beneidete er ihn – schien seiner Sache vollkommen sicher. Er hatte inzwischen die Verdienste der Landesregierung von einem Blatt gelesen und war dazu übergegangen, die Politik der Bundesregierung anzugreifen. Seien nicht die Steuern erhöht und neue Steuern eingeführt worden?, fragte er. Sei nicht die Lebenshaltung teurer geworden, während die Bauern für ihre Produkte immer weniger bekämen? Die Staatsverschuldung werde immer größer. »Und was haben die Bauern davon?« fragte er schließlich. Er hatte seine Notizen durcheinandergebracht und blätterte in seinen Zetteln. »Und wem geht es schlech-

ter als früher?« fragte in diesem Augenblick der Mann neben Ascher, indem er den Zigarettenspitz zur Seite hielt. Der Landesrat blickte auf und suchte nach dem Zwischenrufer. »Wem es schlechter geht?« fragte er. Er musterte den Mann. »Können Sie als Bauer von Ihren Produkten leben? Haben Sie sich nicht Arbeit suchen müssen, um die Landwirtschaft weiter betreiben zu können?« – Der Landesrat wußte, daß er sich auf eine nicht ungefährliche Diskussion einließ. Denn auch die Volkspartei würde die Lage der Bauern nicht verbessern können. Deshalb wechselte er rasch das Thema und wandte sich wieder der Versammlung zu: Er wisse, wie hier auf dem Lande über den Schutz, den das ungeborene Leben genieße, gedacht werde. Aber wie dächten die Sozialisten darüber? Die Sozialisten hätten die ersten drei Monate des Menschenlebens für vogelfrei erklärt, die Volkspartei aber wolle das Menschenleben in jedem Alter und jeder Form unter Schutz stellen.
»Niemand wird gezwungen!« sagte der Mann laut. Diesmal beachtete der Landesrat den Zwischenruf jedoch nicht. »Der Landeshauptmann«, fuhr er fort, »hat mich beauftragt, Ihnen seine Grüße zu übermitteln. Er bittet Sie um Ihre Stimme bei den Wahlen.« Zufrieden schichtete er die Notizzettel und wartete auf den Applaus. Neben ihm stand ein junger Fotograf, der jeden, dem der Landesrat die Hand schüttelte, mit einer Polaroidkamera aufnahm.
Als Ascher von der Küche aus mit seiner Frau telefonierte, sah er den Landesrat in eine Limousine steigen und das Fenster herunterkurbeln. Sein Chauffeur drehte vorsichtig zwischen den abgestellten Traktoren um und verschwand rasch zur Bundesstraße.

Nachdem er gegessen hatte, machte er sich auf den Rückweg. Die Tür des Feuerwehrrüsthauses war mit Plakaten und halbabgerissenen, bunten Plakatresten beklebt. Über der Tür befand sich ein Fenster mit geöffneten Balken. Ein Vogel verschwand gerade in der Dunkelheit des Rüstturmes. Ein Stück weiter reiften auf dem Mauersims eines Bauernhauses Tomaten. Eine Katze saß in der Nische des Kellerfensters darunter, neben ihr lag eine rostige Zange. Das schien Ascher alles so unveränderbar, daß es ihn rührte. Dort, wo der Bauer mit seiner Frau und seinem Sohn den Mais geschnitten hatte, waren schon kegelförmige Maishaufen aufgeschüttet. Er ging bis zum Haus der Witwe und setzte sich in die Stube. Das Haus mit den Wohnräumen war über den Stall gebaut. Durch das Fenster sah er auf eine Ribiselkultur, die die Abhänge hinunter angelegt war. Davor standen große Kirschbäume und ein Birnbaum, unter welchen Tische und Bänke aufgestellt waren. Die Witwe war eine sechzigjährige Frau, sie hatte ein weiches Gesicht, graublaue Augen, brünettes Haar und volle Lippen. Ascher sah ihr zu, wie sie auf dem weißen, gemauerten Herd kochte. Über dem Backrohr lagen schlafende Katzen, die Hunde kamen in das Haus gelaufen und leckten Aschers Hand. Die Frau hieß Juliane Egger. Ihr Mann war vor mehr als zehn Jahren an Staublunge gestorben. Er sei Bergmann in Tombach gewesen, sagte sie. In Tombach habe es früher ein Steinkohlenbergwerk gegeben, das vor einigen Jahren stillgelegt worden sei. Die Männer hätten auf dem Bauch liegend in den niederen Stollen gearbeitet. Nach dem Tod ihres Mannes sei sie mit drei Kindern allein gewesen, die Tochter habe später geheiratet, einer ihrer Söhne sei Bäcker, der andere helfe ihr, die Landwirtschaft zu führen.

Er trank das Glas Wein aus, das die Frau vor ihn hingestellt hatte und fragte, ob sie für ihn kochen könne. Die Frau war einverstanden. Dann kaufte er ein halbes Dutzend Hühnereier, die sie für ihn in Zeitungspapier einwickelte.

Unter den Gräben sah er die Fischteiche. Er dachte an die winzigen Tiere und Pflanzen in den Tümpeln, die als durchsichtige Zellen im Wasser schwebten, Blau- und Gelbalgen, Urtierchen, Süßwasserschwämme, Moostierchen und Rädertiere. Wie viele hatte er einmal durch das Mikroskop gesehen! Von den Sonnentierchen erinnerte er sich an das Strahlenbällchen, dessen Scheinfüße sich bei der geringsten Berührung zurückzogen, und an das Sonnentier *Actionophrys sol*, ein kugelförmiges Körperchen, das Wimperntiere und Zieralgen fraß. Er war erstaunt gewesen, durch das Mikroskop zu beobachten, wie sie die Beute mit ihren durchsichtigen Scheinfüßen umhüllten und in den Körper hineinzogen. Am Himmel sah er jetzt dünne, graue Wolken. Gegen die Berge hin wurden die Wolken zu einer weichen, in sanften Hügeln hängenden Decke, aus der zartrosa das Abendlicht schimmerte, das die Berge am Horizont zu dunkelblauen Silhouetten machte. Er ging in das Haus und legte sich im Dachzimmer auf das Bett. Das Tier unter der Holzdecke begann wieder zu scharren, er fühlte sich ihm plötzlich verbunden. Dann dachte er an die Parteiversammlung. Automatisch fiel ihm der Mann ein, der neben ihm gesessen hatte. Er war voller Glauben an das Leben gewesen.

5

Am Nachmittag des nächsten Tages klopfte es an seine Tür. Ein stotternder Mann mit einer Fistelstimme und einer mehrfach gebrochenen Nase, die Ascher an einen Vogelschnabel erinnerte, bat ihn, mit ihm zu kommen. Ein alter Mann, der nicht weit von hier wohne, liege im Sterben. Ascher sagte, er würde kommen.

Der Mann sei nie zum Doktor gegangen. »Keinen Doktor!« brachte er stotternd hervor. Ascher steckte eine Pakkung Ampullen und Injektionen ein und folgte dem Mann. Hatte man ihn erkannt? Wußte man, wer er war? Der Himmel war blau und das Sonnenlicht schneidend hell. Ascher kam sich wie aus dem Schlaf gerissen vor. Er war in der sonnigen Küche gesessen und hatte in den Büchern gelesen. Jetzt bemerkte er, daß ein starker Wind wehte, der die großen weißen Wolken über den Himmel trieb und deren Schatten über die Hügel gleiten ließ. Manche Hügel, Wiesen, Häuser und Bäume lagen in der Sonne, andere wieder für kurze Zeit im Schatten, als schwebte ein riesiger Vogel über sie. Der Mann hielt seinen Hut, und Ascher lief hinter ihm, als verfolge er ihn. Es kam ihm vor, als triebe der Wind ihn vor sich her. Seine Jacke flatterte, wurde umgestülpt, die bewegte Luft zerzauste seine Haare, während er in den Wald eilte. Da die Äste und Zweige nun schon dünner belaubt waren, schien das Licht heller zwischen die Bäume. Im Graben lag ein Haufen Apfelmasse, die beim Pressen zurückgeblieben war und dem Wild vorgeworfen wurde. Sie liefen über einen Acker. Der Mann drehte sich um und zeigte mit der ausgestreckten Hand auf ein Haus. Ascher nickte. Er mußte darauf achten, in der weichen Erde nicht zu Sturz zu kommen. Sein Atem ging heftig. Er war das Laufen nicht gewöhnt und rang nach Luft. Der Mann öffnete eine eiserne Tür. Ascher blickte in einen dunklen Raum. Durch zwei kleine Fenster fiel Licht. Als Aschers Augen sich an die Dunkelheit gewöhnt hatten, sah er, daß er sich in einer Küche befand. In einer Ecke stand ein blaugestrichener Kasten, auch die Kredenz war blau gestrichen. Von der Decke hingen Maiskolben. Im Bett lag ein abgemagerter alter Mann mit einem großen, grauen Schnurrbart und langen, gescheitelten Haaren. Sein Kinn hing herunter, die Augen waren geöffnet und blickten ins Nichts. Ascher war herangetreten und sah eine runde, mit Draht geflickte Brille auf der Tischkante neben dem Bett. Der Pfarrer packte gerade die Gegenstände, die er zum Versehen benötigte, ein. Er war ein mittelgroßer Mann mit einer gebogenen, abweisenden Nase. Seine Lippen waren schmal, die Augen hinter der dunkelgefärbten Brille nicht zu erkennen. Sein Haar war vom Wind oder vom Schlaf zerzaust, das Gesicht unbeweglich wie eine Maske. Seine Schuhe knarrten beim Gehen, und sein grauer Anzug war so abgewetzt, daß er an den Ärmelumschlägen und den Ellbogen deutlich heller war. Sein Gesicht hatte gleichzeitig etwas von Widerstand und von Müdigkeit. Aber Ascher hatte das Gefühl, daß alles in ihm Abwehr war. Wußte er etwas von ihm? Sah er sich vor? Oder war er einfach so? Rasch ging er hinaus mit einem scheuen, kaum merklichen, winzigen Lächeln, als entschuldigte er sich damit. Ascher trat an den Toten heran und schloß ihm die Augen. Das Gesicht hatte einen überraschten Ausdruck. An der Wand hing ein kleiner Teppich mit einer Fotografie, die ihn als Soldat im Ersten Weltkrieg zeigte. Die Uniform schlotterte an ihm, die Schildmütze war zerdrückt, über einer der Brusttaschen hing ein Orden. Dieser Mensch hat nie jung ausgesehen, dachte Ascher. Vielleicht hatte er nie Zeit gehabt zum Jungsein. Die Arbeit hatte schon früh an seinem Körper gezehrt. Bauern mit schwarzen Samthüten und grünen Bändern umgaben ihn auf einem anderen Bild. Neben ihm lehnte ein Bub in Lederhosen, mit kahlgeschorenem Kopf. Zwischen den Knien und den Stutzen konnte er das weiße Unterkleid erkennen. Auch eine Hochzeitsfotografie hing an der Wand. Sie zeigte den Mann mit einer Frau am Waldrand. Sein Schnauzbart war aufgebogen, er hatte einen weiten Hut auf dem Kopf, ein weißes Hemd und eine Schleife um den Hals, aus dem geöffneten Anzug sah eine Uhrkette heraus. Die Frau hatte sich bei ihm eingehängt. Sie hatte einen in Papier eingewickelten Asternstrauß in der Hand, ihr Kleid war lang, ihr Gesichtsausdruck ernst. Links und rechts von ihnen standen zwei Männer mit Hüten, weißen Hemden und Schnauzbärten. Das seltsame aber war das hohe Blumentischchen vor dem Paar, auf dem ein Buch lag. Ascher beugte sich über den Toten, um das Buch genauer zu sehen, aber auch aus der Nähe konnte er die Aufschrift nicht entziffern. Ferner steckten noch Kriegsauszeichnungen, darunter das Eiserne Kreuz, im Wandbehang. Jetzt bemerkte Ascher, daß eine Frau den Raum betreten hatte. Sie öffnete den Kasten und fing an, in ihm zu kramen. Gleich darauf kam

eine ältere Frau, die – als sie Ascher sah – in der Tür stehen blieb. Die erste der beiden Frauen war groß, schlank und grauhaarig und trug ein gemustertes Schürzenkleid, die andere war sehr klein, voller Falten und sah wie vertrocknet aus. Sie ging jetzt schüchtern zum Kasten und übernahm die Gegenstände, die die Frau ihr in die Hand drückte: Es handelte sich um Bettwäsche, Kleider, Decken und persönliche Gegenstände.
»Wollen Sie nicht Platz nehmen?« fragte die kleine Frau.
Ascher setzte sich.
»Er ist statt dem Arzt gekommen«, sagte die andere Frau.
»Sind Sie Tierarzt?« fragte die kleine Frau wieder.
»Nein, Biologe.«
»Ach so«, sagte sie rasch. »Darf ich Ihnen ein Glas Wein bringen?«
»Nein, ich trinke nicht.«
»Ein Gläschen wenigstens.«
»Danke!«
»Nicht einmal ein Gläschen wollen Sie mit uns trinken?«
Die alte Frau hatte die Gegenstände auf das Totenbett gelegt und eine Zwei-Liter-Weinflasche aus der Kredenz geholt. Ascher sagte nichts mehr und ließ sie das Glas vollschenken.
»Die Hose ist noch gut«, sagte die andere Frau. »Die Hose können wir gebrauchen. Und die Hemden sind auch noch schön.« Die Frauen zeigten keine Spur von Betroffenheit. Die jüngere der beiden schien seine Gedanken zu erraten: »Wir haben das Haus auf Leibrente genommen. Wir mußten alle in diesem Raum leben. Den Kasten durften wir nie öffnen. In dem Bett da drüben schlief ich mit meiner Mutter, im anderen schlief er. Er hat uns immer belästigt, es war ihm egal, ob es meine Mutter war oder ich. Jetzt ist er tot.«
Sie hatte eine Blechschachtel gefunden, öffnete sie einen Spalt und blickte hinein.

»Hier ist es«, sagte sie. Beide Frauen gingen hinaus und machten die Tür zu. Ascher blickte wieder den Mann an. Er bewunderte an alten Menschen, daß sie es so lange ausgehalten hatten. Wenn sie alt waren, kamen sie ihm in Sicherheit vor. Er stand auf, nahm ein Tuch, wickelte es zusammen und band ihm das Kinn hinauf. Früher war er, sobald der Tod eingetreten war, verschwunden, es war zum ersten Mal, daß er sitzen blieb. Dieser kleine, zusammengeschrumpfte, vom Leben getretene Bauer verbreitete in seinem Tod keinen Schrecken mehr. Die Stille schien aus ihm zu kommen. Ascher schüttete den Wein zurück in die Flasche. Er fühlte etwas wie Versöhnung von dem Mann ausgehen. Was kümmerten ihn seine Sünden? Was seine Schwächen? Er hatte sie mit sich genommen. Hier lag seine Hülle, die Last, die er mit sich herumgeschleppt hatte. Die Frauen kamen wieder herein und stellten die Blechschachtel in den Kasten. Sie sprachen jetzt gedämpft. »Wir werden ihn im alten Haus aufbahren. Dort stört er niemanden«, sagte die jüngere Frau. »Ich werde fragen, ob wir ihn dort aufbahren dürfen.«
Die kleine Frau sagte nichts.
»Wir können nicht drei Nächte mit ihm in der Küche schlafen, und der Vorraum ist zu schmal.«
»Sehen Sie, Sie haben getrunken«, sagte die kleine Frau.
»Ja«, antwortete Ascher. Er gab den Frauen die Hand und trat ins Freie. Der Wind schlug ihm klar und kalt in das Gesicht.
Am selben Abend begegneten ihm auf einem Traktoranhänger die beiden Frauen und der Mann, der ihn abgeholt hatte, mit dem Sarg. »Wohin bringen sie ihn?« fragte Ascher.
»In das alte Haus. Übermorgen fahren wir ihn für das Begräbnis wieder zurück.«
Der Traktor bog von der Straße ab, der Sarg verrutschte, und der Fahrer fluchte. Die Frauen machten ein unbeteiligtes Gesicht. Mücken flogen, vom Sonnenlicht beleuchtet wie

schwebende Staubkörnchen, auf und ab. Er sah die Spuren von Traktorreifen, die sich tief in die Erde der Äcker gegraben hatten. Das Sonnenlicht kam ihm jetzt weich und müde vor. Der Wind hatte nachgelassen. Er hörte Grillen zirpen, und als er auf den Herbstwald zuging, standen die Wolken über ihm wie Feuerzungen. Er ging jetzt rasch voran. Unten in der weiten Mulde zog hinter einem Maisfeld der Nebel auf. Kinder winkten ihm aus dem großen, schwankend und langsam dahinfahrenden Schulbus zu. Wie Federn lagen die Reste von Maisstritzeln auf der Straße, die nun bergauf nach St. Ulrich führte.
Im holzgetäfelten Gastraum saßen die Bauern der Umgebung und spielten Karten. Sie blickten weiterspielend auf und schienen zu warten, was er machte. Ascher nahm hinter einem Tisch Platz. Ein Kruzifix lehnte an der Wand neben einer Speisekarte und blauen Bierreklametafeln. Jetzt erkannte er, daß auch der Mann, der bei der Parteiversammlung die Zwischenrufe gemacht hatte, im Gastraum saß. Draußen wurde es dunkel. Was ihn überraschte, war, daß ihm niemand mißtraute. In diesem Augenblick drehte sich der Mann, den er bei der Parteiversammlung gesehen hatte, zu ihm hin und sagte: »Sie kennen uns nicht, aber Sie werden gesehen, auch wenn Sie sich unbeobachtet glauben. Bilden Sie sich nicht ein, wir wüßten nicht Bescheid. Das wäre ein Fehler.« Ascher erschrak. Was wußte der Mann von ihm? Und was wollte er?
»Heute sind Sie geholt worden, weil jemand gestorben ist«, fuhr der Mann fort. »Vor ein paar Tagen waren Sie auf der Fasanenjagd ... übrigens habe ich Sie bei der Versammlung der Volkspartei gesehen ... alle, die neu hier sind, glauben, wir merken nicht, was sie tun ... sie können allein durch den Wald gehen, und wir wissen es ... über jede Wiese können sie gehen, über jeden Acker, wir werden alles erfahren.« Als der Mann Aschers überraschtes Gesicht wahrnahm, nickte er und sog an seiner Zigarette.

Am folgenden Morgen hatte Ascher einen Brief an seine Frau geschrieben und war dann in den Graben hinuntergegangen. Ein Hahn krähte in der Ferne. Als er das alte Haus betrat, stellte er fest, daß es verlassen war. Die Zimmer, in die man durch die Türöffnung sehen konnte, waren ohne Möbel. Die Fensterbalken lagen auf dem Boden. In den Hinterzimmern konnte er unter Rissen im Verputz die Strohmatten sehen. Zwei Frauen knieten in der Küche vor dem Sarg und beteten den Rosenkranz, ein Mann stand, die Kappe in der Hand, daneben. Sie schauten ihn neugierig an. Der Mann hier lag in dem aufgegebenen Haus, in dem der Bretterboden eingebrochen war. Ein Teil der ursprünglichen Tapete war noch vorhanden, sie war schwarz wie die Holztrahmen unter der Decke und wie sie mit handgemalten gelben Blumen geschmückt. Wo sie fehlten, war vergilbtes Packpapier mit Reißnägeln an die Wand geheftet. Er trat auf zerbrochenes Glas, Zeitungen lagen in den Winkeln, in einer Ecke lehnte ein Sessel auf drei Füßen. Die Toten hatten alles mit sich genommen. Es war, als seien sie mit Hab und Gut in die Vergangenheit verschwunden. Dieses endgültige Verschwinden und die Gleichgültigkeit, die zurückblieb, schien Ascher voller Würde. Im Vorraum stand ein verrosteter Eisenherd, auf dem man früher das Schweinefutter gewärmt hatte. Rohe Holzsteigen, die als Hühnerkäfige gedient hatten, lagen herum. Ein Zimmer mit einer weißgestrichenen Holzdecke war vom Tageslicht erhellt. Die Wände waren gelb und mit einem roten Muster bemalt, Spinnweben hingen in den Nischen. Hier hörte er die Geräusche von außen, vor den Fenstern wuchs Fliedergebüsch. In der Küche sah er den gemauerten, verfallenen, großen Herd, auf dem ein Kind saß. Alles, was sich Ascher über den Toten dachte, war, daß er gelebt hatte, während er noch in sein Leben verstrickt war.

Kühe waren vor das Haus gekommen, zwischen denen Ascher hindurchgehen mußte. Unter einem Baum lagen abgefallene Pflaumen, die von weitem wie ein blauer Fleck im Gras aussahen. Ascher hörte die Bienen auf ihnen summen. Gleichzeitig stellte er fest, daß ihm jemand nachlief. »Warten Sie!« rief der Mann mit der Kappe und fuchtelte mit einer Hand in der Luft. »Es ist nichts Besonderes«, sagte er dann, als er Ascher erreicht hatte. »Sind Sie Arzt? Ich habe gehört, Sie seien ein Doktor.« »Nein.« Ascher schämte sich ... Warum wies er diesen Mann nicht ab? Er wußte, daß er sich nur noch tiefer verstrickte, wenn er log, aber er war wehrlos dagegen. Er merkte, daß er wie von selbst log.

»Ich schaue jeden Toten an«, sagte der Mann, während er selbstverständlich neben ihm herging. Wahrscheinlich wollte er nur schwatzen. »Schon als Kind habe ich jeden Toten angeschaut, auch wenn ich stundenlang habe gehen müssen ... Habe ich am Abend gehört, daß jemand in der Umgebung gestorben ist, so habe ich vor Aufregung die ganze Nacht nicht schlafen können ... Am nächsten Tag bin ich den Toten ansehen gegangen.« Der Mann war klein, unter seinen Augen hingen tiefe Tränensäcke, und da die Augen selbst nur schmal waren, sah er verschwollen aus. Über der Oberlippe trug er einen Schnurrbart. Machte er eine Feststellung, dann schwieg er kurz, um die Feststellung im nachdenklichen Ton zu wiederholen. Das Auf und Ab der Hügellandschaft war irritierend. Einmal sah Ascher alles von oben, dann wiederum mußte er bergauf gehen, so daß er das Gefühl hatte, er ginge auf die Wolken zu, die über dem Hügelkamm standen, während ihm nur das nächste: seine Füße, die Steine der Straße oder die Umrisse seines Begleiters in die Augen sprang. Gleich darauf konnte er weit in das Land hineinsehen, über Hügel, die bedeckt waren von Ribiselgebüschen und geduckten Holzhäusern, Flecken von Mischwald und Wiesen bis zu einem hohen Berg, der sich im Dunst in der Ferne erhob. Er bemerkte, daß das Dach seines Hauses wie ein stumpfer Schildkrötenpanzer aussah, so als sei es zur Abwehr des Winters bereit. »Auch Selbstmörder habe ich angeschaut«, hatte der Mann fortgesetzt, »wie den Bruder des Toten ... Der Mann ist mit einem Strick in den Wald gegangen«, sagte er, während er nun stehengeblieben war, um Ascher beim Erzählen in das Gesicht zu blicken oder Luft zu holen. »Bevor er sich jedoch noch etwas antun konnte, hat man ihn gefunden und gewaltsam nach Hause gebracht.« Dort hätten ihn ein Knecht und der nun ebenfalls verstorbene Bruder so lange niedergehalten, bis er aus Erschöpfung ruhig geworden sei. Sie hätten gewartet, bis er eingeschlafen war und seien dann selbst zu Bett gegangen. Als sie jedoch am nächsten Morgen nach ihm gesehen hätten, sei er nicht mehr in der Küche gewesen. Als erstes sei ihnen dann die Tenne eingefallen ... »Bis die Gendarmen kamen, haben sie ihn in der Tenne hängen lassen müssen«, sagte der Mann weitergehend. Vor ihnen lag die große, baumlose Wiese, die sanft abfiel und sich weit im Graben ausstreckte, bis sie steil ansteigend zu Aschers Haus auslief. Von hier aus konnte man weit nach Süden sehen, und am Abend kam es Ascher vor, als blickte er in ein unwirkliches Land. Der Mann schenkte seiner Umgebung keine Beachtung. »Am Abend hat der Weinzierl, wie man bei uns einen Knecht nennt, den Toten rasiert und dabei sein Gesicht so zerschnitten, daß man ihn nicht mehr herzeigen konnte. Auch hat er, nachdem er ihn gewaschen und angekleidet hat, die Nachricht verbreitet, daß der Tote, obwohl er sich aufgehängt habe, sich nicht beschmutzt habe, wodurch verschiedene Gerüchte entstanden sind.« Daraufhin hätten die Verwandten ihm verboten, zum Begräbnis zu kommen, erzählte der Mann weiter. Der Vater des Nachbarn kam ihnen, eine Schubkarre schiebend, mit schwarzen Ohrenschützern und einem Hut auf dem Kopf entgegen. Er tat so, als sähe er sie nicht, grüßte sie aber dann doch, bevor er an ihnen vorbeigegangen war, mit einem kurzen Lächeln. Inzwischen hatte der Mann respektvoll seine Kappe gezogen und gewartet, bis der Alte so weit entfernt war, daß er ihn nicht mehr sprechen hören konnte. Die gesamte Familiengeschichte des Verstorbenen,

fuhr er dann leiser fort, sei durch Schrecken gekennzeichnet. Die beiden Töchter hätten, als sie »ledigerweise« schwanger geworden seien, Gift genommen (er sagte, sie hätten sich »abgefüttert«), weil die Männer nichts mehr hätten von ihnen wissen wollen. Eine habe vor Schmerzen tagelang geschrien, bis sie gestorben sei. Er habe sie nach Wuggau tragen helfen, denn damals habe es weder eine Straße in dieser Gegend gegeben noch ein Fahrzeug, das über Feldwege bis zu ihnen hätte gelangen können. Zwei Tage später sei sie tot gewesen. Nun konnte Ascher schon die Kirschbäume hinter dem Haus sehen, die mit einem Schleier absterbender Blätter bedeckt waren und in ihrer Buntheit wie mit gelben und roten Federn eines Paradiesvogels geschmückt aussahen. Er bog von der Straße in die Wiese ab und ging quer über sie auf das Haus zu. Der Mann folgte ihm. Als erstes, setzte er fort, sei der Vater verrückt geworden. Man wisse nicht genau warum. Angeblich habe er immer sein gesamtes Geld bei sich getragen. Weder habe er sich dazu entschließen können, es auf eine Bank zu legen, noch es zu Hause zu verstecken. Eines Tages habe er das Geld vermißt. »Die einen sagen, er habe es verloren, die anderen wiederum, es sei ihm gestohlen worden«, ereiferte er sich. Ascher bückte sich, um verfaultes Obst aufzuheben, das dort, wo es auf die Erde gefallen war, von weißen schimmelpilzartigen Kreisen überzogen war.
»Langweile ich Sie?« fragte der Mann plötzlich. Ascher fiel auf, daß er die Frage erst gestellt hatte, als er sich seines Interesses versichert hatte.
»Erzählen Sie weiter«, sagte er und lud den Mann ein, mit ihm in das Haus zu kommen, von dem sie nicht weit entfernt waren. Auf der Platte des gemauerten Herdes standen Blumentöpfe mit halbvertrockneten Pelargonien. »Zur selben Zeit hat sich der Weinzierl eine Kuh gekauft«, erzählte der Mann. »Selbstverständlich ist er dadurch in den Augen des Bauern verdächtig geworden, der ihn bei der Gendarmerie angezeigt hat. Man hat ihn verhaftet und fünf

oder sechs Wochen eingesperrt, aber – da man ihm nichts nachweisen konnte – wieder freigelassen.« Der Weinzierl sei sogar auf dem Hof geblieben, um seine Unschuld zu beweisen. Der Bauer habe sich jedoch in Arnfels an eine Wahrsagerin gewendet, um herauszufinden, wer ihm das Geld gestohlen habe, denn niemand konnte ihn davon überzeugen, daß er es verloren habe. Die Auskunft der Wahrsagerin, der Weinzierl sei es gewesen, schien ihm wie ein Beweis. Noch am selben Tag habe er den Verstand verloren. Ein Nachbar habe von da an auf ihn aufpassen müssen, denn er habe in Anfällen von Tobsucht auf alles eingeschlagen.

»Wochenlang«, so erzählte der Mann, »haben sie den Vater in sein Zimmer gesperrt und gewartet, daß er sich beruhigt.« Habe er jedoch versucht, mit den Händen zwischen die demolierte Tür und den Türstock zu greifen, um daran zu reißen, dann habe ihm sein Schwiegervater, der auf einem Stuhl vor der Türe gesessen sei, mit einem Holzpantoffel auf die Finger geschlagen. Das Essen sei in sein Zimmer gestellt worden, wenn er schlief. Schließlich habe er sich doch beruhigt und versprochen, vernünftig zu sein, worauf man ihn freigelassen habe.

Kaum jedoch habe er das Zimmer verlassen, habe er erneut begonnen zu randalieren und alle mit dem Tod bedroht. Daraufhin habe der Bezirksarzt ihn in die Anstalt Feldhof eingewiesen. Am selben Tag seien zwei Männer, da es wie gesagt damals keine Straße gegeben habe, zu Fuß von Saggau heraufgekommen. Der eine habe eine Zwangsjacke bei sich gehabt, der andere geraucht. Als der Vater die Männer gesehen habe, sei er in den Obstgarten geflüchtet. Die Männer seien jedoch unbeeindruckt davon bis zum Haus gegangen und hätten schließlich seinen Sohn, der sich auf dem Heuboden versteckt gehalten habe, nach dem Vater gefragt. Sie hätten sich auch erkundigt, ob er bewaffnet sei. Schließlich hätten sie um etwas zu trinken gebeten und seien danach, als sie den Vater erblickt hätten, ihm nachgelaufen. Kurz darauf hätten sie ihn eingeholt, nachdem der Vater zuerst schreiend zwischen den Obstbäumen bergauf geflohen sei, wobei er sich an einem herunterhängenden Ast das Hemd zerrissen und schließlich versucht habe, sich mit einem Holzprügel zur Wehr zu setzen. Die Männer jedoch hätten ihn zu Boden geworfen, sich auf ihn gestürzt und ihm die Zwangsjacke übergestreift. Daraufhin habe der Vater noch mehr geschrien. Das habe die Männer jedoch wenig gekümmert. Sie hätten ihn ohne eine Gemütsregung vor sich hergestoßen und seien mit ihm quer durch den Wald über die Wiesen und Äcker fast eine Dreiviertelstunde bis nach Wuggau gegangen, wo der Krankenwagen auf sie gewartet habe. Unterwegs hätten die Bauern, die im Freien gearbeitet hatten, schweigend zugesehen, wie sie den schreienden Mann vor sich hergestoßen hätten. Die Männer hätten jedoch keine andere Wahl gehabt. Kinder seien ihnen ein Stück des Weges nachgelaufen, bis sie von den Eltern zurückgerufen worden seien. Geweint habe niemand, da der Mann nicht beliebt gewesen sei, es habe sogar einige gegeben, die darüber gelacht hätten, wohl aus Dummheit oder Gefühllosigkeit, vielleicht auch aus Gewohnheit. Ascher sah eine Spinne, die sich sofort wieder unter Blättern verkroch. Mit Katharina hatte er einmal eine Spinne beobachtet, die ihr Netz in die Luft gebaut hatte. Sie hatte das Ende ihres Hinterleibes in die Höhe gereckt und einen langen Seidenfaden schießen lassen, der von der leisesten Luftströmung getragen worden war. Nachdem sie einen Ast getroffen hatte, auf dem der Seidenfaden kleben geblieben war, hatte sie diesen ersten Steg sogleich beschritten. In einer Reihe von verwickelten Handlungen hatte sie dann langsam ihr Netz gebaut. Ascher schaute wieder zu dem Mann auf, der seine Erzählung unterbrochen hatte.

»Ich will Sie nicht aufhalten«, sagte der Mann. Er dachte nach.

»Der Bestatter hier macht gute Geschäfte mit uns«, sagte er nach einer Weile. Er sei bis Preding und Leibnitz be-

kannt. Berge von Geräten, Gegenständen, Bildern, Instrumenten, Werkzeugen, Waffen und Kunstgegenständen Verstorbener türmten sich in den Gängen und Zimmern seines Hauses. Er sei ein merkwürdiger Mann, fügte er nach einer Pause hinzu.
Einmal sagte er nachdenklich: »Jaja ...«, dann: »Jetzt werde ich aber gehen.« Dann, nach einer Weile, ging er.
Die Spinne hatte sich gerade in einem gerollten Blatt versteckt. Noch bevor der Mann gegangen war, hatte er das Blatt in die Hand genommen und war, nachdem er einen beiläufigen Blick darauf geworfen hatte, mit dem Fuß auf die herausgefallene Spinne getreten. Dabei hatte Ascher gesehen, daß seine Füße nackt waren.

Er kam zu spät zum Mittagessen und traf nur die alte Stiefschwester an. Sie hatte ein rundes, fast starres Gesicht, in dem keine Gefühlsregung zu lesen war. Sie war klein und bewegte sich schnell. Bevor sie antwortete, ließ sie sich Zeit, so daß Ascher nie sofort wußte, ob sie seine Fragen gehört hatte. Ihre Antworten waren knapp und eindeutig, wie auch ihre Bewegungen nie zwecklos waren. Nach dem Essen war er unschlüssig, was er tun sollte.
Im Vorgarten neben Zeiners Haus blühten Dahlien. Ascher ließ seine Gedanken abschweifen. Die Eltern seiner Frau besaßen einen kleinen Garten, in dem sie Dahlien gepflanzt hatten: Gelbe »Roi des Pompons jaunes«, die ihm wie Hutblumen vorgekommen waren, lilarosa und weiße »Siemon Dorenbosch« und rote »Jescot Lingold«, die einen gelben Rand hatten. Er dachte an seine Schwiegermutter, die schlecht sah und für die er aus den Gartenkatalogen die Dahliensorten aussuchte und auf eine Bestellkarte schrieb. Jedes Jahr im Spätherbst grub sie die Knollen aus und trocknete sie auf dem Dachboden, bevor sie sie wieder einsetzte. Und jedes Jahr ergänzte und erweiterte sie den Garten mit neuen Dahlien. Er lächelte darüber, daß er die Na-

men der Sorten in Zeiners Vorgarten kannte: scharlachrote »Bishop of Llandaff«, grünlichweißen »Friedensgruß« und violettrosa, über einen Meter hohe »Praesident Moes«... Zeiners Schwiegervater, der Holzspäne schnitt, ein Mann mit einem mächtigen glatzköpfigen Schädel und einem aufgezwirbelten Schnurrbart, lachte zu ihm herüber.
»Gefallen Ihnen die Blumen?« rief er.
»Ja«, antwortete Ascher.
»Frauen sind schöner«, rief der Mann lachend.
Im Graben flog eine riesige Krähe aus einem der Äcker. Sie verschwand so plötzlich in einem Baum, daß sie ihn an ein Traumbild erinnerte. In seinen Träumen waren Tiere und Gegenstände oft unverhältnismäßig groß.

Von weitem sah er die Kirche von St. Ulrich, ein großes, gelbes Gebäude mit einem Zwiebelturm. Der Verputz war abgeblättert, so daß es aussah, als sei das Gemäuer feucht. Schulkinder spielten und lärmten drinnen. Auf der Altarbank lagen Salatbüschel, Kürbisse, Äpfel und Paradeiser. Maiskolben vom Erntedankfest hingen an den Betpulten. Ascher hatte ein Gefühl von Abgeschiedenheit, das ihm wohl tat. Die Schulkinder rutschten über den Steinboden, liefen zur Kirchentür, lachten, glucksten und flüsterten. Ascher brachte es nicht zuwege, so zu tun, als besichtige er die Kirche, während er im stillen betete. Er konnte nur warten, bis die Kinder nach Hause gingen. In der Mitte der Kirche stand auf einem Gestell eine Erntekrone aus geflochtenen Weizengarben. Als die Kinder im Spiel die Tür zu einem Beichtstuhl aufrissen, sah er eine nackte Glühbirne herunterhängen. Eine Decke war mit Reißzwecken an einer Bank befestigt, von einem Haken hing eine Priesterschleife. Noch bevor die Kinder den Beichtstuhl schlossen, erkannte er, daß die Holzgitter mit Cellophanpapier abgedeckt waren.

Unterwegs besorgte er sich Mausefallen, die er mit Schweinefett als Köder in der Küche und im Dachbodenzimmer aufstellte. Golobitsch hatte ihn im Kaufhaus – wobei er sich halb lustig gemacht hatte über ihn – darauf aufmerksam gemacht, daß er in der Küche Mäuse gesehen habe. Die Blumenkästen standen nicht mehr auf dem Herd, wahrscheinlich hatte Golobitsch sie in den Keller geräumt.
Er suchte den Histologischen Atlas. Wieder betrachtete er die Abbildungen, die Bilder blieben jedoch, was sie waren, und bei dem Gedanken an die weite Landschaft vor dem Haus kam es ihm lächerlich vor, daß er seinen Gedanken eine Bedeutung beimaß.

6

Als er am Nachmittag darauf das alte Haus betrat, sprang zu seiner Überraschung ein Fuchs vom gemauerten Herd in die Mitte des Raumes, blieb für den Bruchteil einer Sekunde stehen und starrte ihn an. Dieser Sekundenbruchteil kam ihm im nachhinein unbestimmbar lang vor. Einmal schien er ihm kurz gewesen zu sein, dann wieder so lange, daß er auf ihn wie eine Bedrohung gewirkt hatte. Tatsächlich hatte er zwischen Entdeckungsfreude und Angst geschwankt, während er ruckartig stehengeblieben war und seine Augen im Dämmerlicht den Fuchs ausgemacht hatten. Der Fuchs gab keinen Laut von sich. Offensichtlich hatte er angehalten, weil Ascher ihm den Rückweg abgeschnitten hatte. Mit hastigen Sprüngen entfernte er sich in den Nebenraum und mit einem Satz durch das Fenster in das Freie. Ascher lief ihm nach und sah ihn am Waldrand zwischen den Bäumen verschwinden. Eine Zeitlang wartete er. Dann ging er in die große Küche, in der der Sarg stand. Wie leicht und schlank ihm der Fuchs vorgekommen war. Sein huschender Schatten hatte auf ihn einen leuchtend gelblich-roten Eindruck gemacht. Wahrscheinlich hatte er in

dem Haus Mäuse gejagt, vielleicht auch einen Hasen oder vielleicht nur ein Insekt. Sein Gebiß hatte dem eines Wolfes geglichen, die Beine waren kurz und kräftig, der Schwanz war dicht und nahezu so lang wie sein Körper gewesen. Zerbröckelte Mauer rieselte von der Decke, dort, wo die Tapeten zerrissen waren. Es waren Blumen gewesen, die auf sie gemalt waren, er erkannte sie jetzt genau. Er ging langsam durch das Haus. Vor der Küche begegnete er einem Mann mit buschigen Augenbrauen. Der Mann sah ihn neugierig und erstaunt an, dann betrat er, wie es Ascher vorkam, mit vorsichtigen, tappenden Schritten die Küche, gerade so, als bemühte er sich um große Leichtigkeit.
Ascher ging zum Kaufhaus, das halb in der Sonne und halb im Schatten lag. In dem spärlich möblierten Zimmer neben dem Verkaufsraum saßen schwarz gekleidete Männer und Frauen, unter denen er auch Zeiner und die beiden Frauen, die er in dem Haus des Toten kennengelernt hatte, sah. Als er eintrat, grüßten sie ihn. Ascher grüßte zurück und ließ sich ein Glas Wein bringen. An die Innenseite der Auslagenscheibe war in verkehrter Schrift mit weißen Buchstaben eine Nachricht geschrieben. Er las mühsam und so, als handelte es sich um eine wichtige Botschaft, daß es eine Sonderaktion für Bier gab. Dann folgte er dem Gespräch der beiden Frauen. Über den durchsichtigen, hellblauen Bergen, die man durch das Fenster des Kaufhauses sehen konnte, lag ein breiter Nebelstreifen. Wie ein Wasserfall oder weißer Wolkenschaum kam er Ascher vor. Er dachte in diesem Augenblick, daß es schön war, daß die Natur unbeteiligt war. Draußen standen die Autos und Motorräder der Kleinbauern, die von ihrer Arbeit gekommen waren. Sie tranken Bier aus Flaschen und blieben eine Stunde sitzen. Der Aufbruch dann geschah eilig, so als hätten sie etwas vergessen. Da es nur wenige Tische im Raum gab, saß Ascher unter ihnen. Sie kümmerten sich nicht um ihn, verhielten sich jedoch auch nicht abweisend. Aschers Blick fiel wieder aus dem Fenster. Er mochte es, wenn der

Himmel sich am Abend langsam verdunkelte, die Wolken jedoch hell blieben. Als er gehen wollte, setzte sich Zeiner zu ihm. »Morgen jagen wir Hasen und Fasane«, sagte er, indem er sich zu ihm beugte. »Wenn Sie Zeit haben, hole ich Sie ab ... Erwarten Sie mich um sieben Uhr, falls es Ihnen nichts ausmacht, so früh aufzustehen«, fügte er hinzu.

Vielleicht war Aschers Abneigung unsinnig. Mit der Fasanenjagd – das überraschte ihn – verbanden ihn im nachhinein keine unangenehmen Gedanken. Im Grunde hatte er sich sogar wohl gefühlt. Auch schien sich Zeiner darüber zu freuen, daß er mitging.

»Sie kommen doch?« fragte er.

»Ja«, antwortete Ascher.

7

In der Nacht erwachte er. Draußen vor dem Dachbodenfenster und im Zimmer war nur Dunkelheit gewesen. Der Fußboden hatte geknackt, und Mäuse hatten gepfiffen, aber gleichzeitig bemerkte Ascher, daß es auch etwas anderes sein konnte. Die Hacke fiel ihm ein, die er nach der ersten Nacht wieder unter die Maiskolben gelegt hatte. Das kam ihm jetzt wie eine große Dummheit vor. Eine Weile bemühte er sich, einen Schritt zu hören, aber er vernahm nur das Rascheln und Scharren unter der Holzdecke. Wie leicht er in Momenten der Angst und der Abgeschlossenheit beten konnte! Aus Scham stieg er aus dem Bett, knipste die Taschenlampe an und blieb stehen. In der Tischlade fand er die Pistole, die er unter das Kopfkissen legte. Er drehte das Licht an, wartete vor der geschlossenen Zimmertür und ging dann, nachdem er das Licht wieder abgedreht hatte, zurück in das Bett. »Das dürfte niemand von mir wissen«, dachte er sich. Gleich darauf war er eingeschlafen.

Das Morgenlicht kam ihm wie ein Schutz vor. Der Hahn des Nachbarn krähte, und eine Maschine lief mit gleichmäßig dumpfem Geräusch, sonst war es still. Das Hemd, das über einer Sessellehne hing, war so kalt, daß es ihm beim Anziehen weh tat. Als er vor der Haustür stehen blieb und zwischen den Obstbäumen hinunter in den Graben blickte, schien es ihm, als habe er unendlich viel Zeit. Er ging die Straße hinauf und begegnete noch vor der großen Biegung dem Opel Zeiners, in den er einstieg.

Der braun und grau gefleckte Jagdhund kauerte zu seinen Füßen vor dem Autositz. Zeiner war müde, seine Augen waren entzündet, und auf der Bank im Fond lagen zwei Gewehre.

»Sind Sie schon wach?« hatte er gefragt, ohne eine Antwort zu erwarten. Er schaltete den Scheibenwischer ein, da die Fenster angelaufen waren. Sie fuhren in einen von Arbeitsgebäuden umgebenen Hof, in dem ein alter Mann auf sie wartete. Er trug einen grünen Jägeranzug, eine Schrotflinte, einen dicken Patronengurt um den Bauch und hatte einen Hut aufgesetzt. Seine Lippen waren blau und sein Atem ging asthmatisch. Ascher überließ ihm den Vordersitz und hockte sich in den Fond. Er spürte jetzt die Gewehre in seinem Rücken, und der Alte legte ihm die Schrotflinte und den Patronengurt auf den Schoß. Ascher hatte nichts dagegen, die Flinte zu halten. Sein eigenes Gewehr lag noch immer auf dem Dachboden. Er nahm sich vor, es wegzuräumen, auch die Hacke würde er verstecken. Wenn aber Golobitsch sie suchte? Was würde er ihm sagen? Nein, es war besser, die Hacke liegen zu lassen, wo sie war. Aber das Gewehr würde er in Reichweite seines Betteinsatzes verstecken. Während er bei seinem Gewehr immer daran dachte, wie er es wegräumen konnte, bemerkte er, daß er das Gewehr des Alten gerne hielt.

Das Auto polterte bergab, und der alte Mann sagte, daß der Kaufmann von Saggau ihn mit dem Lieferwagen zum Waldrand fahren würde, dort würde er auf die Treiber

warten. Wenn die Treiber vorbeigezogen seien, würde ihn der Kaufmann zum nächsten Trieb bringen.
Im Tal fuhren sie an den niederen Häusern und verstreuten Stadeln mit politischen Plakaten vorbei. Ascher fiel ein, daß am nächsten Sonntag Wahl sein würde. Er sagte nichts, auch die Männer schwiegen. Dann erreichten sie in der Mulde hinter einer bemalten Kapelle ein langgestrecktes Bauernhaus. Zeiner blieb stehen und begann – aus dem Wagen steigend – eine Unterhaltung mit den zwischen Kürbishaufen wartenden Jägern. Ascher reichte indessen von hinten die Waffen hinaus und quetschte sich aus dem Fond. Vor ihm war auf der Kapelle die Figur des Heiligen Florian gemalt, der aus einem hölzernen Kübel Wasser über ein brennendes Haus schüttete. Er ging hinter Zeiner und erhielt, kaum, daß sie sich zu den Jägern gestellt hatten, ein mit Schnaps gefülltes Glas in die Hand gedrückt, aus dem er einen Schluck trank, bevor er es weiterreichte. Die Vorsteherhunde der Jäger japsten, scharrten im Gras, zerrten an der Leine, wedelten mit den Schwanzstummeln. Wieder fielen ihm die dicken Patronengurte auf, die um die Bäuche der Jäger hingen. Dieses Mal waren es mehr als bei der letzten Jagd, vielleicht fünfzig oder sechzig. Die Gewehre trugen sie mit den Läufen nach oben um die linke Schulter, sie rauchten Zigaretten und unterhielten sich. Der Jagdleiter selbst ging von einer Gruppe zur anderen und begrüßte die Neuankommenden mit einem Händedruck, während der alte Bauer, ein großer, grauhaariger Mann in hölzernen Pantoffeln, vor der Haustür stand und mit unbeweglichem Gesicht in den Hof blickte. Manchmal grüßte ihn einer der Jäger, dann, bemerkte Ascher, trat er einen winzigen Schritt in den Hausflur zurück, wo zwei Kinder sich versteckten. Haustauben saßen auf den Dächern und gurrten.
»Haben Sie kein Gewehr?« fragte ihn ein großer, dicklicher Mann mit einem Spaniel.
»Ich will nur zusehen.«

Plötzlich hatte Ascher den Eindruck, daß der Mann feindselig war. Sicher lag es daran, daß er weder wie ein Jäger gekleidet war noch ein Gewehr trug. Der Mann ging jetzt langsam zum Jagdleiter und sprach mit ihm.
Der Jagdleiter schaute zu ihm herüber, während der Mann mit ihm sprach, sagte aber nichts.
Zeiner hatte sich zu den Treibern gestellt, die die Hunde an der Leine hielten, und während die übrigen Jäger auf den naheliegenden Wald zugingen, um ihn zu umstellen, blieb Ascher mit dem Dutzend Treiber zurück, ohne zu wissen, was er tun sollte.
Sie warteten, bis der letzte Jäger Aufstellung genommen hatte, dann gingen sie ein Stück über die Straße zum bergaufführenden Teil des Waldes, den sie durchkämmen sollten. Ascher sah die wartenden Jäger schon in den Wiesen und Feldern an den Telegrafenmasten lehnen. Gleich darauf wurden die Hunde ausgelassen. Sie raschelten im Laub, bellten, hielten die Schnauze auf dem Boden und schnüffelten an den Bäumen, während die Treiber pfiffen, sie anspornten und schrien.
Zu Beginn waren auf der anderen Seite des Waldes Schüsse gefallen, die Treiber waren jedoch, ohne sich darum zu kümmern, weitergehastet, und Ascher war nur noch damit beschäftigt gewesen, Zeiner nicht aus den Augen zu verlieren. Seine Brille lief an, er nahm sie von der Nase, wischte sie im Gehen ab und setzte sie wieder auf. Gleichzeitig hörte er ein hohes Klagen, das jäh abbrach. Zeiner lief jetzt und schrie, und Ascher sah einen Hund auftauchen, der – einen Hasen im Maul – sich schüttelte, um sich fester zu verbeißen. Die Augen des Hasen waren weit geöffnet und dunkel, und der Schädel baumelte am Genick. Es kam Ascher vor, als habe der Hund ihn aus einer anderen Wirklichkeit gezerrt und der Hase erst dadurch das Leben verloren. Sein weißes Brustfell war mit winzigen Blutstropfen bedeckt, aber dem Anblick fehlte das Erschreckende, das mit dem gewaltsamen Tod verbunden war. Aschers

Brille hatte sich wieder beschlagen, und während er sie neuerlich abwischte, sah er undeutlich, wie Zeiner dem Hund den Hasen entriß, mit einem Messer einen Hinterlauf durchstach, den anderen durch die Öffnung zog und ihn am ausgestreckten Arm hinunterbaumeln ließ. Das alles war so schnell geschehen, daß Ascher kaum Zeit gefunden hatte, sich Gedanken zu machen. Er hatte die Absicht gehabt, einen klaren Kopf zu behalten, nun aber wurde er mit einem Schlag in den raschen Ablauf eines Geschehens miteinbezogen. Er war nicht in der Lage, sich der Selbstverständlichkeit, mit der alles geschah, anzuvertrauen, und er bemerkte, wie er sich gerade vor ihr zurückzog. Er hatte jetzt dasselbe Gefühl, wie wenn er durch das Mikroskop auf Blutzellen oder Wassertierchen schaute: Sie waren ganz nah, enthüllten immer mehr ihre wahre Gestalt, und doch waren sie gleichzeitig unendlich fern. Einmal hatte er gedacht, daß es die Stille des Arbeitszimmers gewesen war, die diese Nähe zwischen den mikroskopischen Präparaten und ihm hergestellt hatte und ihn die Vortäuschung der Nähe nicht hatte spüren lassen, hier indessen war es der Ablauf der Ereignisse, der von seiner Anwesenheit unbeeinflußt war (genauso wie ein Blatt oder ein Sonnentierchen ihr Aussehen hatten, unabhängig davon, ob er es kannte oder nicht). Er hatte nur die Möglichkeit wegzusehen, über die er aber nicht frei entscheiden konnte, denn wie unter einem Zwang folgte er dem Geschehen. Hinter dem Jungwald waren die Hunde in gelbem Farnkraut, das aussah wie eine abstrakte Naturform, verschwunden. Es schwankte und raschelte unter der Bewegung der Tiere. Die Treiber waren stehengeblieben und warteten, da, wie Zeiner erklärte, jemand einen Fasanenhahn aufgestöbert hatte. Die Sohlen seiner Stiefel gaben im sumpfigen Boden ein glucksendes Geräusch von sich. Ascher tat die Pause wohl. Er trocknete die Stirn vom Schweiß und blickte sich um. Gleich darauf fielen in die Rufe der Treiber Schüsse, und ein Hase kollerte den Abhang hinunter, über den er zu fliehen versucht hatte. Die

Treiber lachten. Sie warteten, bis der Jäger, der den Hasen geschossen hatte, dabei war, ihn in einen Rucksack zu stopfen, oder kamen mit den Gewehren auf den Schultern zwischen den Baumstämmen hervor. Ihre Freude beschämte Ascher. »Wie schwerfällig ich bin«, dachte er. Weshalb konnte er an der Freude nicht teilhaben? Er entdeckte keinen Schrecken in sich, keine Abscheu. Alles, was er fühlte, war ein Bewußtsein der Andersartigkeit. Er sah dem Hund des Jägers zu, der um den erlegten Hasen herumsprang, ihn anbellte und zu fassen versuchte, dann aber auf einen sanften Fußtritt hin weiterzusuchen begann. Da der Rucksack zu klein für den Hasen war, hängte ihn der Jäger zwischen den Rucksackverschluß, so daß der Hase mit dem Schädel auf einer Seite und den Läufen auf der anderen herausbaumelte.

Zum ersten Mal dachte Ascher, daß die Urteile über den Tod vom menschlichen Auge gefällt wurden. »Wäre ein Hase so klein wie eine Fliege, ich würde seinen Tod nicht einmal bemerken.« Etwas später traten sie aus dem Wald. Unter sich sah Ascher jetzt eine grasbedeckte Mulde, kleine Karpfenteiche, nackte Obstbäume und den Bauernhof, von dem aus sie die Jagd begonnen hatten. Über dem Wald stand die Sonne als helle Lichtwolke im Nebel. Das Bauernhaus in der Mulde sah von oben ganz klein aus, die braunen Hühner im Hof waren nur winzige Punkte. Der Jagdleiter hatte das geschossene Wild eingesammelt und schleifte es über einen Grasweg. Ascher konnte den Treibern jetzt ohne Mühe folgen, weil sie langsamer gingen. Sie nahmen hinter dem nächsten Hügel Aufstellung und unterhielten sich, bevor sie die Hunde wieder freiließen und nach ihnen in den Wald eindrangen. Ascher fühlte eine angenehme Müdigkeit. Er wußte nicht mehr, wie weit alles von ihm entfernt war. Der Jäger, hinter dem er herging, hatte den Hasen dem Bauern gegeben, sein Rucksack und seine Hose waren voll von dunklen, vertrockneten Blutflecken.

Jählings ging es so steil bergab, daß die Hunde aufjaulten

und sich überschlugen, ehe sie sich fangen konnten. Ascher klammerte sich an Gestrüpp, Zweige und Baumstämme, um nicht zu stürzen, dann hatte er Mühe, den gegenüberliegenden Hang wieder hinaufzuklettern, der in diesigem Nebel dalag. Unter einem Baum sah er verstreute weiße Hühnerfedern, und einer der Treiber sagte, daß an dieser Stelle ein Habicht oder Fuchs seine Beute, ein Haushuhn, verzehrt habe. Er war mit einem grauen Berghut und einer Militärjacke bekleidet, in seiner Hand hielt er einen zusammenklappbaren Jägersitz, mit dem er wie mit einem Spazierstock auf die Felder zeigte. Es war kalt, und Ascher sah seinen weißen Atem. Ein dunkler Schnurrbart stand über seiner Oberlippe, Tropfen hingen an den Spitzen. »Wenn es Ihnen nichts ausmacht, können wir langsamer gehen«, sagte er. Sie traten auf eine Wiese, von der man wieder in das Tal hinuntersehen konnte. Äpfel essende Jäger mit umgehängten Gewehren und Hunden an der Leine überquerten in großen Scharen den Hang. An ihren Lederschlaufen baumelten Nußhäher, deren Augen fest geschlossen waren, wie Ascher es als Kind im Winter bei erfrorenen Singvögeln gesehen hatte. Der Treiber, der mit ihm das letzte Stück gegangen war, hatte sich gebückt, einen Apfel aufgeklaubt und ihn Ascher gereicht. Er schmeckte wunderbar süß und kalt, Ascher war es, als betäube die Kälte seinen Kopf. Jetzt sah er auf ein tiefes, weites Talbecken hinunter mit weißgekalkten und umgepflügten Äckern und gelben Maiskegeln, die dicht nebeneinander aufgestellt waren. Gleich darauf strömten die Treiber wieder in den Wald. Laub regnete auf sie nieder, und das Sonnenlicht lag in Flecken auf dem Boden. Plötzlich sah Ascher einen Hasen, halbverdeckt von abgefallenen Blättern unter einem Baumstrunk vor sich. Er starrte den Hund, der ihn aufgestöbert hatte, an, machte einige Sprünge, erreichte die Hügelkuppe, wurde jedoch im selben Augenblick von Schüssen getroffen, die ihn herumwirbelten. Die Flucht hatte für Ascher etwas von irrwitziger Komik gehabt, die ihn seltsam leicht und mitleidig ge-

macht hatte. Kaum war der Hase erlegt gewesen, war der nächste in Zickzacksprüngen zwischen den Baumstämmen auf sie zugeflohen, und während Ascher noch beobachtet hatte, wie er gelaufen war, hatte er in den Augenwinkeln Zeiner wie einen Schatten das Gewehr von der Schulter nehmen gesehen, an einem Luftzug gespürt, wie er sich umgedreht hatte, ein Schuß war gefallen und der Hase war in einer kleinen Wolke aus aufgewirbelter Erde und Staub verschwunden. Aber sein Klagen war noch zu hören gewesen, das das Gekläff der Hunde mit einem hohen durchdringenden Laut übertönte. Sie waren vor einem von abgefallenen Blättern bedeckten Karpfenteich angekommen und warteten. Das Klagen des Hasen war jäh verstummt. Ein schwarzer Hund brachte ihn einem Treiber, der hinter Ascher noch im Gebüsch ging. Der Treiber griff nach dem Hasen und warf ihn den Waldhang hinunter, daß er vor Aschers Füße fiel. Ascher bückte sich und hob ihn auf. Er war überrascht, wie schwer er war. Die Schwere schien ihm der Ausdruck des Todes zu sein. Bei toten Menschen hatte er diese Erfahrung schon gemacht, er erwartete automatisch ein schweres Gewicht, auch der flink und leichtfüßig dahineilende Hase schien erst durch den Tod seine Schwere erhalten zu haben.
»Wollen Sie den Hasen haben?« fragte Zeiner.
Ascher schüttelte den Kopf.
»Natürlich, Sie sind allein. Das ist klar«, sagte Zeiner. Als Ascher den Hasen gehalten hatte, hatte er unter dem Fell die Knochen gespürt, sie waren hart und bewegungslos gewesen. Er verspürte noch immer das Gefühl in der Hand. Ein Stück weiter oben, den Wasserzufluß zum Karpfenteich entlang, wuchsen hohe Schachtelhalme. Zeiner legte den Hasen nieder und drehte Ascher den Rücken zu.
»Einen Augenblick«, sagte er. Die Schachtelhalme standen ihnen bis zur Brust. Die Treiber schritten durch sie wie durch Wasser. Ascher hatte eine Vogelfeder eingesteckt, auch etwas Moos hatte er von einem Baumstamm gekratzt

und in einen Nylonbeutel gesteckt. Sie gingen stumm bergab, tief geduckt unter überhängenden, verfilzten Zweigen, außer Atem. Weiße Pilze kamen unter dem Laub zum Vorschein, die Sonne schien und erhellte den Wald, aber die Luft war immer noch kalt. Von weitem konnte Ascher erkennen, wie der Hund des Jagdleiters einen Hasen riß, aber es ging so schnell, daß es ihm aus der Entfernung und durch das angestrengte Gehen wie etwas Nebensächliches vorkam. Am Waldrand stapften sie durch tiefes Laub, die Treiber schleiften die Hasen mit den Schädeln nach unten hinter sich her. Sie trafen auf die wartenden Jäger, und Ascher, den die Müdigkeit zu schmerzen begann, entschloß sich, mit den Jägern zu gehen. Er wartete, bis sie die Hasen, Fasane und Nußhäher eingesammelt hatten, dann wanderte er hinter ihnen in den Graben, während die Treiber im Wald verschwanden. Wie durchsichtig die Luft war. Und die Sonne schien hell. Vor ihnen lagen zwei ausgelassene Teiche, die feuchte Erde glitzerte im Licht. Zwischen den Teichen war ein Lieferwagen abgestellt mit aufgeklappter Ladetür. Ascher überließ sich dem Wärmegefühl seiner Haut, dem Wohlbefinden, das durch das langsame Bergabgehen erzeugt wurde. Die Anstrengung der Muskeln ließ ihn seinen ganzen Körper empfinden, auch war er noch benommen. Im Laderaum des Lieferwagens wurde eine Kiste Bier bereitgehalten, daneben sammelte man das erlegte Wild. Ascher warf einen Blick auf die graubraunen Pelze der Hasen, in denen Lehmspritzer und winzige, hellrote Blutstropfen klebten und auf das bunte Gefieder der Vögel. Als er sich wieder aufrichtete, bemerkte er den Alten, den Zeiner am Morgen mitgenommen hatte. Mit grauem Gesicht wärmte er sich an der Sonne. Er sagte, daß das Anstehen schwer gewesen sei, denn im Schatten sei es bitter kalt.

Die Stimme des Alten hatte blechern und tief geklungen, und sein Atem schien in seiner Brust Membranen zu bewegen. Er drehte sich zur Seite und blickte vor sich hin.

Nachdem die Jäger getrunken hatten, gingen sie über das große, gelbe, abgeerntete Feld am Ausgang der Mulde zum nächsten Waldstück. Die sanften Grashänge, die sie umgaben, waren von Maiskegeln wie von den Zacken einer Krone verziert. Von ferne hörte Ascher einen Traktor tuckern, gedämpfte Schüsse der Treiber, dann einen Specht. Ihm fiel auf, daß er das Empfinden für die Zeit verloren hatte. Er schaute nicht auf seine Uhr, Hunger oder Durst verspürte er nicht. Der Jagdleiter war nun stehengeblieben und teilte die Jäger ein, in welcher Reihenfolge sie sich aufzustellen hatten. Als er einem jungen Jäger Anweisungen gab, sah er auch Ascher fragend an, so daß er sich neben den Jungen stellte.
Die Stimmen der Treiber kamen näher. Ascher stand bewegungslos in der weichen Erde und blickte auf einen Baum, in dessen weiter Krone eine Schar Vögel saß. Der junge Jäger legte plötzlich das Gewehr an und folgte einem Hasen, der aus dem Wald floh, mit dem Lauf in einer ruhigen Bewegung, hielt kurz an, als er einen Haken schlug (der Ascher zwar überraschte, die Aussichtslosigkeit seiner Flucht in dem weiten Feld jedoch deutlicher machte) und schoß, worauf der Hase zappelnd und wie von Krämpfen geschüttelt weiterlief, auf den nächsten Jäger zu, der sich ohne Hast nach vorne beugte und abdrückte.
Ein Flugzeug brummte hoch am Himmel. Ascher konnte es nicht sehen. Der Jäger ging auf den Hasen zu, hob ihn auf und schwenkte ihn an den Hinterläufen zu Ascher und dem jungen Jäger herüber. Die Stimmen der Treiber, von denen Ascher einige wiedererkannte, klangen nun so, als wären sie mit ihnen auf der gleichen Höhe, Schüsse fielen.
Ascher blickte noch immer zu dem Jäger hinüber, der den Hasen geschossen hatte. Ein Dachsbart steckte in seinem Hut, an einer Lederschnur hing ein Fasan mit langgestrecktem Hals. Bei jedem Schritt schaukelte der Körper gegen sein Knie und wurde zur Seite oder nach vorne gestoßen, worauf er einige Drehungen machte, bis der Lederriemen

sich tief in die Halskrause geschnitten hatte und der Fasan – sich langsam ausdrehend – wieder in eine Schaukelbewegung geriet, die ihn dann abermals gegen das Knie stoßen ließ. Der dicke Ledergurt mit den messingfarbenen Hülsen der Schrotpatronen gab ihm etwas Behäbiges und Unerbittliches. Er drehte und wendete den toten Hasen und zeigte ihnen die Einschußlöcher. Der junge Jäger sagte nichts, sondern ließ den anderen sprechen, und je mehr dieser sprach, desto zurückhaltender war er. Manchmal verzog er den Mund und zuckte mit den Schultern.
»Das mit den Hinterläufen war ich«, sagte er, als sie wieder allein waren. »Der Hase hat einen Haken gemacht und ich habe ihn in die Hinterläufe getroffen...« Dabei rieb er aus Ärger seine Wange am Hemdkragen. Auch richtete er das umgehängte Gewehr mehrmals gerade. »Gehen wir«, sagte er dann.
Sie gingen schweigend eine Wiese mit Obstbäumen bergauf zu einem Bauernhof.
Die Jäger hatten dort die Gewehre auf die Traktoranhänger oder auf Zweige der Obstbäume oder die halb geöffnete Stalltüre gehängt und hockten auf einem Haufen roter Hohlziegel, die am Viehstall aufgestapelt waren. Ascher bemerkte zwei gefleckte Katzen, die auf dem Stapel schlichen, um sich vor den Hunden und Menschen in Sicherheit zu bringen. Neben der Strecke hatte der Lebensmittelhändler den Lieferwagen geparkt. Einer der Hasen war von den Hunden so zerrissen worden, daß sein Fleisch in Löchern und Rissen unter dem Fell hervorschaute, die Gedärme waren aus dem aufgerissenen Bauch gequollen, und aus einem der Hinterläufe ragte der Knochen heraus. Später wurden Glaskrüge mit Wein gefüllt und herumgereicht, vom Bauernhaus wurde Most in einem grünen Tonkrug gebracht. Ascher stand in der warmen Sonne, bis die Jäger wieder aufbrachen. Er folgte ihnen in einem Abstand, denn er hatte noch zugesehen, wie der Lebensmittelhändler die Strecke eingesammelt und im Laderaum verstaut hatte. Zuerst kam

er am Bauernhaus, vor dem auf großen Packpapieren Kürbiskerne zum Trocknen auflagen, vorbei, dann wanderte er eine Wiese zwischen Äckern und dem Waldrand hinunter. Der Himmel war jetzt weißblau. Er blickte in den Graben, bis zu dem die Jäger Aufstellung genommen hatten. Die Gewehrkolben stützten sie auf das vorgestellte Knie. Eine Fasanenhenne segelte aus dem Dickicht hoch über dem Graben und den Äckern auf den gegenüberliegenden Hügel zu, dann tauchte ein Fasanenhahn zwischen den Baumkronen auf, sofort fielen Schüsse, und der Fasan stürzte zu Boden. Der Jäger hob ihn auf, während die Flügel noch flatterten, und Ascher sah, daß der Mann den Kopf in der Hand hielt, so daß der Schnabel aus der geschlossenen Faust schaute und der flügelschlagende Körper herunterhing. Federn flogen durch die Luft, aber der Jäger ließ den Vogel noch zappeln, bevor er ihn, den Waldrand nicht aus den Augen lassend, in das Gras legte, wo er mit langsamen Schlägen zwischen seinen Stiefeln weiterzappelte. Ascher konnte die helle Innenseite der Flügel sehen. Er ging näher heran, hörte jedoch keinen Laut bis auf das Knattern und Rascheln der Federn. Der Jäger schaute Ascher fragend an, dann zeigte er ihm eine blutige Hand.

»Das waren die Krallen«, sagte der Jäger. »Sehen Sie, hier sind sie eingedrungen, an dieser Stelle haben sie sich durchgebohrt.« Er hatte ein Taschentuch herausgeholt und warf wieder einen Blick auf den Waldrand. Als er das Taschentuch wegnahm, rann Blut aus dem Handballen.

In diesem Augenblick erschien der Fuchs. Ascher hatte seinen Blick von der Hand abgewandt und sah ihn aus dem Unterholz auftauchen. Er brach zwischen den Blättern hervor, zögerte, machte zwei Sätze, um zu fliehen, wurde aber mitten im Sprung von einem Schuß getroffen, der ihn sich überschlagen ließ. Der Jäger, der ihn getroffen hatte, war grauhaarig, mittelgroß und hatte ein blasses faltiges Gesicht. Er ging ohne Hast zum Fuchs hin und tat, als hörte er die Zurufe der Jäger und Treiber nicht, die neugierig

aus dem Wald kamen, bückte sich und packte ihn beim Schwanz.
Es war ein noch junger Fuchs. Sein Fell leuchtete rot, der Bauch und die Schnauze waren weiß, auf den Läufen und Ohren hatte er schwarze Flecken. Seine Zunge hing aus dem Maul wie eine große Himbeere.
Die anderen Jäger und Treiber waren nun gekommen und schauten den Kopf an und den Schwanz und gingen dann in den Graben hinunter. Ascher folgte dem Jäger, der den Fuchs hinter sich herschleifte, bis sie die Sammelstelle erreicht hatten. Er strich über den Schwanz und den Körper und ging dann zum Wasser, wo die Jäger hockten.
»Waschen Sie sich die Hände, wenn Sie ihn angegriffen haben«, sagte einer der Männer. »Wegen der Tollwut.« Das Bachbett war voller grauer, alter Blätter, das klare Wasser floß darüber. Aber als er sich die Hände wusch, spürte er, daß es klebrig war. Der Jagdleiter war jetzt gekommen, er trug einen Klappsitz im Rucksack, die hölzernen Beine ragten heraus.
»Ich möchte den Fuchs kaufen«, sagte Ascher.
»Es ist ein schöner Fuchs«, sagte der Jagdleiter.
»Glauben Sie, daß er gesund ist?«
»Ja.«
»Wir können ins Geschäft kommen, wenn wir mit der Jagd fertig sind«, sagte der Mann.
Ascher wußte nicht, was ihn an dem Fuchs anzog. Schon im alten Haus hatte er den Fuchs bewundert, der aus dem Fenster vor ihm geflüchtet war. Seine Schwanzspitze war weiß. Er würde den Fuchs kaufen und das Fell gerben lassen. Er stellte sich vor, wie seine Frau mit dem roten Fuchskragen aussehen würde.
»Im letzten Winter habe ich einen geschossen, der auf einen halb zugefrorenen Mühlteich geflohen ist, aber bevor er es sich überlegt hat, in das Wasser zu springen, hat er kehrtgemacht und versucht, über das Eis zu entkommen, wo ich ihn erschossen habe«, sagte der Jäger, indem er den Fuchs

aufhob und weiter hinter sich herschleifte. Kalk staubte von einer Wiese auf, und die Jäger, die Tiere mit sich trugen, gingen am schmalen Wiesenrand, auf dem der Kalk nicht so dicht lag. Noch immer schien die Sonne. Auf den Hügeln war es hell, aber hier herunten im Graben lag Schatten. Mit Sicherheit würde er den Fuchs kaufen. Er wußte, daß er Therese gefallen würde. Jemand mußte ihm das Fell abziehen, das war klar. Aber dafür würde sich bestimmt jemand finden. Ein Pfad führte zu einem steinernen, weißen Bauernhaus mit einem hölzernen Obergeschoß. Natürlich durfte er Therese nichts Trauriges erzählen, sie weinte leicht. Ascher mußte lächeln. Wenn er ihr in allen Einzelheiten erzählte, wie sie den Fuchs geschossen hatten, würde sie sicher weinen. Er mußte ihn ihr in einem Anflug oberflächlicher Freude geben. Jetzt erschien Ascher der Fuchs klein. Als er ihm im alten Haus gegenübergestanden hatte, war er ihm groß vorgekommen und – er würde es ruhig zugeben – Respekt einflößend. Aber die Jäger hatten gesagt, daß es ein schöner Fuchs war. Er hatte schwarze Barthaare, sein Fell war auf dem Bauch weich und auf dem Rücken an der Oberfläche drahtig, sein Schädel breit, die Zähne waren spitz und weiß gewesen wie Elfenbein. Der Jagdleiter blieb stehen und teilte die Jäger wieder zum Anstehen ein. Ascher blieb bei dem Jäger, der den Fuchs hinter sich herschleppte.
Er betrat den Bauernhof und wusch sich, nachdem er zuerst um Erlaubnis gefragt hatte, im Kuhstall die Hände. Der Hofhund stand hinter einem Sandhaufen und bellte. Weiter unten hörten sie die Treiber vorbeiziehen. Der Jäger ließ sich Zeit und schlenderte mit ihm die Asphaltstraße, die sie nun erreicht hatten, hinunter, am Waldrand entlang, an dem die Jäger auf Klappstühlen saßen. Auch den Alten sah Ascher mit verkniffenen Lippen, den Oberkörper nach vorne gebeugt auf seinem Klappsitz in den Wald starren. Er blickte nicht auf. Von seinem Platz sah man tief in den Wald hinein, auf das Laub und die Baumstämme. Mit den Jägern, an denen sie vorbeikamen, sprachen sie nichts.

Am Ende des Waldes, wo wieder die Äcker begannen, setzten sie sich auf einen Bretterstapel. Ein Bauer fuhr an ihnen vorbei mit einer Ladung Mist, der, als er sie auf dem Acker auslegte, dampfte. Dann kam der Lieferwagen mit dem Alten im Schrittempo, hielt an und nahm den Fuchs auf, den der Jäger wie einen Gegenstand in das Auto schob.
Ascher folgte nicht mehr den Jägern, sondern begleitete den Alten zum Bauernhof. Er nahm ihm das Gewehr und den Patronengurt ab, den er sich selbst um den Bauch schnallte, und der Alte hatte den Hut vom Kopf genommen. Der Graben lag weit und ohne Menschen vor ihnen. Ab und zu arbeitete ein Traktor in der Ferne. Der frisch gepflügte Acker, der sich vor ihnen ausdehnte und den er manchmal zwischen Obstbäumen oder Telegrafenmasten sah, kam ihm vor wie ein brauner Fluß. Sie gingen an der bemalten Kapelle vorbei zum Haus, wo Ascher ihm das Gewehr und den Patronengurt zurückgab.
»Das ist gut so«, sagte der Alte, »sie sollen nicht sehen, wie ich beisammen bin.« Er blickte zu den Haustauben auf, die auf den Dächern saßen. »Zum Abschluß schießen wir immer die Tauben herunter. Es sieht aus, als schneie es Federn.« Er nahm Tabletten aus der Tasche, ging zum Brunnen und schluckte eine, indem er Wasser aus der hohlen Hand nachtrank. Sie waren so langsam gegangen, daß nun schon die Jäger vom gegenüberliegenden Hügel in Scharen auf den Hof zukamen. Sie waren laut und achteten nicht darauf, was jemand bei ihrem Anblick denken mochte. Als sie in Hörweite des Hofes waren, rief einer: »U-ru-ku«, und die anderen schrien ebenfalls und holten die Gewehre herunter. Es war Abend. Ascher blickte jetzt über die Hügelkuppe in die Ferne. Merkwürdige Wolken hatten sich auf dem Horizont gebildet: Ein schwarzes Rauchgebilde über einem Berggipfel sah aus wie ein friedlicher Vulkanausbruch. Über seinem Kopf bemerkte er, als er zu den Tauben aufschaute, zerfaserte, dünne, weiße Wolkenflecke auf dem Himmel wie Eisblumen auf Glas. Die Jäger waren in den Hof ge-

kommen, und der Bauer kletterte mit einigen von ihnen auf die Tenne.
»Solange sie nicht fliegen, schießen wir nicht. Erst wenn sie in der Luft sind, holen wir sie herunter«, sagte der Alte. Er hatte den Kopf zurückgelehnt wie beim Rasieren. Ascher sah die zwei Kinder des Bauern in der Haustür stehen, der alte Bauer spähte unbewegt durch die Scheibe eines Küchenfensters.
»Die Tenne ist weiß von Taubenkot«, sagte einer der Jäger, der mit auf die Tenne gestiegen war. »Wenn er herunterkommt, fangen wir an. Geben Sie acht«, sagte der Alte. Er nahm sein Gewehr von der Schulter und schaute zum Himmel. Ein Jäger war mit einem Stock zum Taubenkotter gegangen und hatte gegen die Bretterwand geschlagen, und ein großer Schwarm Tauben flog mit Flügelknattern auf und machte einen Bogen um das Haus, aber bevor er sich noch auf dem Dach niederlassen konnte, fielen Schüsse. Erschrocken kreisten die Tauben weiter, Federbüschel lösten sich in der Luft auf, tote Tauben plumpsten auf die Erde, der Schwarm wagte es jedoch nicht, sich niederzulassen. Kaum hatte es eine einzelne versucht, als die Schüsse sie wieder aufscheuchten, in der Luft zerrissen und zu Boden holten. Der Alte stand steif da, drehte sich wie eine mechanische Figur, das Gewehr unbeweglich nach oben gerichtet, um seine Achse und schoß, sobald der Schwarm nahe genug war. Dann lud er ruhig nach. Die Jäger ließen sich Zeit. Bedächtig griffen sie in den Patronengurt, luden die Gewehre nach und schossen in den fliehenden Schwarm. Niemand machte eine rasche Bewegung. Ascher sah zu den beiden Kindern im Hausflur hin, deren Gesichter unverändert ernst und ruhig waren. Mit offenen Mündern schauten sie zu, der alte Bauer und die Bäuerin standen jetzt hinter ihnen und lächelten stumm über das Treiben. Kaum hockte der Schwarm auf dem Stall, wurde er durch Steinwürfe und Geschrei aufgetrieben, er versuchte sich auf das Hausdach zu retten, auf das Tennendach, auf das Dach der Gerätekam-

mer, aber er kam nicht zur Ruhe. Sofort flogen Steine, lärmten die Jäger, so daß die Tauben in die Luft flohen, in der sie von Schrotladungen getroffen wurden, die sie mit Blut bekleckert zur Erde holten. Immer wieder bückten sich die Jäger, hoben Tauben auf, oder sie streckten sich und griffen sie, ohne sie sehen zu können, tastend aus Dachrinnen und hielten sie gebündelt mit zerrauftem weißbraunen und weißgrauen Federkleid in der Hand wie umgedrehte Blumensträuße. Hatten sie genügend eingesammelt, dann legten sie sie zur Strecke, die der Bauer aufgeschichtet hatte und abzählte. Schließlich erschien die Bäuerin mit einem Mostkrug, und in Kürze war es still, einige tote Tauben wurden mit Stangen von Dächern geholt, ein Jäger kletterte auf einen Zwetschgenbaum und warf die Vögel, die sich im Gezweig verfangen hatten, hinunter. Ascher stand unter den schwatzenden und rauchenden Jägern vor der Strecke, in der neben dem Fuchs auch ein von einem Hund gerissenes Reh lag. Klein und mager lag es da. Als er den Jagdleiter sah, fragte er ihn nach dem Fuchs. Der Jagdleiter runzelte die Stirn, dann sagte er »Achthundert.«
»Er kommt mir klein vor.«
»Klein? Sie finden ihn klein?«
»Ja.«
»Gut. Sechshundert, obwohl er nicht klein ist. Sechshundert ist mein letztes Angebot. Wenn wir die Tollwut haben, müssen wir sie abgeben. Dann steigen die Preise.«
Ascher zählte die Scheine und drückte sie ihm in die Hand.
»Sie werden zufrieden sein. Sechshundert ist ein guter Preis, und der Fuchs ist sehr schön. Ich kenne jemanden, der ihn abzieht. Wenn Sie in das Gasthaus mitkommen, treffen Sie ihn dort, sind Sie einverstanden? Gut. Warten Sie, ich verstaue ihn in meinem Kofferraum. Wenn Sie wollen, können Sie mit mir fahren.«
Ascher bedankte sich. Er setzte sich, nachdem sie den Fuchs verstaut hatten, zum Jagdleiter auf den Vordersitz.

»Ein schöner Abend«, sagte der Jagdleiter.
Ascher blickte durch die staubige Windschutzscheibe. Vor der Sonne lag ein glühend goldener Wolkenschleier, und über den Hügeln und Bergen ging die Luft – als würde sie von einem farbigen Gas durchdrungen – vom Graublauen ins Zartgelbe über. Er griff nach einem Taschentuch und fand das Moos und die Vogelfeder und verspürte plötzlich eine Sehnsucht nach der Stille des Hauses, den Büchern und dem Mikroskop, aber er ließ sich nichts anmerken, sondern antwortete: »Ja, ein wunderbarer Abend, Sie haben recht.«

8

Zu Hause betrachtete Ascher die Vogelfeder. Er hatte keine kräftige Schwungfeder genommen, sondern das Ende einer kleinen, leichten Flaumfeder. Er hörte nur das Metallgeräusch, als er mit der Schere das Endstück der Feder herausschnitt, das er dann zwischen Objektträger und Deckglas legte. Jedesmal, wenn er durch das Mikroskop etwas betrachtet hatte, hatte er anfangs den Gedanken gehabt, daß er zu achtlos war. Achtlos nahm er ein Hühnerei in die Hand, eine Blüte, Gräser, die Schuppen eines Fisches. Und doch, wie kompliziert alles aufgebaut war: zum Beispiel Salzkörner oder Schwefelblüten oder ein Tröpfchen Honig. Er hatte früher Vergnügen daran gefunden herauszufinden, welche Art von Blütenstaub sich im Honig befand. Um sicher zu sein, hatte er Vergleichspräparate von Pollenkörnern angelegt, die er bald auswendig kannte. Er wußte jetzt noch, wie sie unter dem Mikroskop aussahen: Der Blütenstaub der Sonnenblume hatte die Form von stacheligen Kugeln (ähnlich Roßkastanien), das Wiesenschaumkraut war rund und von wabenförmigen Zellen unterteilt, während aus den Pollenkörnchen der Weidenröschen feine, sich verschlingende Fädchen wuchsen. Am Vorkommen der Pollenkörnchen konnte er feststellen, woher der Honig stammte. Er hatte Insektenflügel, Menschenhaar, Schmetterlingsschuppen und Zwiebelschalen betrachtet. Beim Präparieren der Schmetterlingsschuppen hatte er sich vor dem kleinsten Staubkörnchen in acht nehmen müssen. Er hatte etwas Deckglaslack auf einem Objektträger trocknen lassen, die Schuppen – indem er mit einem feinen Pinsel über den Flügel gestrichen war – abgenommen und sie durch Abtupfen des Pinsels auf das Glas gebracht. Die Flügel waren pelzige Stoffe gewesen mit den feinsten Farbschattierungen und Härchen an den Rändern. Auch ganze Insekten hatte er in seiner Sammlung gehabt, er hatte Mücken in Tablettengläschen gefangen, die mit 70 %igem Alkohol gefüllt waren und die frischen Präparate sorgfältig mit einem halben Bleikügelchen aus Anglerarsenal beschwert. Unter dem Mikroskop hatten sie dann in Bernstein eingeschlossenen fremden Lebewesen geähnelt. Wunderbar war auch der Kopf einer Bremse, er trug viele Einzelaugen, deren komplizierten Bau er in Schnittpräparaten erkennen konnte. Sie sahen aus wie feinstmaschige kleine Siebe, die in einen gelenkartigen, knöchernen Saugschnabel zu münden schienen. Als er jetzt die Vogelfeder unter das Mikroskop schob, erinnerte er sich daran, wie er einmal die Larve einer Büschelmücke in den Fangarmen eines Süßwasserpolypen beobachtet hatte. Der Süßwasserpolyp hatte versucht, sie zu fressen, doch der Bissen hatte seine Fassungskraft überstiegen, er hatte die Beute wieder fahrenlassen müssen, die Larve war jedoch am Gift der Nesselkapsel zugrunde gegangen. Sie war gelblich durchsichtig gewesen wie Fruchtgelee, der Kopf hatte einer aufgeschnittenen Birne geähnelt, deren Kerne die dunklen Augen und deren Stengel der winzige Schnabel gewesen waren. Er seufzte und betrachtete das Federstückchen. Vom Hauptast gingen Seitenäste aus. Jeder von ihnen trug feine Fortsätze mit einer Anzahl Häkchen, die ihn mit dem Nachbarast in eine feste Verbindung brachten. Erstaunlich war, daß er diese Verbindung, wenn er sie gewaltsam löste, schon durch leises Streichen wieder in ihre ursprüngliche Ordnung bringen konnte.

Er setzte sich zurück und drehte an der Verstellschraube. Der Fuchs hing jetzt wahrscheinlich noch immer im Vorraum des Bauern, zu dem sie ihn gebracht hatten. Eine breite Holztreppe führte von dort zum Dachboden. Von einer der Stufen war das frischabgezogene Fell eines anderen Fuchses zum Trocknen gehangen. Der Bauer hatte zum Jagdleiter, der mit ihm gekommen war, gesagt, es sei ein schöner Fuchs, und hatte ihn in eine Kiste mit Äpfeln unter die Treppe gelegt.

»Er ist gesund«, hatte er gesagt. »Außerdem hat er schon das Winterfell, das ist gut, dadurch hält er länger. Wenn er das Winterfell trägt, ist seine Haut innen weiß, sonst blaurot.« Morgen, so hatte er gesagt, würde er ihn abziehen, und in ein paar Tagen würde er getrocknet sein. Ascher drehte das Licht ab und ging zu Bett. Als sich seine Augen an die Dunkelheit gewöhnt hatten, sah er die Schere, den Wasserkrug, den er nicht benutzte, das Mikroskop. Das Gewehr und die Pistole fielen ihm ein, und er überlegte sich, sie wieder zu verkaufen. Manchmal spielte er mit dem Gedanken, sich zu töten. Er stellte sich vor, daß er die Pistole in die Hand nahm, an den Kopf legte und abdrückte. Dann traten andere auf. Er bezog die Menschen, die ihn finden würden, in seine Vorstellung mit ein, Menschen, die er kurz zuvor zum ersten Mal gesehen oder kennengelernt hatte. Manchmal schämte er sich wegen Katharina, oft aber war sie in seinen Gedanken so weit weg, daß es ihm schien, sie würde ihr Leben unverändert weiterführen. Auch von Therese dachte er so.

Er war zu müde, seine Gedanken weiterzuverfolgen. Es kam ihm vor, als gelte es nur, die Dunkelheit hinter sich zu lassen.

9

Am nächsten Morgen weckte ihn Golobitsch mit der Bitte, daß er den Mais seiner Lebensgefährtin auf den Dachboden schütten und den eigenen im Haus schälen dürfe. Ascher fühlte sich durch die Bitte bedrängt, der Gedanke aber, nicht allein zu sein, tat ihm wohl. Nach dem Mittagessen betrat er Zeiners Haus. Auf dem weißen Kachelherd, der mit einem Muster aus Rosenblüten und -blättern verziert war, kochte in einem Blechtopf Wasser. Der Schwiegervater Zeiners sah ihn mit unverhüllter Neugierde an. Ascher, der Zeiner bitten wollte, ihn am Freitag zur Bahn zu bringen, denn er hatte die Absicht, über das Wochenende und zur Wahl in der Stadt zu sein, fragte nach Zeiner, der Alte schüttelte jedoch den Kopf. Seine Augen waren blau, und die Augäpfel waren wie die Nase von feinen Äderchen durchzogen. Es war still, nur die Waschmaschine, die in einer Ecke stand, summte. Die Tür wurde aufgerissen und eines der Kinder Zeiners lief in die Küche und wieder hinaus. Auch Zeiners Frau kam aus dem Stall. Sie war groß und dunkel, aber ihre Heiterkeit machte Ascher unsicher, denn er verstand ihr Lächeln oder die zum Lachen gehobenen Augenbrauen, sobald sie ihm eine Auskunft gegeben hatte, nicht. Als Ascher schon gehen wollte, fragte ihn der Alte, wer er sei. Er stellte ihm weitere Fragen, bis er von seinem eigenen Leben zu erzählen anfing, und Ascher hatte das Gefühl, daß er ihn nur ausgefragt hatte, um selbst erzählen zu können. Ohne zeitliche Ordnung reihte er eine Begebenheit an die andere. Seine Frau, mit der er drei Töchter gehabt hatte, war schon lange tot. In seinem Zimmer hatte er einen Geigenkasten aus braunem Holz, den er von einem Kind holen und Ascher zeigen ließ. Er selbst stand während des gesamten Gesprächs nicht auf. Sprach er von etwas, was er Ascher zeigen wollte, so wartete er, bis ein Kind oder Zeiners Frau seinen Wünschen nachkamen. Auf der Innenseite des Koffers klebte eine blauschwarze Tapete,

der Steg der Geige war reich mit Blumen aus Perlmutt verziert. Der alte Mann ließ Ascher durch den geschwungenen Ausschnitt im Holz in die Geige blicken. »Lesen Sie, was da steht!« sagte er. Auf dem Boden entdeckte Ascher einen vergilbten Zettel, darauf stand in Druckbuchstaben: »Nicolaus Amatus, fecit in Cremona 16«, und mit der Hand war die Ziffer 37 oder 87 hinzugefügt.
»Sagen Sie«, sagte der alte Mann, »was Sie davon halten.« Ascher antwortete, in der Geige stünde, daß es eine Amatigeige sei. Der Mann nickte. »Sie ist viel wert, nicht wahr? Man glaubt es mir nicht.« Tatsächlich handle es sich um keine Fälschung. Er sei italienischer Abstammung und heiße Silli. In seinem Zimmer hing eine große, ovale Fotografie, auf der seine Frau abgebildet war. Ein Mantel lag auf seinem Bett, mit dem er sich in der Nacht zudeckte. Der alte Mann redete weiter auf ihn ein. Er sprach jetzt vom Haus, in dem sie gerade saßen. Bis 1922 sei es ein Gasthaus gewesen, dann sei jemand in der Küche erstochen worden, und man habe die Wirtschaft aufgeben müssen. Er sei im April 1899 geboren. Vom Fenster aus, zu dem er sich hingedreht hatte, zeigte er, sich umständlich krümmend und mit dem Handrücken über die Scheibe wischend, seine »Heimat«. Zwei Stunden zu Fuß sei sie entfernt, bei klarer Luft könne man die beiden weißen Häuser sogar sehen. An der linken Hand, so bemerkte Ascher, fehlte ihm der Daumen. Er war vor einigen Jahren in die Maismahlmaschine gekommen. Seine Tochter habe ihn befreien müssen, da der Schwiegersohn vor Schreck davongelaufen sei. Ascher fiel auf, wie gleichgültig der alte Mann von sich selbst sprach. Es hatte den Anschein, als machte er niemanden für seine Lebensumstände verantwortlich, auch nicht sich selbst. Er lebte, so kam es ihm vor, mit seinen Zerstörungen, als bemerkte er sie nicht.
Nachdem Zeiner zwischendurch das Haus betreten und seinen Schwiegervater nachträglich vorgestellt hatte, ließ der alte Mann zwei große Glasflaschen bringen. Auf dem Grund

der einen lag eine dicke Schicht von Maiglöckchen: Die entfärbten, durchsichtigen Blüten waren aufeinandergesunken und stiegen, als er die Flasche schüttelte, in der nun blasentreibenden weinfarbenen Flüssigkeit bis zum Korken auf, um gleich darauf wieder langsam zu Boden zu sinken. Die andere Flasche war mit einer dunklen braunen Brühe aus Tannennadeln gefüllt. Die Zusammensetzung der Flüssigkeit verschwieg er. Eine Frau, so erklärte er, sei ihm im Traum erschienen und habe ihm aufgetragen, die Menschen zu heilen. Er ließ durch seine Tochter für Ascher ein kleines Fläschchen mit seinem »Geist« anfüllen. Er saß stumm da und atmete schwer. Ascher fragte ihn, ob er sich auch selbst behandle. Der Alte antwortete, er schmiere sich Olivenöl auf die Brust und trinke es auch. Davon würde ihm besser. Wenn im Winter eine Verkühlung dazukomme, setze er sich eine Kröte auf die Brust, die er mit einer Schnur an seinem Hals befestige. Er riet auch Ascher dazu.
Dann kam Zeiner zurück und versprach, ihn am Freitag zur Bahn zu bringen.
»Sind Sie schon gesund?« fragte er.
Ascher erklärte, daß er in die Stadt fahre, um Bekannte zu besuchen.
Das sei etwas anderes, antwortete Zeiner nachdenklich. Er bot ihm ein Glas Wein an, das sie stumm und rasch in der Kammer, in der die Flaschen gelagert waren, austranken. Ascher bemühte sich dabei, ebenso rasch zu trinken wie Zeiner.
Er ging in sein Haus zurück und saß eine Zeitlang vor dem Fenster, holte das Fernglas aus der Tischlade und sah den Menschen auf den Feldern zu. Zuerst erblickte er nur die Farbe Grün, dann die ruckartigen Bewegungen eines Menschen. Es war eine Frau mit einem blau und weiß gemusterten Kopftuch, das sie tief in die Stirn gezogen hatte. Ihr Gesicht war glatt, die Augen waren auf den Boden geheftet, manchmal drückte sie ihre Wirbelsäule

durch. Dann bemerkte er die kleinen lebhaften Augen. Wenn sie jemandem etwas zurief, lächelte sie kurz, um sofort wieder ernst auszusehen. An ihren Ohrläppchen konnte Ascher winzige Goldringe erkennen. Er wanderte weiter zum nächsten. Der Mann hatte schütteres Haar, eine gekrümmte Nase und wulstige Lippen. Lange bewegte er seinen Kopf nicht. In seinem Gesicht konnte Ascher keine Bewegung erkennen. Alles, was er entdeckte, war Anstrengung. Wenn sich einer aufrichtete und jemandem etwas zurief, bemühte sich Ascher, etwas zu verstehen, aber es blieb still. Er sah nur, wie sich ihre Münder bewegten und die Zähne zum Vorschein kamen. Manchmal konnte er minutenlang keine Veränderung wahrnehmen. In ihrer stummen, verbissenen Arbeit sahen sie bewußtlos aus, und er rechnete nach, wie lange sie auf diese Weise arbeiteten und wie lange sie schliefen. Andererseits kamen ihm die Menschen schön vor. Jeder Handgriff mußte voll Sinn sein, weil er mit so großer Sorgfalt ausgeführt wurde. Aber er konnte an diesen Gedanken nicht recht glauben, denn er hatte eher den Verdacht, daß im Augenblick ihrer Anstrengungen nur verschiedene Formen von Schmerz und Leere in ihnen waren. Er nahm seine Brille herunter, um besser zu sehen, und preßte die Okulare gegen seine Augenhöhlen. Auch sein eigenes Gesicht mußte bei der Arbeit einen ähnlichen Ausdruck haben. (Er erinnerte sich daran, daß er als Kind immer hatte wissen wollen, wie er schlafend oder tot aussehen würde. Er hatte sich vor den Spiegel gestellt und sich mit blinzelnden Augen betrachtet, aber er war nicht zufrieden mit seinem Anblick gewesen, denn er hatte bemerkt, daß das Blinzeln sein Gesicht veränderte.) Um den Mund einer anderen Frau hatten sich senkrechte, tiefe Falten gebildet, als habe sie viele Tage ihres Lebens pfeifend oder Luft saugend zugebracht, ihr Rücken war rund und kräftig, sie war so tief nach vorne gebückt, daß sie einem Tier ähnlich sah. Sie schien mit unendlicher Geduld auf etwas in der Erde zu starren, wie Katzen stundenlang in einer Wiese vor einem

Mauseloch sitzen. Aber in ihren Augen war keine Aufmerksamkeit, sondern Abwesenheit. Ascher konnte es deutlich erkennen. Er suchte diesen Ausdruck in den anderen Gesichtern und fand ihn überall. Einmal nahm der Mann den Mund voll Luft und blies sie aus, die Frauen rückten die Kopftücher zurecht oder wischten sich mit dem Handrücken über die Stirne. Dann verharrten sie wieder in ihren Körperhaltungen. Ein Hund kam über das Feld gelaufen und sprang mit wedelndem Schwanz herum, zwischendurch stützte sich eine der Frauen auf den Werkzeugstiel und blickte geradeaus zum Horizont, nach einer Weile verrichtete sie wortlos ihre Arbeit weiter. Jedesmal, wenn Ascher an einem Mund erkannte, daß er sprach, und er das Sprechen nicht hörte, sondern nur die großen, scharfen und farbigen Abbildungen der Menschen so nahe vor seinen Augen hatte, daß er sie vermeintlich berühren konnte, war ihm, als blicke er in eine andere Welt. Sie hatte den Anschein des Sichverflüchtigenden, plötzlich konnte sie sich aufgelöst haben. Dann aber nahm Ascher wieder die leeren Gesichter wahr, die alle Mühe und Anstrengung ausdrückten.

Durch die Stille und Zeiners Wein war er müde geworden und eingeschlafen. Nach einer Stunde wachte er auf, ohne im ersten Augenblick zu wissen, wo er sich befand. Ein Traktor brummte vor dem Haus. Er stieg die steile Holztreppe hinunter. Im Flur kam ihm Golobitsch mit der Frau und den Kindern entgegen. Die Kinder hatten die Maiskolben an den Federn zusammengehängt und über die Schultern geworfen. Auf dem kleinen Maisfeld arbeitete bereits die Witwe mit ihrer Stiefschwester und dem älteren Sohn. Während die Kinder den Mais auf den Dachboden schleppten, durchstreiften die Erwachsenen den Acker und rissen die Kolben ab. Früher einmal, sagte die Witwe zu Ascher, hätten sie sechs Wochen lang im Herbst Tag für Tag diese Arbeit verrichtet und am Abend dann noch den Mais geschält. Manchmal sei Schnee gefallen, das habe die Arbeit schwerer gemacht. Ascher hörte die Kinder im Haus die Stiege hinauf- und hinunterpoltern. Eines weinte. Der Sohn der Witwe half Golobitsch die Pflanzen auf einen Haufen zu werfen, nachdem die Frauen angefangen hatten, sie abzusicheln. Zusammenbinden wollten sie den Haufen, sagte Golobitsch, erst in der Früh, wenn die Pflanzen feucht seien und dabei nicht brechen würden. Inzwischen hatte Golobitsch den Teppich und eine Kiste mit Birnen in die Küche getragen, und die Kinder schütteten den ungeschälten Mais von den Feldern in Körbe und leerten sie ins Vorhaus. Schon längst hatte Ascher bemerkt, daß die Stiefschwester der Witwe vom Lastentragen verbogene Beine hatte. Ihr Gesicht erweckte den Eindruck, daß sie sich mit etwas anderem beschäftigte. Der Alltag schien sich in Benommenheit und Momenten von Aufschrecken abzuspielen. Im Vorraum roch es süß nach Mais. Als er allein im Haus war, erschrak er von einem Geräusch aus dem Vorzimmer, es waren aber nur die Maisstritzel, die die Kästen halb verschüttet hatten und vom Haufen rutschten. Golobitsch kam, setzte sich auf den Maishaufen und riß von einigen Kolben die Federn herunter, stülpte die darunterliegenden nach vorne und verknüpfte die Federn der Kolben miteinander. »So geht das«, sagte er, nachdem er mehrere Bündel geknüpft und in einen Korb geworfen hatte, den er auf den Dachboden trug, wo er die Bündel an den Sparren aufhängte. Er fuhr dann mit den Frauen und den Kindern davon. In der Küche lag eine erschlagene Maus in einer Falle. Der Eisendraht hatte sich tief in das Genick eingegraben, Ascher bemerkte auch die kleinen Zähne und die winzigen, runden schwarzen Augen, die hervorgetreten zu sein schienen. Er hatte Kollegen zugeschaut, wie sie Mäuse, Ratten und Frösche seziert hatten, und ihre Sorgfalt, ihre Geduld, die Langsamkeit, mit der sie vorgingen, hatten die toten Tiere wieder in komplizierte Wesen zurückverwandelt. Ihr Tod hatte sie nur in eine andere Ordnung eintreten lassen, und diese Ordnung hatte ihn beruhigt. (Er war sich jetzt sicher,

daß er alles, was er wahrgenommen hatte, verwandelt hatte.)
Als es dunkel geworden war, traf Golobitsch mit den Bauern ein, die ihm beim Maisschälen halfen. Sie setzten sich auf den Haufen, knüpften die Kolben an den Federn zusammen und warfen sie in Körbe, die ein junger Mann auf den Dachboden trug. Der Hut des Musikanten hing am Fenster. Ascher sah, daß er einen Wattepfropfen im Ohr hatte. Er war mit einer roten, goldgemusterten Seidenweste bekleidet, seine falschen Zähne waren zu groß. Wahrscheinlich war er abgemagert. Übrigens war auch die Frau, die er kennengelernt hatte, als er mit Golobitsch das Gewehr und die Pistole ausprobiert hatte, anwesend. Sie hieß Kürbisch und saß neben ihrem Lebensgefährten, einem kleinen, kräftigen Mann mit einem zerbeulten Hut und dem Aussehen eines Chinesen. Zumeist war er von starrem Ernst. Er wagte kaum aufzuschauen, hielt den Kopf gesenkt, als habe er Angst davor, getadelt zu werden. Man sagte, daß er über vierzig Jahre Knecht gewesen war und den Arbeitsplatz stets mit dem Quartier gewechselt habe. Ascher hatte den Eindruck, daß alles, was er tat, vom Wunsch nach Unauffälligkeit begleitet wurde. Sprach ihn jemand an, dann senkte er den Kopf noch mehr. Solange er nüchtern war, lachte er über keinen Witz, den man über ihn und seine Frau machte. Wegen der Bemerkungen seiner Frau schämte er sich, weshalb er ihr, wenn er sich unbeobachtet glaubte, einen Stoß gab. Seine Frau neigte daraufhin folgsam ihr Ohr zu seinem Mund und hörte zu, weshalb er sie tadelte. Ascher blickte des öfteren auf den geschmückten Balg der Ziehharmonika, der auseinandergezogen ein Muster aus Edelweiß, Almenrausch und Enzian zeigte und zusammengepreßt rot war. Die Perlmuttknöpfe hatten durch den stetigen Fingerdruck ihre Form verändert, die Chromverzierungen und das dunkle Holz waren poliert. Die Musik schien der Arbeit verwandt. Sie bestand aus den einfachsten Griffen, die sich eintönig wiederholten, jedoch

in der Geschwindigkeit und Fehlerlosigkeit der Ausführung doch kompliziert waren. Um Mitternacht war die Arbeit beendet. Eine Frau kehrte im Vorraum mit einem Besen die Maisfedern auf, die blaßgelb und hellviolett auf dem Boden lagen, die Körbe waren aufeinandergeschichtet. Wenn jemand fortging, begleitete ihn der Musikant spielend zur Tür hinaus. In der Küche tanzten alte Frauen mit jungen Männern. Als letztes ging der Musikant für sich selbst spielend, bis er in der Dunkelheit verschwand.
Eine Zeitlang lag Ascher in seinem Zimmer. Dann hörte er Motorgeräusche. Ein Fahrzeug kam den Weg zu seinem Haus hinaufgefahren. Er spürte etwas wie Furcht, er wußte nicht warum. Das Fahrzeug blieb stehen, der Motor lief, wurde abgestellt. Ascher machte Licht und stieg die Dachbodentreppe hinunter. Währenddessen sah er den alten Mantel, den Golobitsch sich für den Winter hergerichtet hatte, von einem Dachsparren hängen. Wie leicht hätte er ihn mit einem Menschen verwechseln können. »Es ist gut zu wissen, daß es ein Mantel ist«, dachte er. Er machte im Vorraum Licht. »Bist du es?« fragte seine Frau hinter der Eingangstür. Ascher sperrte auf. »Ich dachte, ich komme spät in der Nacht, wenn man mich nicht bemerkt«, sagte sie und umarmte ihn.
»Ich lebe wie ein Verbrecher«, dachte Ascher.
Seine Frau war nicht sehr groß, hatte ein hübsches Gesicht, blondes Haar, das sie kurz geschnitten trug.
»Sie haben dich trotzdem gesehen«, sagte er zu ihr. Ihm war der Mann im Gasthaus eingefallen, und er glaubte, was dieser gesagt hatte.

Ascher hatte Therese als Student kennengelernt. Sie war Sekretärin in einem Privatkrankenhaus gewesen, in dem er gearbeitet hatte. Nachdem sie geheiratet hatten, hatte sie ihren Beruf aufgegeben. Sie wollte nicht mehr an ihren früheren Arbeitsplatz zurückkehren, da sie das Gerede der

Arbeitskollegen fürchtete. Ascher gegenüber hatte sie es immer als unbedeutend dargestellt. Sie dachte nie sorgfältig an die Zukunft, sondern vertraute sich dem Problem an, mit dem sie gerade beschäftigt war. Aschers Eltern waren geschieden, keiner von beiden hatte wieder geheiratet. Der Vater hatte eine Drogerie geführt, die Mutter hatte nach der Scheidung nicht mehr im Laden weitergearbeitet, sondern war zu ihrer Schwester gezogen, mit der sie gelegentlich kleine Ausflüge und Reisen unternahm. Der Vater hatte eine Freundin gehabt, die ihn jedoch bald nach der Scheidung verlassen hatte, als er an Krebs erkrankt war. Allerdings hatte es mehr als fünfzehn Jahre gedauert, bis er gestorben war. Er hatte sich gut mit Therese verstanden, vor allem, weil sie Humor hatte und ein wenig oberflächlich war (was Ascher mochte). Sie brachte ihm ausländische Magazine, Wiesenblumen, Obst, Bücher und Zigaretten. Ascher gefiel es, daß sie und sein Vater Geheimnisse hatten. Therese war auch um die Erziehung Katharinas besorgt gewesen. Sie hatte ihr Lesen und Schreiben beigebracht, bevor sie noch zur Schule ging. Im Grunde hatte Ascher ein normales und unauffälliges Leben geführt. Vielleicht konnte man diese Unauffälligkeit als Zufriedenheit bezeichnen, im nachhinein kam es ihm wenigstens so vor. Er erzählte Therese noch im Vorraum von dem Mann im Gasthaus, was sie jedoch zu amüsieren schien. Einmal hatte er gedacht, daß er schwerfällig und sie leichtfertig war. Er hatte sie nie betrogen. Weder auf Reisen noch bei Gelegenheiten – nicht weil er Angst davor hatte, sie könnte es erfahren, sondern weil er es nicht gewollt hatte. Andererseits war er sich nicht sicher gewesen, ob sich Therese ebenso verhalten hatte. Aber seiner eigenen Unsicherheit ohne Anhaltspunkte nachzugehen, kam ihm kleinlich vor, weshalb es nie eine Aussprache darüber gegeben hatte. Er war auch überzeugt, daß er Therese damit verletzt hätte, gleichgültig, ob sie ihm treu gewesen war oder nicht, und davor scheute er zurück. Auf dem Dachboden war es kalt. Als er Therese in das Zimmer

führte, fiel ihm die Schäbigkeit des Hauses stärker auf. Er bemühte sich, seiner Frau den Eindruck von Gelassenheit zu geben. Alles, was zu erklären gewesen wäre, überging er. Er tat so, als sei es selbstverständlich, daß das Mikroskop auf dem Tisch stand. Insgeheim war er jedoch froh darüber, daß das Zimmer den Eindruck machte, als beschäftige er sich und triebe nicht dahin. Dann fiel ihm das Gewehr ein und die Pistole unter dem Kopfpolster. Er führte Therese in die Küche, gab vor zu frieren und ging zurück auf das Zimmer. Dort nahm er die Waffen an sich und versteckte sie im Kasten auf dem Boden. Er überlegte, sogleich in die Stadt zurückzufahren ... aber, was würde sich Zeiner denken? So sagte er nichts. Als er neben Therese lag, fragte er sie, was in der Stadt vorgefallen sei. Er selbst erwähnte, was er erlebt hatte, nur in kurzen Zügen. Am nächsten Abend würde er in die Stadt fahren, ohne daß Therese es wußte. Er umarmte sie mit einem überraschend neuen Reiz. Schließlich war er, er wußte nicht, wie spät es gewesen war, eingeschlafen.
Als er erwachte, war es Mittag. Er fand einen Zettel mit ein paar Zeilen seiner Frau. Auf dem Tisch lag die frische Wäsche. Er packte das Notwendigste zusammen und entdeckte dabei ein Bild auf dem Tisch, das seine Frau ihm von zu Hause mitgebracht haben mußte und das sie ihm am Anfang ihrer Beziehung geschenkt hatte. Er ging zu Zeiner und fuhr mit ihm hinunter in das Tal.

10

Als er nach einer Woche wiederkam, dämmerte es schon. Das Haus war ungeheizt und eiskalt. Ascher hatte auf der Fahrt in der Ebene bemerkt, daß Zeiner die Politik wieder gleichgültig geworden war. Zwar hatte er sich auch vor den Wahlen nicht besonders dafür interessiert, nun aber hatte er mit einer Handbewegung abgewunken, als Ascher die

Rede darauf gebracht hatte. Im Grunde hatte sich nichts geändert. Die Sozialdemokraten hatten Stimmen verloren, die Anzahl der Landtagssitze jedoch halten können. Unterwegs hatte Ascher an Viehställen, Heustadeln und dicken Bäumen noch immer die Wahlplakate hängen gesehen. Die großen Gesichter der Politiker blickten auf Felder, Äcker, Dorfstraßen und Wiesen.

Zeiner half ihm, den Ofen in der Küche einzuheizen. »Sie müssen Holz kaufen, wenn Sie über den Winter bleiben wollen«, sagte er. In einem Küchenkästchen hörten sie ein Krachen und Nagen, und als Ascher eine Lade herausgezogen hatte, fiel ein Haufen Papierschnitzel heraus. Sogleich sah er, daß das eingelegte Packpapier zerfressen war, und als er die Klapptürchen öffnete, stieß er auf angenagte Teebeutel, Zucker und Salzpäckchen und einen Karton mit Zwieback, in dem sich nur noch Brösel befanden.

»Mäuse«, sagte Zeiner. »Wenn sich die Tollwut ausbreitet, sind die Mäuse am gefährlichsten, weil man ihnen ohne Vorsicht begegnet.« Er half Ascher beim Aufräumen und beim Aufstellen der Fallen. Ascher hatte zurückgezogen in der Stadt gelebt, und als er wieder gefahren war, meinte er, daß es für seine Frau und das Kind nicht so schlimm sei, von ihm getrennt zu sein. Manchmal hatte er das Gefühl gehabt, unbrauchbar zu sein. Vielleicht, so hatte er überlegt, sollte er sich den Menschen auf dem Land zu erkennen geben. Er hatte gesehen, wie schlecht ihre medizinische Betreuung war. Früher hatten sie die Ärzte selbst bezahlen müssen, weshalb sie noch immer Scheu verspürten, einen Doktor aufzusuchen. »Es wird sich ergeben«, hatte er sich zum Schluß gesagt und versucht, an etwas anderes zu denken.

Am nächsten Morgen hatten die Blätter im Wald einen weißen Rand aus glitzernden Eiskristallen. In den Wiesen standen vereinzelt Große Bibernellen, Hundspetersilien und Wiesenbärenklauen, mit Schirmen aus Doldenblüten, die Ascher an Gebilde aus Brüsseler Spitzen denken ließen, jetzt, von Reif überzogen, machten sie auf ihn den Eindruck komplizierter Eisgebilde, die vom Himmel gefallen waren. Es war noch früh. Er beugte sich über das Gras und bewunderte die gefrorenen Kleeblüten, die wie stachelige Schneebällchen zwischen den Halmen lagen. Er ging durch den Graben nach St. Ulrich, kaufte Proviant und spazierte durch das Dorf. Am Dorfeingang stand eines der beiden Kaufhäuser, in dem es auch eine Gaststube gab. Schräg gegenüber lag das zweite Kaufhaus, beide waren neu gebaut und ähnelten einander. Vom zweiten Kaufhaus sah man in den Friedhof. Als Ascher Proviant gekauft hatte, hatte er aus einer Bemerkung der Frau entnommen, daß ihr Mann der Obmann des Kameradschaftsbundes sei. Die Vereinsfahne hatte Ascher hinter einem Glaskasten im Ballsaal des Kirchenwirts gesehen. Unmittelbar an den schräg auf einem Hang liegenden Friedhof schloß sich die Kirche mit dem Pfarrhaus an, dahinter folgten Privathäuser, die neu gebaute Volksschule, das kleine, weißgestrichene Rüsthaus und ein Hügel, auf dem sich ein hölzernes Windrad klappernd drehte. Er begegnete niemandem auf der Straße. Aus den Schulklassen hörte er Kinderstimmen. Ihm fiel ein, wie er den Pfarrer kennengelernt hatte, und er entschloß sich, ihn zu besuchen. Als er die Drehklingel betätigte, bewegte sich die weiße Bespannung des danebenliegenden Fensters. Es dauerte eine Weile, dann öffnete der Pfarrer die Tür.

»Sie wünschen?« fragte er zurückhaltend.

»Ich hatte zufällig hier zu tun und dachte, ich besuche Sie«, antwortete Ascher.

»Kommen Sie herein«, sagte der Pfarrer ohne besondere Freude. Im Vorraum befand sich ein Schirmständer mit einem Herren- und einem Damenregenschirm. Jetzt erst fiel ihm auf, daß der Pfarrer seinen Mantel angezogen hatte und keine Anstalten machte, ihn auszuziehen. Er führte ihn in die Pfarrkanzlei, schloß die Tür und bot ihm einen Stuhl an. Die Kanzlei hatte zwei Fenster. Eines ging zur Kirche hinaus, das andere zur Schule. In der Mitte des Raumes, un-

ter einer Lampe mit einem gläsernen Schirm, stand ein weißgedeckter Tisch, rundherum waren vier oder fünf Stühle aufgestellt, in einer Ecke ein rosafarben gestrichener Panzerschrank, vermutlich mit dem Pfarrgeld. Der Panzerschrank war alt und verschnörkelt. Ein Schreibtisch war an die Wand gerückt, auf dem sich verschiedene Gegenstände befanden: Tintenfaß, Löschwalze, Briefbeschwerer und so weiter. In der anderen Ecke sah Ascher einen Kasten mit Glastüren und dahinter die Pfarrbücher. Der Pfarrer hatte sich im Mantel ihm gegenüber gesetzt und wartete. Sein Gesicht war lang und schmal, Ascher konnte es nun deutlich erkennen, die Nase gebogen, der Mund hing herunter, wobei die Oberlippe verdickt war und, wie Ascher später auffiel, bei langem Schweigen an der Unterlippe festklebte, von welcher sie sich erst nach einigen Worten trennte. Seine vollen, dunklen Haare hatte er sorgfältig gekämmt, am Hinterkopf standen einige weg. Die Brille hatte einen dunklen Hornrahmen. Quälte ihn etwas? Wenn er litt – woran? Wie konnte ein Mensch in Freiheit den Eindruck eines lebenslänglich Verurteilten machen? »Ich störe Sie hoffentlich nicht?« fragte Ascher.
Der Pfarrer schwieg und schüttelte den Kopf. Seine weißen Hände lagen auf der Tischplatte. Plötzlich fragte er, worum es sich handle? Die Frage erstaunte Ascher. Hatte er ihm nicht gesagt, daß er ihn nur besuchen wollte? Und doch war er nahe daran, sich mit ihm auszusprechen. War es, daß der Pfarrer ihn nicht anschaute, sondern aus dem Fenster blickte, war es, daß Ascher spürte, welche Belästigung er für ihn darstellte? – Jedenfalls ging etwas von ihm aus, das Ascher unsicher machte. Er antwortete, daß es sich um nichts Besonderes handle, man habe sich vor zwei Wochen getroffen, und nun sei er zufällig vorbeigekommen.
»Ich habe heute wenig Zeit«, sagte der Pfarrer ausweichend. In einer Stunde bekomme er Besuch, da würden Leute zu ihm kommen, um Blumen abzuholen ... er habe überhaupt wenig Zeit.

Ascher schwieg beschämt. Er brachte nicht die Kraft auf, sich zu erheben und zu gehen. Weshalb hatte er den Mann besucht? War er ihm nicht schon bei der ersten Begegnung abweisend vorgekommen? »Es war nur interessehalber, weshalb ich Sie aufgesucht habe«, sagte er. »Sehen Sie, ich wollte wissen ...«
Der Pfarrer sah ihn mißtrauisch an und wandte sich dann wieder ab. »Ich wollte wissen«, fuhr Ascher fort, »wie die Menschen hier leben.« In den Menschen sei ein Rest von Glauben, sagte er zu Aschers Überraschung.
Er sprach langsam und schien sich jeden Satz in seinem Inneren vorzusagen, bevor er ihn aussprach.
Als er in die Pfarrgemeinde gekommen sei, sei er Geld sammeln gegangen für das Ausmalen der Kirche. Damals sei er zu jedem einzelnen Pfarrmitglied gegangen und er habe nirgendwo Feindschaft verspürt.
Die Pendler seien das Problem, fügte er hinzu, sie würden Tag für Tag zur Arbeit in die Stadt fahren, und dadurch veränderten sie sich.
Er schwieg jetzt so lange, daß seine verdickte Oberlippe sich wieder an die Unterlippe klebte. Ascher folgte seinem Blick aus dem Fenster. Draußen vor dem Schulhof sah er die mächtige Baumkrone einer Kastanie. Schulkinder gingen vor dem grünen Holzzaun des Pfarrhofes vorbei. Früher sei die Kirche viel kleiner und in gotischem Stil erbaut gewesen, dann sei sie abgerissen und in spätbarockem Stil wieder errichtet worden, sagte der Pfarrer nach einiger Zeit. Ascher erhob sich. Das Pfarrhaus, in dem sie sich befänden, sei ebenfalls schon alt. Es gehöre erneuert, fuhr er fort, dabei bückte er sich zur Wand und zeigte Ascher, während er die Feuchtigkeit der Wände erwähnte, schwarze Flecken in der Bemalung. Er begleitete Ascher zur Tür und sperrte sie auf. »Ich wußte nicht, daß Sie kommen«, sagte er entschuldigend und gab ihm die Hand.

11

Die nächsten Tage ging Ascher zu Fuß nach Haslach und Unterhaag. Morgens erwachte er abgeschlagener, als er sich zu Bett begeben hatte. Das Aufstehen und die ersten Handgriffe im Haus kamen ihm vor, als bewegte er sich im Inneren eines Felsbrockens. Er hatte den Fuchspelz abgeholt. Die Läufe und Krallen waren erhalten geblieben, nur dort, wo die Augen waren, befanden sich im Pelz zwei Löcher. Er nahm ihn mit auf das Zimmer. Am Abend verpackte er ihn in Papier und schickte ihn mit einem Brief an seine Frau. Er ging zu ausgelassenen Fischteichen, kratzte den Belag von Schilfstengeln, von Steinen und Pfählen und betrachtete unter dem Mikroskop die Tiere, die er mit Neutralrot färbte. Die Teiche sahen oft merkwürdig aus. Ihre Böden waren mit Kalk bedeckt, damit für die nächste Fischzucht keine Krankheiten entstehen konnten. In kleinen Mulden, Senken und Wannen standen Wasserpfützen mit öligsilbrigen Kalkhäuten. Wo sich der Wasserzufluß einen Lauf gegraben hatte, zog sich eine dunkle Spur dahin, schmal und sprunghaft gezackt wie eine Ader. Ascher war um die Teiche gegangen. Die Papiersäcke, die mit Kalk gefüllt gewesen waren, lagen neben den Futterstegen. Häufig fand er Teichmuscheln, die an Ort und Stelle aufgerissen worden waren. Die Schalen lagen auf dem Boden, wie die abgerissenen Flügel eines Käfers. Innen waren sie perlmuttfarben. Er steckte sie in den Rucksack. Manchmal sah er nach einigen Tagen am Ufer seine eigenen Fußspuren, die sich inzwischen mit Wasser gefüllt hatten. Man rief ihn in einen Kuhstall, in dem eine Kuh ein Kalb bekam. Der Bauer hatte einen Strick um die Vorderhufe des Kalbes gewickelt, das Maul war schon zu sehen gewesen. Aus einem gelbroten Gebräu glitschte, nachdem sie am Strick gezogen hatten, ein lebloses Kalb hervor. Schlaff und ohne Regung lag es auf dem Boden. Ascher half, es mit frischem Heu abzureiben, sein Fell war gelblich, als sei es aus einem rohen Ei gezogen worden. Dann deckte er es mit alten Wolldecken zu, und es versuchte aufzustehen. Die Abende schienen ihm lang. Zwar machte er auf dem Rückweg im Kaufhaus Rast, aber es wurde rasch dunkel, und er fuhr dann mit irgend jemandem mit, der ihn nach Hause brachte. Einmal blieb er am Abend länger bei der Witwe, die ihm vom Bergwerk erzählte. Am folgenden Tag ging er in den Graben vor St. Ulrich, um die Stelle zu suchen, an der der Förderturm gestanden war. Dort erstreckte sich ein weiter, umgebauter Acker. Nichts mehr wies auf das Bergwerk hin. Den zweiten Zugang hatte man zur Gänze verschüttet. Ursprünglich hatte es zwei Bergwerke gegeben. Beide gehörten privaten Besitzern. Der erste sperrte zu, weil sich der Abbau nicht mehr auszahlte, der zweite, weil er zu alt geworden war und er keinen Sohn hatte. Darüber hinaus hätte es sich vielleicht noch zehn oder fünfzehn Jahre gelohnt, Kohle abzubauen. Die Abbaustellen, hatte die Witwe erzählt, waren nur 50 Zentimeter hoch gewesen. Man habe liegend arbeiten müssen. Unter Berg hätten Pferde die Hunte gezogen, auch die Pferdeställe hätten sich unter der Erde befunden. Es habe keine automatische Luftzufuhr gegeben: Ein Mann habe die Aufgabe gehabt, händisch den Frischluftventilator in Gang zu halten. Im neueren Bergwerk hätte eine riesige Dampfmaschine, die Tag und Nacht in Betrieb gewesen sei, für Energie gesorgt. Die Bauern hätten nach dem Dienst noch den Hof bestellt und Vieh gefüttert, trotzdem hätten sie es bedauert, daß das Bergwerk habe geschlossen werden müssen, denn nun müßten sie wesentlich weiter zur Arbeit fahren. Der Mann, der bei der Wahlversammlung der Volkspartei Zwischenrufe gemacht habe – Ascher hatte ihr davon erzählt –, sei Betriebsrat gewesen. Er sei über 20 Jahre Bergmann gewesen und habe, nachdem der Betrieb geschlossen worden sei, keine andere Arbeit gefunden. Natürlich sei er Sozialist gewesen. Auch Kommunisten habe es gegeben. Seit das Bergwerk geschlossen worden sei, würden es jedoch immer weniger. Ein anderes Mal erzählte sie vom nationalsozialistischen Bürgermeister, der in den letzten Kriegstagen von Partisanen aufgehängt worden sei. Die Nationalsozialisten hätten jedoch zahlreiche Anhänger gehabt, weil es viele Verschuldete gegeben habe, die durch ein Gesetz über Nacht schuldenfrei geworden seien. Andererseits hätten die Bauernsöhne im Krieg die Welt gesehen: Nach Rußland und Afrika seien sie gekommen, einer, ihr Nachbar, sei Unterseebootmatrose gewesen. Aber natürlich hätte fast jede Familie einen Vater, Sohn oder Bruder verloren. Sie kenne überhaupt keinen Hof, bei dem nicht wenigstens einer gefallen sei. Ascher hatte an Kapellen oder Friedhofsmauern die Tafeln mit den Namen von Gefallenen bemerkt. In Gleinstätten gab es ein Denkmal für die Toten beider Weltkriege. Der Engelsfigur auf dem Denkmal fehlte der Kopf, die Namenstafeln und Kanonenhülsen vor dem Denkmal waren von Thujen überwachsen. Er hatte auch an einem Sonntag den Aufmarsch des Kameradschaftsbundes gesehen. Die Männer hatten die gestickte Vereinsfahne getragen und waren in Steireranzügen hinter ihr hermarschiert, und die Ortskapelle hatte einen Marsch gespielt. Wenn die Menschen vom Kameradschaftsbund sprachen, sagten sie die »Heimkehrer«. Die meisten waren alt, von den jungen, die den Wehrdienst abgeleistet hatten, traten nur wenige bei.

Eines Tages kam Golobitsch mit dem Motorrad und erzählte, daß ein Mann, der in der Nähe von Haslach wohne, ein zwölfjähriges Mädchen mißbraucht habe. Er habe sie in sein Haus gelockt und ihr Geld versprochen, dann habe er sich Frauenkleider angezogen und allmählich ihr Vertrauen gewonnen.

Er überredete Ascher, ihn nach Haslach zu begleiten. Das Haus des Mannes lag am Ortsausgang. Ascher sah von weitem einige Menschen davor stehen, ein dicker Gendarm fuhr gerade auf einem Moped davon.

»Haben sie ihn schon?« fragte Golobitsch, während er anhielt und vom Motorrad stieg.

»Ja«, antwortete eine der herumstehenden Frauen. »Sie haben ihn aus dem Haus geführt und mit dem Auto weggebracht.« Sie war groß und mager und trug einen dunklen Mantel und Hausschuhe.
»Hat er etwas gesagt?«
»Nein.«
Das Haus, sah Ascher, bestand nur aus einem Zimmer und einem kleinen Vorraum. Vor einem der drei Fenster standen Bienenkästen, die mit Plastiktüchern zugedeckt waren, darauf lagen Baumstöcke.
»Er ist kein schlechter Mensch«, sagte eine Frau. »Vor zehn Jahren hatte er einen Unfall, dabei hat er sich den Kopf verletzt. Eine Zeitlang war er Straßenarbeiter, dann zog er plötzlich schwarze Kleider an und behauptete, er sei Priester.« Er habe den Pfarrer in St. Ulrich belästigt, indem er ihn häufig besucht und »lateinisch« mit ihm gesprochen habe. Er könne natürlich kein Lateinisch. Schließlich habe der Pfarrer ein Guckloch in seine Tür einbauen lassen, und wenn der Mann angeläutet habe, habe er nicht mehr geöffnet. Mehreren Frauen hätte er Heiratsanträge gemacht, zumeist alten, aber keine habe sich mit ihm eingelassen, obwohl er gedroht habe, sich umzubringen.
Die Frau zeigte ihm die Kapelle, die mit einer Kastentür versperrt war. Über das Dach der Kapelle ragte ein Holzkreuz. »Dort drüben hat er seine Hühner und Hasen gehalten«, setzte sie fort und zeigte auf eine schiefe Holzhütte.
Hinter dem Haus erstreckte sich eine niedere Laube, in der Wäschestücke zum Trocknen aufgehängt waren. Auf einem weißen, wackeligen Küchensessel saß eine dicke Fliege.
Ein Lastwagen der Landwirtschaftsgenossenschaft kam zwischen den Obstbäumen einen staubigen Weg dahergefahren. Zwei Männer in Arbeitsanzügen stiegen aus und luden Zementsäcke auf, die sie am Vormittag abgeladen hatten. Als sie fertig waren, stellten sie sich zu den Frauen, und der eine fragte Ascher, ob er von der Polizei sei. Nein? – Von der Zeitung?

Er schwieg nachdenklich, als Ascher den Kopf schüttelte.
»In der Kapelle«, sagte er nach einer Weile, »das müssen Sie sehen, ist ein blauer Stoffhimmel. Er hat Frauenkleider angezogen und die Messe gelesen.«
»Er hält Predigten, wissen Sie«, fuhr der andere Mann fort. »Einmal bin ich mit dem Lastwagen vorbeigekommen und habe gesehen, daß er gepredigt hat, ich bin aber weitergefahren. Er hat mich auch nicht beachtet. Als ich zwei Stunden später denselben Weg zurückgefahren bin, ist er noch immer vor der Kapelle gestanden und hat gepredigt. Ich habe aus Spaß gehupt, und da ist er wie der Blitz im Haus verschwunden.« Der Mann und die übrigen lachten.
Einer sagte: »Ich muß jetzt gehen«, und auch andere gingen.
»Haben Sie schon in den Keller geschaut?« fragte der Mann. »Da müssen Sie hineinschauen: lauter leere Flaschen. Der Dachboden ist voller Kleider, die er bei Fetzenmärkten zusammengekauft hat.« Er machte eine Pause und dachte nach. »Aber er ist ein guter Mensch – sehr großzügig ... vor ein paar Jahren habe ich ihn gefragt, ob ich seine Äpfel haben kann für meine Schweine ... er hat sie mir gegeben, und ich bin sie am Sonntag holen gegangen, gleich in der Früh, mit meinen beiden Töchtern, eine war damals sechs, die andere acht. Wir sind um halb acht gekommen, und er hat mir sofort eine Flasche Bier gebracht und für die Kinder einen Doppelliter Wein ... die waren ja damals noch ganz klein, meine Kinder.« Der Mann dachte wieder nach.
»Wer weiß, wie es gewesen ist«, sagte der andere dann. »Wir waren ja nicht dabei.«
»Das ist wahr.«

Am nächsten Tag war Ascher im Graben ein Mann mit einem Gewehr aufgefallen, der vor dem Hof gestanden war. Es war ein schlanker, großer Mann mit einem Bürstenhaarschnitt. Er fuhr jeden Morgen mit seinem Traktor die

Milchkannen, die die Bauern auf Bänke vor das Haus stellten, zur Molkerei. Ascher kannte ihn von Jagden. Trotz der Kälte war er nur mit einem Hemd bekleidet.
»Bleiben Sie, wo Sie sind«, rief der Mann, als er ihn erblickte.
Jetzt sah Ascher einen Fuchs über den Hof kommen. Sein Fell war zerrauft und der Unterkiefer hing herunter. Er setzte sich hin, glotzte den Bauern an, stand auf und wurde im selben Augenblick vom Hund angefallen, der sich im Stall befunden hatte. Auch die Frau des Bauern wollte aus dem Stall treten, aber der Mann schrie, sie solle im Stall bleiben.
Die Hühner und Enten waren erschrocken aufgeflogen oder davongelaufen, und der Hund hatte sich in den Fuchs verbissen.
»Komm her!« schrie der Mann den Hund an. »Ich kann nicht schießen, wenn du nicht herkommst!« Schaum lief aus dem Mund des Fuchses, und als der Hund plötzlich abließ, blieb er mit hängendem Unterkiefer sitzen. Er versuchte, sich zu erheben, machte jedoch nur eine unbeholfene Drehbewegung, rollte zur Seite und biß in einen Baumstamm. Im selben Augenblick traf ihn ein Schuß und warf ihn in eine Pfütze, in der er liegen blieb. Der Mann schoß noch einmal, aber der Fuchs rührte sich nicht mehr.
Ascher war inzwischen den Weg zum Haus hinuntergeeilt. Es war ein einstöckiges altes Bauernhaus mit einer weiß und grün gestrichenen Tür und kleinen vergitterten Fenstern. Im Hof stand ein Fuhrwerk, hinter dem Viehstall befand sich ein Misthaufen. Er lief auf den Mann zu, der sich über den Fuchs beugte und ihn anschaute.
»Er hat die Tollwut«, sagte er.
Seine Frau war aus dem Viehstall gekommen und blieb in einiger Entfernung stehen.
»Wo ist der Hund?« fragte der Mann.
Der Hund kam mit blutender Schnauze unter dem Fuhrwerk heraus und beschnüffelte den erschossenen Fuchs.
»Berühren Sie nichts«, sagte Ascher. Im geöffneten Maul

des Fuchses lag ein nasses Rindenstück, lange Schleimfäden klebten im Fell. »Es ist ein kranker Fuchs. Ich muß den Hund erschießen«, sagte der Mann. Die Frau begann zu weinen. Sie nahm einen Schürzenzipfel und hielt ihn vor das Gesicht.

»Der Fuchs hat ihn gebissen, sehen Sie sich seine Schnauze an«, sagte der Mann.

»Sie können ihn an die Kette hängen und den Tierarzt holen«, widersprach Ascher. »Sie müssen nur darauf achten, daß Sie ihn nicht berühren.«

»Es ist mir zu riskant«, sagte der Mann. »Wer weiß, mit wem der Hund in Berührung kommt.« Er legte das Gewehr an, aber im selben Augenblick hob der Hund den Kopf und blickte dem Mann ins Gesicht. Der Mann zögerte einen Moment, bevor er abdrückte, dann sagte er: »Es tut mir leid.« Er schaute nicht mehr hin, sondern ging mit dem Gewehr in das Haus. Die Frau folgte ihm. Sie blieb vor der Tür stehen und fragte: »Wollen Sie einen Most?« Ascher schüttelte den Kopf. Die Frau verschwand im Haus und kam kurz darauf mit einem Krug Most zurück. Der Mann folgte ihr. Um den Schädel des Hundes hatte sich eine kleine Blutpfütze gebildet. Aus einem alten Kasten, der zu einem Hasenkotter umgebaut worden war, glotzte ein Hase. Holz war in einem Schuppen aufgeschichtet, davor stand eine Kreissäge, um die ein großer Haufen Sägespäne gefallen war. Der Hund lag auf der Seite, die Pfoten hatte er ausgestreckt. Der Mann stellte sich vor ihn und sagte: »Er war ein guter Hund.« Er wandte sich von ihm ab. »Trinken Sie!« forderte er Ascher auf. Das Fell des Fuchses sah aus, als sei es naß geworden. Struppig und zerrissen bedeckte es den mageren, knochigen Körper, die Läufe waren schwarz und seine Ohren innen behaart.

»Ich habe ihn von der Küche aus gesehen«, sagte der Mann. »Er setzte sich einfach in den Hof und wartete. Ich habe das Gewehr geholt, aber er ist noch immer dagesessen. Da bin ich vor das Haus gegangen ...«

Er nahm den Krug und trank daraus. »Wir müssen jetzt die Behörde verständigen«, sagte er dann. Ein Bauer kam mit einem Traktor heruntergefahren. Er schaute neugierig durch die Scheibe, stellte den Traktor ab und sprang heraus.
»Ich habe einen Schuß gehört ...« sagte er. Er erblickte den Fuchs und den Hund und ging langsamer.
»Es ist mir nichts anderes übriggeblieben.«
Der Bauer nickte. »Es ist das Gescheiteste.«
»Wir müssen die Behörde verständigen. Ich möchte nichts angreifen«, sagte der Milchfahrer. Er drehte sich zu seiner Frau um und verlangte, daß sie die Behörde anrufe. Als die Frau zögerte, fügte er hinzu. »Es ist unsere Pflicht.«
»Am besten, Sie lassen ihn liegen, bis er weggebracht wird.«
Ascher hatte, als er in der Stadt gewesen war, nachgelesen, was er über die Tollwut gefunden hatte. »Haben Sie warmes Wasser?« fragte er. »Wir sollten uns die Hände waschen.«
»Einer bleibt bei den Tieren«, antwortete der Mann. Der andere Mann nickte. »Ich greife nichts an«, sagte er.
Sie wuschen sich im Haus die Hände. Die Küche war geräumig. Aschers Blick fiel auf zwei weißlackierte Stahlrohrbetten und eine Couch, die entlang der Wand standen.
Die Frau mußte seinen Blick bemerkt haben, denn sie sagte: »Hier schlafen die Kinder, sie sind in der Schule.«
In einer Ecke stand ein Tisch mit einer hölzernen Bank unter einem farbigen Heiligenbild, auf der gegenüberliegenden Seite eine weißgestrichene Kredenz neben der Abwasch und einem Eisenherd. Eine Tür ging auf und eine kleine Frau mit einem Stock kam heraus. Sie setzte sich an den Tisch unter die Röcke und Kleider, die an der Wand aufgehängt waren.
Die Frau war telefonieren gegangen, und der Mann aß ein Schmalzbrot. »Essen Sie auch«, sagte er. »Wollen Sie einen Schnaps?« Er stand auf und schenkte Ascher ein kleines Glas voll.
»Ich habe ihn selbst gebrannt ... Wie schmeckt er Ihnen?«
Draußen war es regnerisch und trübe.

»Jetzt kommt bald der Schnee«, sagte die alte Frau. Nach einer Stunde bog ein Volkswagen zum Hof ein, fuhr langsam näher und hielt an. Ein kräftiger Mann mit einem Hut stieg aus. Mit Ascher standen jetzt ungefähr zwanzig Menschen im Hof um den toten Hund und den Fuchs. Der Mann grüßte und ging zu den erschossenen Tieren.
»Wie ist das geschehen?« fragte er, als er sich hinhockte. Er hörte aufmerksam zu, dann holte er eine Kiste aus dem Auto und zog sich Nylonhandschuhe an. Als er den Hund nahm, weinte die Frau des Bauern. »Was hätte ich machen sollen«, sagte der Mann. »Es ist mir nichts anderes übriggeblieben.«
Bei dem Mann, so hatte Ascher gehört, handelte es sich um den Tierarzt aus Arnfels. Er verstaute den Hund und den Fuchs in wasserdichte Säcke und legte sie in eine Kiste, die mit Häcksel und Papier gefüllt war. »Alles weitere werden Sie erfahren«, sagte er, bevor er davonfuhr. Der Bauer nahm eine Schaufel und schüttete Sägespäne über das Blut.
»Bleiben Sie zum Essen«, sagte er zu Ascher. Die anderen hatten es auf einmal eilig gehabt und waren gegangen.
»Dreihundert Schilling geben sie mir für den Fuchsbalg, habe ich gehört«, sagte der Mann, »besser als nichts.«

Während Ascher am Abend die Chitinpanzer von Insekten unter dem Mikroskop betrachtete, überlegte er, seiner Frau zu schreiben, was er gesehen hatte. Er hatte mit ihr telefoniert, jedoch nichts über das, was er gesehen hatte, erzählt. Er fing einen Brief an, zerriß ihn dann und blickte wieder auf das Skelett einer Schmeißfliege. Im Licht sah sie gelbbraun aus. In der Vergrößerung war sie zu einem technischen Modell geworden, einem musealen Aeroplan der Vorzeit. Nur der Kopf hatte etwas Tierhaftes. Er fuhr langsam über die Gestalt, die Flügel und Beine und dann wieder zurück bis zum Kopf. Wie groß sie war. Je länger er sie betrachtete, desto mehr wurde sie zu einem Tier der

Urzeit. Als riesiges Ungeheuer schwebte sie in seinen Gedanken durch eine Pflanzenlandschaft.

12

Am nächsten Tag stellten Männer der Bezirkshauptmannschaft Tafeln auf, auf denen die Gemeinde zum Tollwutgebiet erklärt wurde. An die Jäger wurde nochmals die Weisung erteilt, den Fuchsbestand zu verringern, alle geschossenen Füchse müßten an die Tierärztliche Hochschule nach Wien eingeschickt werden. Frei herumlaufende, also streunende, Hunde und Katzen würden erschossen. Im Kaufhaus sprachen die Männer und Frauen darüber und waren einverstanden. Es kam auch vor, daß man Ascher bat, in das Haus zu kommen und die Flugblätter vorzulesen. Ascher beschränkte sich darauf zu betonen, daß so rasch wie möglich ein Arzt aufgesucht werden müsse und Tollwutanfälle der Gendarmerie zu melden seien. Aufgefundene Tierkadaver dürften nicht berührt werden, außerdem gäbe es die Möglichkeit einer Schutzimpfung. Anfangs hörte man ihm aufmerksam zu, aber sobald er versuchte, eine ausführliche Erklärung abzugeben, wurden die Bauern ungeduldig oder verließen den Raum. Nur die Jäger wollten Genaueres wissen.

Am ersten Tag schon fuhr einer der Jäger mit einem VW-Transportfahrzeug vor das Kaufhaus und ließ andere Jäger mit Hunden zusteigen, um die Fuchsbauten im Revier zu durchsuchen. Ascher kannte einige von ihnen.
»Wollen Sie mitkommen?« rief Hofmeister herunter.

Die Äste der Baumkronen waren weiß von Reif. Dunst stieg von den Wiesen auf. Es war ein klarer, kalter Tag.
»Die meisten Fuchsbauten kennen wir«, sagte Hofmeister.

Einer der Jäger hatte seine Schrotflinte aufgeklappt und blies in den Lauf. Es klang wie ein tiefer Pfiff.
»Wir lassen die Hunde in den Bau und warten vor den Eingängen. Wenn die Füchse herauskommen, erschießen wir sie. Manchmal werden unsere Hunde auch verletzt, wenn sie mit den Füchsen im Bau kämpfen. Vor ein paar Jahren hat ein Fuchs meinem Hund den Unterkiefer abgebissen, seither habe ich mir keinen mehr angeschafft«, sagte Hofmeister.
Sie hielten an und sprangen vom Wagen.
Zwischen Tannenbäumen stiegen sie einen steilen Hang hinunter. Ascher hatte Mühe, den Jägern zu folgen. Im Graben hörte er einen Bach rauschen. Sie blieben vor einer Öffnung in der Erde stehen, die anderen gingen weiter. »Heuer gibt es keine Schnepfen«, sagte Hofmeister, während sie warteten. »Sind schon weggeflogen«, antwortete Rogy. »Sind Zugvögel.« Auf der gegenüberliegenden Seite sah Ascher Dampf aus einem Acker steigen. Die Sonne schien. Ein alter Mann mit einer blauen Schürze und einer Trachtenjacke stach Erde aus dem Acker und füllte sie in eine Schubkarre. Er trug einen verdrückten Hut und Gummistiefel. Überall dort war der Acker von weißen Tupfen, Punkten und Linien bedeckt, wo eine Wurzel, Gras oder Unkraut aus der Erde ragten. Wieder ertönte der dumpfe Pfiff aus dem umgeklappten Lauf der Schrotflinte. Daraufhin ließ Rogy seinen Hund los.
»Putzen!« rief er. »Putzen.« Er hatte sich vor die Erdöffnung gekniet und den Kopf in das Loch gesteckt. Der Hund begann zu graben.
»Wir müssen versuchen, den Fuchs aus einem der Eingänge zu treiben. Das ist nicht ganz einfach«, erklärte Hofmeister. »Wir wissen ja nicht einmal, ob ein Fuchs im Bau ist.«
Ascher nickte. Von Rogys Kopf sah er nur den Hut, sein Körper lag ausgestreckt vor ihm auf dem Boden.
»Ich glaube, wir werden heute nicht viel Glück haben«, fuhr Hofmeister fort.

Eine Zeitlang stöberte der Hund im Bau, dann gingen sie weiter. Sie traten aus dem Wald, überquerten eine Wiese. Ascher sah, daß das Gras im Tal weiß war von Reif, heroben auf dem Hügel jedoch von der Wärme schon grün. Wie Lichtfinger fielen die breiten Sonnenstrahlen in den dunstigen Graben. Einmal riß ein Jäger das Gewehr von der Schulter und schoß auf einen Nußhäher, der auf einem Ast saß. Am Aufflattern der Flügel konnte Ascher erkennen, daß er getroffen war, er rührte sich jedoch nicht. Sie kamen näher und sahen ihn langsam sterben. Er schaukelte hin und her, dann griff ihn ein Jäger herunter und schlug ihm mit dem großen Stock, den er zum Gehen verwendete, auf den Kopf. Es war Mittag geworden, und ein Teil der Jäger mußte zur Schichtarbeit nach Deutschlandsberg und Gasselsdorf in das Ziegelwerk. Sie stiegen wieder auf Transporter und fuhren zum Kaufhaus. Hofmeister hatte einen Arm auf Aschers Schulter gelegt.

»Wissen Sie was«, sagte er, »Sie müssen zur Hochzeit meines Sohnes kommen.« Ascher antwortete, daß er gerne kommen würde.

»Es ist in der nächsten Woche. Ich gebe Ihnen noch Bescheid. Aber Sie kommen?«

»Ich komme gerne«, sagte Ascher.

»Sie werden sehen, es wird Ihnen gefallen.« Er nahm einen langen Schluck aus einer Schnapsflasche und steckte sie wieder ein.

»Wenn der erste Schnee fällt, werden wir die Füchse der Reihe nach schießen«, sagte er nach einer Weile. »Im Neuschnee lassen sich die Spuren gut verfolgen, und dann sind sie dran.«

»Er hat einen Fuchspelz gekauft«, sagte einer der Jäger.

»Tatsächlich?« fragte Hofmeister. »Wieviel haben Sie bezahlt?«

»Sechshundert.«

»Sechshundert? Jetzt, wo wir die Tollwut haben, zahlen Sie das Doppelte.«

Sie hielten vor dem Kaufhaus. Kinder tranken aus Flaschen Limonade oder standen mit der Schultasche herum und schauten die Jäger an. »Geht nach Hause«, rief einer der Jäger und sprang herunter. Die Kinder kümmerten sich nicht darum. Als Ascher ausgestiegen war, kam ihm der Briefträger in einem langen, grünen Gummimantel entgegen und gab ihm einen Brief. Ascher erkannte die Schrift seiner Frau. Der Brief war lang, er konnte ihn hier unmöglich lesen. Er blätterte ihn rasch durch, bis er das Ende fand und überflog die letzte Seite. Dem Ton nach konnte es sich um nichts Schlimmes handeln. Er faltete ihn zusammen und steckte ihn ein.
Einige Bauern waren von der Arbeit gekommen. Ihre Autos parkten mit geöffneten Türen vor dem Kaufhaus. In einem lief das Radio. Ascher blieb mit den Jägern vor dem Kaufhaus stehen. An einem klaren Tag wie heute konnte man bis zur jugoslawischen Grenze sehen. Nur in den Gräben lag sonnendurchleuchteter Dunst. Die Häuser waren klein, und Ascher konnte nirgends einen Menschen oder ein Auto erkennen. Auf einem Hügel lagen einige Holzgebäude eng beisammen. Die Dächer leuchteten rot. Es war ein guter Tag, um etwas zu unternehmen. Er ging zur Witwe und erzählte ihr beim Essen, was vorgefallen war. Auch, daß Hofmeister ihn zur Hochzeit seines Sohnes eingeladen hatte, erwähnte er. Auf dem Herd standen Töpfe mit den verschiedensten Gerichten, die Tante nähte ein Hemd. Im Freien hatten Kinder ein Holzbrett mit Kreide beschrieben: »Der Vater schickt den Jockel aus. / Den Jockel schickt der Vater aus. / Der Vater schickt gegenseitig den Jockel aus. / Er schickt täglich den Jockel aus«, las Ascher durch das Fenster.
»Ich bin auch zur Hochzeit eingeladen«, sagte die Witwe.
Sie richtete ihr Kopftuch. Der Strumpf hatte in der Ferse ein großes Loch. Sie habe nach dem Krieg geheiratet, erzählte sie, nachdem sie das Geschirr abgewaschen hatte. Ihren Mann habe sie während des Weltkriegs kennengelernt.

Aber nach dem Krieg habe er sich nicht mehr blicken lassen. Sie sei damals Köchin im Pfarrhaus gewesen. Sie habe sich nicht lange gekränkt, als sie erfahren habe, daß ihr Mann eine andere Freundin gehabt habe. Eines Tages habe er sie aber angesprochen und gefragt, ob sie ihn heiraten wolle. Sie sei überrascht gewesen und habe gesagt, er müsse ihr Zeit zum Überlegen geben. Drei Wochen später sei eine Theateraufführung in St. Ulrich gewesen, und da habe ein Freund ihres Mannes einen Brief gebracht, in dem sie um sofortige Entscheidung gebeten wurde. In der Zwischenzeit sei sie wegen einer Blinddarmoperation im Krankenhaus gewesen und niemand habe sie besucht. Da habe sie sich gedacht, daß das Alleinsein auch nichts wert sei. Das sei ihr eingefallen, und sie habe »Post geschickt«, daß sie mit dem Heiratsantrag einverstanden sei.

Am Abend begann es zu schneien. Ascher saß in der Küche und verheizte das letzte Holz. Er hatte den Betteinsatz über die Bodenstiege hinuntergetragen. Nun las er den Brief seiner Frau. Er wollte nicht, daß sie ihm etwas verheimlichte. Er konnte jedoch keinen Hinweis dafür entdecken und las den Brief noch einmal. Dann legte er ihn auf den Tisch, damit er ihn den ganzen Abend sehen und – wenn er wollte – in kleinen Abschnitten wiederlesen konnte.

Das Mikroskop hatte er mit einem Nylonsäckchen zugedeckt und ins Freie gestellt. Dort würde es über Nacht bleiben.

13

Am Morgen schneite es noch immer. Ascher zog sich an und begab sich vor das Haus. Die Triebe des Mikroskops ließen sich wegen der Kälte schwerer bewegen, er suchte nach Uhrmacheröl, von dem er ein kleines Tröpfchen in

das Fett der Gleitlager fallen ließ. Wenn er etwas ablegte, klangen die Geräusche wohltuend deutlich. Die Pinzette kratzte auf der Tischplatte, das Glas der Objektträger gab ein helles, schleifendes Geräusch von sich. Der erste Schneekristall, den er beobachtete, glich einer gläsernen Blume. Die Strahlen waren untereinander durch eine wellenförmige Linie verbunden, die den Eindruck einer Blüte in einer Blüte vermittelte. Wie schnell der Kristall verdunstet war... Am nächsten standen die Strahlen balkenförmig und nach außen hin zugespitzt weg, in den Strahlen selbst waren die Strukturen wie Pflanzenmuster zu sehen. Dann entdeckte er ein sechseckiges Gebilde, an dessen Ecken kleine Fünfecke herauswuchsen. Der Zauber lag in der Gleichmäßigkeit, in der geometrischen Wiederholung. Als er ein Kind gewesen war, hatte seine Großmutter Muster in gefaltetes Papier geschnitten, und die aufgeklappten Papiere waren dann von komplizierten, sich wiederholenden Formen durchbrochen gewesen – daran erinnerte er sich. Er hatte einen feinen Pinsel, mit dem er die Kristalle aus den Flocken löste, aber auch wenn er noch so vorsichtig war, konnte er nicht verhindern, daß Teile abbrachen. Was sagten ihm diese Formen? Über welche Ordnung gaben sie Auskunft, die bis in das Kleinste wirksam war und sich in das Größte fortsetzte?
Nach einer Weile des Betrachtens wurde ihm kalt, er trug die Instrumente und das Mikroskop zurück in das Haus und beschloß, die Witwe aufzusuchen, um sich Brennholz zu besorgen. Gleich beim Erwachen hatte er an seine Frau gedacht und wieder ihren Brief gelesen.
Unten im Graben standen Holzgestänge für Heu, die Maiskegel sahen wie verschneite Erdhügel aus, und eine Krähe lief mit hohen Sprüngen über die weiße Wiese. In der Küche der Witwe wurde gerade ein Schwein zerlegt. »Draußen ist es zu kalt«, sagte der Schlächter, als Ascher ihn grüßte. Die Witwe kam mit einer großen Milchkanne herein, die sie so hart auf den Boden stellte, daß es klapperte. Ascher

fragte sie, ob er ihr helfen könne, aber sie verneinte. Dann erkundigte er sich, wo er Brennholz kaufen könne.
»Beim Nachbarn«, antwortete sie.
Der Schlächter war ein grauhaariger Mann mit vorstehendem Kinn und einer großen weißen Schürze, die Blutflecken hatte.
Auf Aschers Frage, ob er Fleischhauer sei, antwortete er, er arbeite im Sägewerk, das Schweineabstechen mache er »nur zum Vergnügen«.
»Sie werden sehen, daß er ein musikalischer Mensch ist«, sagte die Witwe, »er spielt seit vierzig Jahren in St. Ulrich die Orgel.«

Ascher bemerkte, daß der Himmel, vom Hügel aus gesehen, nicht einheitlich gefärbt war: Dort war er heller, hier dunkler, dort grau und gelb, hier weiß, dort gingen die Farben wie unterschiedliche Rauchschwaden ineinander über, hier war er stumpf und regelmäßig.
Er stieg den steilen Hang zum Nachbarn hinauf, ein Schäferhund lief ihm bellend entgegen und umtänzelte ihn. Der Nachbar war ein zäh aussehender, knochiger Mann mit einem Ledergesicht, Falten und hellen Augen. Über den Lippen trug er einen schmalen Schnurrbart, auf dem Kopf einen Hut. Ascher verstand kaum, was er sagte. Er gab ihm die Hand und brachte seinen Wunsch hervor. Die Hand des Mannes war hart und schwielig, so daß sie sich zuerst fremd anfühlte, dann erst spürte er ihre Wärme. Der Mann nickte und sagte etwas Unverständliches, dann ging er voraus und zeigte ihm seine Werkstatt in einem Schuppen, die er, so viel verstand Ascher, neu eingerichtet hatte. »Hobelbank«, sagte der Mann. »Selbst gemacht.« Durch ein Fenster fiel bleiches Winterlicht herein, draußen lagen die schneebedeckten Wiesen.
In der Stube hockten drei Mädchen. Die jüngste hatte eine große Papierschere in der Hand und zischte und lachte vor

sich hin. Ascher erkannte, als er sie näher betrachtete, daß sie krank war. Sie hatte ein hübsches Gesicht und blondes Haar, ihre Augen hatte sie geschlossen, den Kopf wiegte sie rhythmisch hin und her. »Ssssss . . .schschschschsch . . . ssssssssssssss«, machte sie in einem fort, stand auf, streckte die Arme von sich und wiegte sich zum Zischgeräusch in den Hüften. Sie trug einen blauen Anorak und rote Gummistiefel, und Ascher hatte das Gefühl, daß sie mit ihm sprechen wollte. Er legte eine Hand auf ihr zerstrubbeltes Haar und warf einen Blick auf die beiden anderen Mädchen. Die älteste saß still vor dem Tisch und häkelte ein Puppengewand. Auch sie hatte ein hübsches Gesicht mit vollen roten Lippen und großen Augen, ihr Haar war brünett, und als sie Aschers Blick bemerkte, senkte sie den Kopf. Neben ihr saß die mittlere. Sie war nur mit einer ausgewaschenen Flanellunterwäsche bekleidet, ihr Gesicht war spitz und lebhaft, ein Vorderzahn fehlte in ihrem Mund, Speisereste klebten an den Lippen. In ihren Händen hielt sie einen Fingerhut und eine Nadel.
»Wie heißt du?« fragte Ascher.
Das Kind sagte: »I!«
»Ich«, erklärte der Mann. Ascher setzte sich in die Eckbank. Die Frau kam verschlafen in die Küche. Sie hatte helle Augen, trug kleine goldene Ohrringe und stellte ein Glas mit Schnaps vor ihn hin.
»Trinken Sie aus«, sagte die Frau. Ascher leerte das Glas, und der Mann lachte. Er zog sich die Hose hinauf, blinzelte und warf seiner Frau, die sofort nachschenkte, mit leicht nach hinten gelehntem Kopf einen Blick zu. Das jüngste Mädchen hatte eine große Fotografie zu zerschneiden begonnen. Es schnitt Ecken und Streifen herunter und schloß dabei die Augen. Manchmal gab es einen Laut von sich, verzog den Mund und wiederholte den Laut. Dann legte es die Schere weg und zischte wieder, nahm einen Wollfaden vom Fenster, schlang ihn, sich wiegend, um den Kopf, setzte sich auf den Schoß der Zwölfjährigen, sprang wieder herunter

und schlug auf ihre Knie. Noch bevor ihre Schwester zurückgepufft hatte, hatte es die Mutter gegen die Schulter geboxt. Ascher sah Tränen in die Augen des Mädchens steigen, sein Gesicht zuckte unentschlossen, ob es dem Weinen nachgeben oder sich nichts anmerken lassen sollte. Es kroch unter dem Tisch zu Ascher, worauf er es an sich zog. Der Mann und die Frau sahen ihn fragend an, dann unterhielten sie sich über Aschers Wunsch. Er verstand nur so viel, daß sie sich über den Preis nicht einig waren.

»Ich weiß nicht, was Sie bezahlen wollen?« sagte der Mann. Ascher antwortete, er würde bezahlen, was der Mann verlange.

»Achthundert für zwei Anhänger, ist das zu viel?«

»Nein, ich bin einverstanden.«

»Gut.«

Die Frau ging mit dem Geld hinaus, und Ascher sah im Vorzimmer einen schwarzen Regenschirm neben einem Büschel Maiskolben und dem farbigen Druck eines balzenden Auerhahnes hängen. Er stand auf, das Kind begann jedoch zu weinen und klammerte sich an ihm fest, daß er es herumtragen mußte. Er trug es auf den schneebedeckten Hof, lief mit ihm um den Schweinestall, und der Hund sprang an ihm hoch und umarmte ihn mit den Pfoten. Dann, nachdem es sich beruhigt hatte, stellte er es zurück auf den Boden und ging rasch, ohne sich umzudrehen, den Weg zurück.

14

Bevor Ascher das Haus der Witwe betreten hatte, hatte er vom anderen Hügel die Kinder und die Frau des Nachbarn singen gehört, sie hatten ihm nachgewunken und waren nachher im Flur verschwunden. In der Küche hatte er zugesehen, wie der Schlächter das Gehirn aus dem Schweineschädel geschält hatte. Es war nicht größer gewesen als eine

Kinderfaust. Alles war so eingeübt vor sich gegangen, daß die Witwe und der Schlächter auf Ascher wie unbeteiligt gewirkt hatten. Früher, so hatte der Schlächter gesagt, als es noch keine Tiefkühltruhen gegeben habe, sei einmal im Jahr ein fettes Schwein geschlachtet worden. Das sei ein Festtag gewesen, denn daraufhin habe es kurze Zeit frisches Fleisch gegeben. Jetzt sei das Schlachten alltäglich geworden, nur die alten Menschen empfänden noch ein festliches Gefühl dabei. Es hatte zu schneien aufgehört, und der Schlächter zerlegte den Schlachtschußapparat und erklärte Ascher, wie er funktionierte. Er hatte sich gewaschen, die Schürze zusammengelegt und in seinem Rucksack verstaut und eine Wollmütze aufgesetzt.

Am Nachmittag fuhr ein roter Traktor vor das Haus. Die Kinder und der Nachbar saßen mit ernsten Gesichtern auf den Holzscheiten, als sei Ascher nicht am selben Tag bei ihnen gewesen. Sie nahmen ihn, nachdem sie das Holz in den Schweinestall geräumt hatten, ein Stück auf dem Anhänger mit. Das kleine Mädchen hatte beim Verladen des Holzes die langgedehnten Zischlaute ausgestoßen und saß nun wieder ruhig da.

Das letzte Stück nach St. Ulrich ging er zu Fuß, bevor er jedoch die Ortstafel erreichte, begegnete er Zeiners Auto mit zwei fremden Männern, die anhielten, das Seitenfenster hinunterkurbelten und ihn fragten, ob er in den Kofferraum blicken wolle. Der Motor des Autos lief noch immer, und einer der fremden Männer, der einen Jägeranzug und einen grünen Hut trug, war ausgestiegen und hatte den Kofferraumdeckel geöffnet. Auf einer Zeltplane lagen erschossene Füchse, sie waren achtlos aufeinandergeworfen und bluteten noch.
»Was sagen Sie?« rief Zeiner aus dem Auto. »Wir haben

die Spuren bis zu einem Bau verfolgt, dann haben wir einen geschossen und weiter gewartet, schließlich haben wir den ganzen Bau ausgeräumt.« »Das kommt nicht jeden Tag vor«, ergänzte der fremde Jäger. Ascher trat zurück, und der Jäger nahm die Füchse heraus und legte sie auf die Straße.

»Ihr Freund hat gemeint, wir sollten sie Ihnen zeigen«, sagte er.

Ein gelbes Personenauto kam vorbei, fuhr langsamer, hielt an, und der Fahrer öffnete die Tür und machte eine Bemerkung.

»Wo habt ihr sie geschossen?« fragte er.

»Im Unterhaag«, sagte der Jäger.

Er legte die Füchse wieder in den Kofferraum und warf den Deckel zu.

»Sie schauen gesund aus«, stellte er fest.

Der Schneider wohnte in einem gemauerten Haus mit einem Balkon, von dem man direkt auf die Kirche und einen Weingarten sehen konnte. Er war ein mittelgroßer Mann mit grauem, vollem Haar und einem weichen, heiteren Gesicht. Ascher spürte seine Zurückhaltung, die so lange anhielt, bis er ihm zu verstehen gab, daß er einige Bewohner des Dorfes und der Gemeinde kannte. Er arbeitete in einem kleinen Zimmer im ersten Stock seines Hauses, dessen Tür auf den Balkon führte. In einer Ecke standen ein eiserner, weißgestrichener Waschtisch mit braunem Wasser und eine hölzerne Schneiderpuppe, in der anderen ein Tisch und eine Truhe. Der Spiegel war an der Innenseite der Tür befestigt. Während der Schneider mit einem gelben Leinenband Maß nahm, hörte Ascher ihn atmen.

Er klappte ein großes Buch auf und zeigte ihm die rechteckigen, kleinen Stoffmuster, die auf Pappdeckeln klebten: schwarze Samtstücke mit blauen, roten und gelben Blümchen aus Zwirn, rote Seidenstoffe mit orientalisch aussehenden Mustern in Silber und Violett, grünglänzende, die mit goldenen Pflanzenornamenten bestickt waren. An sei-

nem Handgelenk trug er ein Nadelkissen, das mit einem Metallband befestigt war.
Ascher suchte einen Samtstoff aus und ging dann wieder. Von den Dächern der Häuser hingen Eiszapfen, und ein Kind mit einem Fahrrad zog auf der Straße eine schwarze Spur hinter sich her.
In einer Hütte am Dorfausgang sah er eine Frau, den Hebel einer Apfelpresse schiebend, sich im Kreis bewegen. Die Frau war stehengeblieben, hatte sich aufgerichtet und in die entgegengesetzte Richtung weitergedreht. Währenddessen hatte Ascher einen Burschen auf dem Abflußbrett entdeckt. Er war groß und blond und trug einen Pullover und dunkle Hosen. Ein breiter Lichtstrahl war zwischen den Ritzen der Hütte auf ihn gefallen und hatte ihn in zwei Hälften geteilt. Der Bursche hatte sich ruhig von Ascher betrachten lassen. Dann hatte er sich umgedreht, die Äpfel in einen Behälter gefüllt und zugesehen, wie der gepreßte Saft unter seinen Füßen über das Holz lief. Ascher hörte das Ächzen der Presse und die Schritte der Frau. Es war nicht weit zum Kaufhaus, er überquerte die Straße, kaufte eine Schachtel Zigaretten und Zündhölzer und kam wieder zurück. Der Bursche schaufelte gerade Äpfel nach, die Frau stützte sich auf den Hebel. Sie antwortete auf seine Frage, sie presse schon den ganzen Tag, dazwischen sei sie nur das Vieh füttern und essen gegangen.
Ascher fragte sie, ob sie rauche.
Nein, aber ihr Cousin, gab sie zur Antwort. »Komm herunter!« rief sie ihm zu. Der Bursche warf einen Blick auf Aschers ausgestreckte Hand mit den Zigaretten und arbeitete weiter. »Gleich«, sagte er. Nachdem er genügend Äpfel in den Behälter geschaufelt hatte, kletterte er herunter, wischte seine Hände an der Hose ab und griff mit dem Daumen und dem Zeigefinger nach einer Zigarette.
»Sie können die Zigaretten behalten«, sagte Ascher. Der Bursche blickte ihn mißtrauisch an.
»Sie können sie haben. Ich rauche nicht.«

Der Bursche zuckte mit den Schultern und steckte sie ein. »Dann sage ich danke«, antwortete er. Die Frau hatte inzwischen den Hebel weitergeschoben, die beiden jedoch nicht aus den Augen gelassen, um vom Gespräch nichts zu versäumen.
»Das ist wohl keine angenehme Arbeit«, sagte Ascher.
»Es geht... was soll ich machen?« gab die Frau zurück. Sie lachte. Dabei kehrte sie ihm gerade den Rücken zu. »Langweilig ist es«, fügte sie hinzu.
Unterwegs kam ihm später ein Mann in einem grauen Mantel entgegen, der eine gefleckte Kuh vor sich hertrieb. Unten im Tal sah er eine weiße Fläche mit Häusern, das war Haslach.

15

Als er zwei Tage später mit Zeiner nach Eibiswald fuhr, lag der Schnee noch immer auf den Feldern. Der Wald war auf der Schattenseite weiß, an der Sonnenseite sah er das Dunkelgrün der Tannen und die nackten Zweige. Auch die Maiskegel waren an der Sonnenseite gelbbraun. Zuerst hatte Zeiner sein Gewehr zur Reparatur abgegeben, denn es stimmte, so vermutete er, etwas mit der Einstellung des Zielfernrohres nicht. Er habe, sagte er, gezielt wie immer, jedoch eine Rehgeiß verfehlt. Daraufhin habe er beim Jagdleiter im Hof auf Scheiben geschossen – mit demselben Ergebnis. Nun wollte er das Gewehr überprüfen und, wenn es notwendig sein sollte, reparieren lassen. Ascher wartete in der Zwischenzeit im Ort, ging am Ufer der Saggau entlang und betrachtete die Eisdecke über dem Wasser. Sie war an den Rändern weiß und mit Schnee bedeckt, wurde dann grau und schließlich, bevor sie sich zur Bachmitte hin auflöste, gelb von den durchschimmernden Steinen. Große Luftblasen hatten sich unter ihr ausgebreitet, manchmal wurde eine von der Strömung weggeschwemmt.

In der Mitte des Baches floß schwarzbraunes, glucksendes Wasser.
Er kam zu einer Brücke und blieb stehen. Zwei Männer schaufelten Schnee aus einem Traktoranhänger in den Bach, und Kinder bewarfen sich mit Schneebällen. Wenn sie glaubten, daß niemand sie beobachtete, aßen sie den Schnee. Ein Stück weiter war die Eisdecke so dünn, daß Ascher darunter Schwärme von kleinen Fischen sah. Auf der anderen Straßenseite war ein Sägewerk mit unverputzten Wänden, zerbrochenen Fensterscheiben und aufgestapelten Brettern und Baumstämmen. Ein Zwergenmensch mit einer Pullmankappe stand vor einer verrosteten Maschine und spähte in sie hinein. Vögel zwitscherten in den verschneiten Sträuchern, und als Ascher wieder zum Wasser hinunterschaute, sah er einen Eisvogel am Rand sitzen und die Fische beobachten.
»Hat es lange gedauert?« fragte Zeiner.
Als nächstes fuhren sie nach Maltschach zum Bestatter, da die beiden Frauen Zeiner gebeten hatten, für sie die Rechnung zu bezahlen, die für das Begräbnis des alten Mannes fällig geworden war. Zeiner wollte auch noch Dichtungen kaufen, da der Wasserhahn tropfte, zum Maschinenhändler wollte er, um nachzusehen, ob die Egge, die er im letzten Frühjahr beschädigt hatte, repariert worden war, und schließlich wollte er sich im Gasthaus die Haare schneiden lassen. Dort verkehrte ein Mann, der in der Kriegsgefangenschaft das Haarschneiden gelernt hatte. Das war, so gab Zeiner an, billiger, und außerdem konnte er »etwas trinken«, bis er an der Reihe war. Auf Stadeln in den weiten Feldern sah Ascher einige Male das Wahlplakat mit dem großen Gesicht des Landeshauptmannes. Durch die Feuchtigkeit und den Wind waren die Plakate schon beschädigt, eines hing herunter, so daß er nur eine Gesichtshälfte sah. Der Himmel war grau und hatte goldene Wellen. Zeiner bog von der Hauptstraße ab. Der Hof des Bestatters bestand aus mehreren großen Gebäuden. Linker Hand eine Mühle mit einer Zustellrampe, auf der Säcke lagen. Hinter

der Verladerampe ein Lebensmittelgeschäft mit einer bunt verklebten Auslagenscheibe. Durch das Glas sah man eine dicke Frau in einem schwarzen Pullover.

»Gehen Sie hinein, er ist drinnen«, rief die Frau aus dem Geschäft. In einem hohen Vorraum mit einem Tisch stand der Bestatter über einen Gegenstand gebeugt und blickte flüchtig auf. Kaum, daß Zeiner und Ascher den Raum betreten hatten, begann er zu sprechen. Er sprach nervös und stotternd, in einem hektischen, nur undeutlich zu verstehenden Redefluß, an den sich Ascher erst allmählich gewöhnen mußte. Die Wände waren mit Bildern und Uhren bedeckt, darunter einer, auf der eine Mutter Gottes mit einem großen, roten Mantel dargestellt war, die Ascher genau betrachtete. Der Mantel erstreckte sich über das gesamte Zifferblatt, während der Kopf und die Hände nur klein ausgeführt waren. Auch ein altes Orchestrion fiel Ascher in dem Raum auf, der ihm trotz allem nüchtern vorkam.

»Das Orchestrion habe ich selbst restauriert«, sagte der Bestatter zu Ascher. Er öffnete es und setzte es in Gang. Ascher sah zu, während er eine holprige lärmende Musik hörte, wie die hölzerne Spielwalze sich drehte. Inzwischen bezahlte Zeiner. Der Bestatter trug einen grauen Arbeitsmantel, zählte das Geld nach und ließ die Münzen und Scheine in seinen Taschen verschwinden.

»Als wir noch keine Straßen hatten, fuhren die Knechte mit Fuhrwerken die Toten zur Kirche«, sagte er plötzlich. »Der Kirchenwirt von St. Ulrich hat eine Menge Toter zum Friedhof gefahren und der Roßknecht des Bauern Turracher ebenso ...« Er machte eine kurze Pause, während das Orchestrion weiterspielte. »Bei einem Bauern sind die Bretter gelegen, auf die der Tote aufgebahrt wurde. Die haben sie geholt, den Toten gewaschen und angekleidet. In der Nacht haben die Verwandten und Nachbarn Wache gehalten. Die Männer sind getrennt von den Frauen gesessen und haben Karten gespielt, während die Frauen gebetet haben. Jetzt werden immer weniger zu Hause aufgebahrt, dort, wo die

Gemeinden eine Totenkammer haben, holen wir die Verstorbenen ab und richteten alles am Friedhof her . . .«
Er blickte auf den Tisch, auf dem eine Taschenuhr lag. »Ich habe zwei Bestattungswagen, eine Sargtischlerei und einen verfliesten Obduktionsraum. Wo wir mit unseren Fahrzeugen nicht hinkommen, holt die Feuerwehr die Toten und bringt sie herunter.« Eine Haarlocke des vollen, nach hinten frisierten Haares fiel ihm in das Gesicht, und wenn er beim Sprechen seinen Mund öffnete, kamen Goldzähne zum Vorschein. Er war klein und korpulent und machte abrupte Bewegungen. Schaute er beim Sprechen ihn oder Zeiner an, dann hielt er seine Hände vor dem Bauch und rieb die Zeigefingerspitzen gegen die Daumenballen, daß es ein leises knarrendes Geräusch machte.
»Falls Sie das Museum sehen wollen, hole ich Sie später ab. Ich muß mich beeilen«, sagte Zeiner.
Nachdem er gegangen war, stellte sich der Bestatter vor. Er sei Historiker, Botaniker, Musikwissenschaftler, Restaurator, mehrfacher Erfinder und Präparator. Daneben sei er Gutsbesitzer, Gärtner, Student, Komponist, Maler und Kaufmann. Er zog den Arbeitsmantel aus, hängte ihn an einen Haken, schlüpfte in eine Jacke und trat in den Hof.
»In zwei Stunden habe ich ein Begräbnis, daher muß ich mich beeilen«, sagte er. Ascher beobachtete seine Sprechweise genauer. Sobald er mit der Führung durch das Museum begonnen hatte, vollendete er die Sätze nicht mehr, sondern deutete deren Inhalt oft nur an.
Die Gedanken rissen ab und wurden durch neue ersetzt und schienen Ascher wie Nachtfalter um ein Licht zu flattern; sie näherten sich, verweilten, stürzten ins Dunkle.
Der Botanische Garten war neben der Eingangstür in einer Nische angelegt, die durch struppiges Gebüsch nach allen Seiten geschützt war. »Botanisch exotische Flora«, las Ascher auf einem weißen Schild. Einige Kakteen, Palmen und kümmerliche Pflanzen wuchsen aus der Erde. Von der gegenüberliegenden Seite des Hofes war das Arbeits-

geräusch der Mühlen zu hören. Ascher bemerkte, daß sich dort unter steinernen Arkaden alte Geräte und technische Artikel türmten. Der Bestatter nannte die Pflanzen, gab an, sie aus Nordamerika, Asien oder Kanada bezogen zu haben, und wies auf eine hohe Trauerweide, die er mit dem lateinischen Namen bezeichnete. »Ich beschäftige mich derzeit mit dem Lateinischen«, unterbrach er sich, um sofort zu erklären, daß er die Trauerweide selbst gepflanzt habe und ihre Schönheit und Größe die Bewunderung und das Erstaunen der Botaniker und Studenten hervorriefen, die ihn besuchten. Ascher erinnerte sich an den traurigen Spitalsgarten, in dem die Kranken in Anstaltspyjamas und Schlafröcken herumspaziert waren. Er hatte vom Fenster seines Arbeitszimmers des öfteren zugeschaut, wie sie langsam und ziellos die Rasenstücke umrundet, sich auf Bänken niedergelassen und unterhalten hatten.

Der Bestatter hatte inzwischen auf das Gerümpel unter den Arkaden gewiesen, um Ascher einzuladen, vorauszugehen. Als sie nähergetreten waren, sah Ascher Kaffeemühlen, Pappendeckelfiguren, Filmvorführapparate, Sonnenuhren, Vogelkäfige und Werkzeuge, die ohne Ordnung aufgeschichtet waren. Alles in allem, erklärte der Bestatter, besitze er 40 000 Gegenstände. Er zeigte mit ausgestrecktem Finger auf einzelne Dinge und stammelte, ohne Artikel oder beifügende Worte zu verwenden, Erklärungen, die immer kürzer ausfielen, ineinander übergingen und schließlich von der nächsten Erklärung überlagert wurden, zu der Ascher noch nicht den entsprechenden Gegenstand ausgemacht hatte. Über einer Tür hing eine große silberne Taschenuhrattrappe mit der Beschriftung: »Erstes Steirisches Uhrenmuseum.« Im Hof erblickte Ascher einen grünen Holzbrunnen, auf dem ein Vogel aus Blech befestigt war. Als sie das Restaurationszimmer in einem hinteren Trakt des Gebäudes betraten, war auch dieses vollgestopft mit Kerzenleuchtern, Kirchengemälden, die der Bestatter, wie er behauptete, selbst restauriert hatte, einem alten Röntgenapparat, Klavieren, Beichtstühlen und Spiegeln. Man habe die Gegenstände, erklärte er sinngemäß, zu ihm gebracht, damit er sie restaurieren möge. Er sei bekannt dafür, daß er, da er Kunstgeschichte studiert habe und sich eines »gewissen Geschicks« rühmen dürfe, auch schwierige, oft aussichtslos scheinende Fälle wiederherstellen könne. »Sie können sich denken, daß das nicht einfach ist«, schloß er. In dem Raum herrschte ein übler Geruch, so daß Ascher nur wenig atmete, während der Bestatter die Luft laut mit offenem Mund einsog. Durch die staubigen Glasscheiben der Tür blickte Ascher auf das Sonnenlicht, das in den Hof fiel. Ein Arbeiter legte eine Motorsäge auf den Anhänger eines Traktors, ein anderer kam mit einer Seilwinde. Während der Bestatter einen Vortrag über Kirchenbilder und tragbare Beichtstühle hielt, wandte Ascher seine Aufmerksamkeit den Arbeitern zu. Ein bunter Gummiball flog, auf dem Boden aufspringend, aus dem Lebensmittelgeschäft und rollte unter die aufgeschichteten Gegenstände. Ascher hatte gehört, daß die Arbeiter des Bestatters Taubstumme oder freigelassene Pfleglinge der Anstalt Feldhof waren, tatsächlich war kein Laut zu hören, als einer von ihnen den Ball aufhob und ihn einem Kind im Trainingsanzug, das aus dem Geschäft gelaufen war, zurückgab. Der Bestatter, so schien es Ascher, beeilte sich nun so, daß er beim Sprechen zu stenographieren schien.

»Ich habe nicht viel Zeit«, sagte er, als er den Raum verließ und auf das Haus zueilte. Wieder gingen sie durch den Vorraum in ein Stiegenhaus, wo er neuerlich zu sprechen begann. Dabei setzte er ein Polyphon in Gang, indem er eine Metallplatte in den Automaten steckte und einen Hebel betätigte. Im Stiegenhaus lagen in Regalen und auf Haufen geworfen: verschiedene Hobel, Schuster- und Schneidewerkzeuge, Sägen, Bohrer, Zangen, Hämmer, veterinärische Instrumente, Kaffeeröster, Bergwerksgerät, Imkerwerkzeuge und Raucherutensilien in verschiedenen Formen und aus den verschiedenen Jahrhunderten.

Als Bestatter, führte er aus, sei er selbstverständlich in jedes Haus gekommen und habe dort »Altertümer«, wie er sich ausdrückte, durch den Unverstand der Menschen verkommen sehen. Er habe sie gerettet. Vieles, was Ascher hier sehen könne, habe er vor dem Verfall bewahrt. Angefangen habe er nach dem Zweiten Weltkrieg. Damals habe es keinen Wert von Gegenständen gegeben, da die meisten Menschen mit dem Überleben beschäftigt gewesen seien. Dadurch sei er oft für einen Laib Brot, Schweineschmalz oder ein Kilogramm Kartoffeln zu seinen schönsten Stücken gekommen. Einige Male habe er auf Bauernhöfen ein Hammerklavier oder Hochrad, die auf der Tenne verstaubt seien, für einen geringfügigen Geldbetrag bekommen, den er noch dazu von seiner Rechnung für eine Bestattung habe abziehen können. Heutzutage seien die Menschen mißtrauisch. Komme er mit seinem »eleganten, schwarzen Wagen« und interessiere sich für irgend etwas, glaubten sie, er wolle sie betrügen. Er fahre schon seit einiger Zeit nicht mehr in der Gegend herum, nur wenn sich die Arbeit häufe, im Frühjahr und im Herbst – denn da wechsle die Wetterlage rasch, und dieser Belastung seien die Alten und kreislaufkranken Trinker nicht gewachsen – helfe er seinem Sohn aus. »Mein Sohn führt die Geschäfte, ich unterstütze ihn dabei«, schloß er. Das Polyphon spielte ein Wienerlied, dessen verschnörkelte Unschuld in einem seltsamen Kontrast zu den abgerissenen, halbverschluckten Sätzen des Bestatters stand. Und Ascher, der dem Bestatter bisher mit Gefühlen der Neugierde und der Vorsicht gegenübergestanden war, fühlte plötzlich Zuneigung. Er hatte den Eindruck, daß der Mann nichts verbergen konnte. Er war seinen Gedanken, Wünschen und Absichten so ausgeliefert, daß er nicht in der Lage war, sie zu verstecken. Auch schien es keinen Grund für ihn zu geben, das zu tun. »Ich widme«, sagte der Bestatter, »meine gesamte Zeit dem Museum, und wissen Sie, welchen Dank ich dafür habe?« Obwohl er den Landesamtspräsidenten, einen Volkskundeprofessor und Politiker, persönlich eingeladen habe, ihn und sein Museum zu besuchen, habe dieser es, sogar auf die Beteuerung hin, er werde es sicher nicht bereuen, abgelehnt. Der Landeshauptmannstellvertreter wiederum sei in der Wahlzeit im Gasthaus in Maltschach gesessen, und er habe ihm über einen Arbeiter schriftlich »Post geschickt«, er möge das Museum besichtigen, dieser habe jedoch die Antwort »ausrichten lassen«, er habe keine Zeit. Aber Zeit genug, um im Gasthaus zu sitzen, ereiferte sich der Bestatter, indem er die Stufen zum nächsten Stockwerk hinaufstieg, habe er schon gehabt! An den Wänden sah Ascher eine Insektensammlung, die von einem Volksschullehrer um die Jahrhundertwende angelegt worden war. Unter jedem Insekt waren in zierlicher Handschrift der Name und der Fundort angegeben. An manchen Nadeln steckten so kleine Tiere, daß sie nur als Punkte wahrzunehmen und unter der Lupe zu erkennen waren. Noch dazu war es so dunkel, daß Ascher, der hinter dem Bestatter herging, zumeist nach den Stufen Ausschau hielt, um keine zu verfehlen. Im ersten Stockwerk hing eine Fotografie eines Lehrers im Klassenzimmer. Auf eine kleine Schiefertafel war in Kurrentschrift: »Dritte Klasse« gemalt. Der Lehrer war, wie auch die Schüler, glatzköpfig, trug einen Zwicker und einen Bart und hielt die Hände verschränkt. Es war eine gemischte Klasse, und Ascher entdeckte, daß alle Kinder barfuß waren. Zum ersten Mal ließ sich der Bestatter Zeit. Er wies auf die selbst verfertigten Bilder, die gerahmt an der Wand hingen, und machte Ascher auf die Stellung der Augen aufmerksam, die dem Betrachter überallhin zu folgen schienen. An einer Tür war eine Tafel mit der Aufschrift: »Das Entfernen von der Führung ist polizeilich verboten« befestigt. Welche Energien mußte der Mann aufgewendet haben, um seiner Leidenschaft nachzugehen, dachte Ascher, welche Ängste und Befürchtungen hatte sie in ihm geweckt, jedes neue Stück mußte seinen Ehrgeiz wieder angefacht haben, schließlich hatten die Dinge ihn mehr und mehr in Anspruch

genommen und vereinsamt. »Den Großteil der Gegenstände, die Sie gesehen haben, haben die Menschen weggeworfen«, sagte der Mann. Er sei mit Leib und Seele Bestatter. Er vertraute Ascher an, daß ihm im Laufe seiner vierzigjährigen Bestattertätigkeit zwölf Fälle von irrtümlichen Beerdigungen Lebendiger bekannt geworden seien. Er habe das daraus geschlossen, daß die nachträglich ausgegrabenen Skelette auf dem Bauch gelegen seien. Er könne die Garantie dafür abgeben, daß ihm kein einziger solcher Fälle passieren hätte können. Übrigens habe er den Landessanitätsdirektor anläßlich einer Führung darauf aufmerksam gemacht. Der Landessanitätsdirektor und Hofrat habe jedoch nur geschwiegen. »Das war alles, was ihm dazu eingefallen ist«, ergänzte er. Er forderte Ascher auf, sich in ein großes, grün gebundenes Buch einzutragen und blickte ihm dabei über die Schulter. Ascher schrieb seinen Namen und trug unter der Rubrik »Beruf«, die mit einer dünnen, roten Linie von den anderen getrennt war, Naturwissenschaftler ein.
»Dann werden Sie sich naturgemäß für meine Präparate interessieren. Dort müssen Sie Ihre Adresse eintragen«, sagte der Bestatter und deutete auf eine andere Rubrik. Als er gelesen hatte, woher Ascher kam, beugte er sich über seine Schulter und sagte geschmeichelt: »Ach, so weit kommen Sie her?« Ohne weiteres hätte Ascher sich mit einem falschen Namen, zumindest aber unter einer falschen Adresse eintragen können, aber es hatte ihn schon gestört, daß er nicht seinen wirklichen Beruf hatte angeben können. Was würden sich Zeiner und die anderen, denen er sich als Biologe vorgestellt hatte, denken, wenn sie erfuhren, wer er wirklich war, und daß er ihnen nicht die Wahrheit gesagt hatte? Als er dem Bestatter durch einen Gang folgte, der mit Dampfmaschinen, kinematografischen Apparaten, Kruzifixen, Orden, Speiseplankästen und Hinterglasbildern angefüllt war, hörte er vom Hof ein Motorengeräusch und sah gleich darauf durch das Fenster den Bäcker mit dem Lieferwagen vor dem Geschäft stehen bleiben. Er schleppte einen großen

Plastiksack mit Semmeln über die Stufe der Verladerampe und stieß die Glastür mit der Schulter auf. Der Bestatter, der den Bäcker nicht beachtet hatte, blieb plötzlich stehen und sagte, er habe öfters mit der Kriminalpolizei zu tun. Man schicke ihm Fahndungsblätter von gestohlenen und verhehlten Gegenständen und warne ihn vor Schwindlern, Kunsträubern, Dieben und falschen Antiquitätenhändlern. »Ich arbeite schon lange mit der Kriminalpolizei zusammen«, ergänzte er. Dann rief er: »Weiter, weiter!« und führte Ascher zu mehreren drehbaren Glasstürzen, in denen die verschiedensten Uhren aufgehängt waren, vom Nürnberger Ei, wie er behauptete, bis zu Uhren, deren Zifferblätter unter Vergrößerungsgläsern lagen, alten Datumsuhren, Uhren mit sich drehenden bildlichen Darstellungen, mit Ketten aus Damenhaar, Taschensonnenuhren, die er so rasch aufzählte und erklärte, daß Ascher nicht verstand, welche der Bezeichnungen zu welcher Uhr gehörte. Dabei drehte er den Glassturz, daß die Uhren klimperten und schaukelten, und während er noch über die Uhren redete, hatte er begonnen, Musikinstrumente in die Hand zu nehmen und sie herzuzeigen: Blasinstrumente, Zithern, Ziehharmoniken, Harfen und Geigen in allen Größen, die er zum Teil mit Preiszetteln ausgestattet hatte, welche er verschämt herunternahm, wobei er darauf hinwies, daß er sie entfernen müsse, ansonsten würde ihm, im Falle, daß ihm ein Musikinstrument gestohlen würde, mit Sicherheit das wertvollste entwendet werden. Und als Ascher noch das eine oder andere Musikinstrument betrachtete, war der Bestatter vorausgeeilt und hatte seinen Kopf zwischen Damenhüten, Grammophonen und Glasschränken, in denen Münzen lagen, zu Ascher durchgesteckt und ihn gerufen. Aschers Blick fiel wieder auf den Hof, in den er gerade Zeiner einbiegen sah. Er verabschiedete sich, erklärte, daß Zeiner, der ihn mit seinem Auto gefahren habe, zurückgekommen sei, und daß er noch Wege zu erledigen hätte, dann verließ er den Bestatter, der ihm mit einem Schlüsselbund

in der Hand nachlief und die Türen abschloß. Von einem Hügel hinter der Mühle fuhren Kinder Schlitten.
»Da sind Sie ja«, sagte Zeiner und öffnete von innen die Tür. »Hat er Ihnen seine Präparate gezeigt? Nein?«
»Sie sind gerade gekommen, als er sie mir zeigen wollte.«
»Wenn es Sie interessiert, können Sie dableiben und ich hole sie später ab.« Er meinte es aber nicht so, wie er es sagte, sondern fuhr weiter. Ascher hatte außerdem keine Lust umzukehren.
Sie fuhren zwischen weiten, weißen Flächen, aus denen die Erde in schwarzen Wellen heraussah. Manchmal fielen Ascher größere oder kleinere Felder mit hellbraunen, vertrockneten Maisstengeln auf, die über den Winter verwitterten, oder braune Wiesenstücke. Vor dem Gasthaus war ein Traktor abgestellt, an dem ein hölzerner Käfig auf Rädern hing.
Die Türen zu den Gasträumen waren versperrt, in der Küche sah Ascher eine schwarz gekleidete Frau mit großen Blechhäfen am Herd hantieren. Zeiner setzte sich an einen Tisch, bestellte ein Bier und erkundigte sich nach dem Haarschneider.
»Er muß jeden Augenblick kommen«, antwortete die Frau und warf einen abschätzenden Blick auf Ascher. »Vor Ihnen ist nur der Oberst an der Reihe.« Der Oberst war ein schlanker, weißhaariger Mann, der die Burschen an den Tischen bediente. Er hatte ein noch junges Gesicht und trug einen schwarz und rot karierten Rock.
»Das ist der pensionierte Gendarmerieoberst«, erklärte Zeiner. »Er ist mit der Frau verwandt.«
In einer Ecke des Raumes war eine amerikanische Küche eingebaut, auf der ein alter Fernsehapparat stand, und das Fenster führte auf einen Wiesenhang hinaus, der nur einen kleinen Ausschnitt der Straße freigab. Ascher hörte den Burschen am Nebentisch zu. Einer von ihnen hatte ein halbes Jahr in Graz in einer Betonfabrik gearbeitet, nun aber die Stellung verloren. Ein anderer war Installateur in Tirol

und Vorarlberg gewesen, vor einigen Jahren wieder zurückgekommen und arbeitete in einer Hühnerfabrik in Pölfing Brunn. Seit einem halben Jahr sei ihm das Urlaubsgeld nicht ausbezahlt worden. Auch habe der Unternehmer auf die Anweisung des Gesundheitsamtes hin eine Dusche im Betrieb einrichten lassen, allerdings wartete der Transportbus nach Dienstschluß nicht auf die Arbeiter, die sich duschen wollten. Daher sei die Dusche noch nie benutzt worden. »Meine Schwester«, fuhr er fort, »arbeitet als Lehrling im Gastgewerbe in Frauenthal. Sie macht jede Woche Überstunden.« Die Überstunden bekomme sie nicht bezahlt, abgesehen davon, daß sie gar keine machen dürfe. Einmal habe sie bei der Gewerkschaft angerufen, dort habe man sie gefragt, ob sie Mitglied sei. Das könne sie aber nicht sein, weil es der Besitzer nicht erlaube. Daraufhin habe man ihr mitgeteilt, daß man nichts für sie tun könne.
»Die machen mit uns, was sie wollen«, sagte ein etwa dreißigjähriger Mann mit blonden Haaren. Er trug eine graue Militärmütze ohne Abzeichen. »Wir haben keine Betriebe hier, und wenn einem etwas nicht paßt, haben sie sofort einen anderen.« Er sei Ziegelarbeiter in Gasselsdorf gewesen. Dort habe er sich das Schlüsselbein gebrochen, und als er nach dem Krankenstand zurückgekommen sei, habe man ihn nicht mehr genommen, weil bereits ein anderer eingestellt worden sei. Nun arbeite er im Sägewerk, das sei ihm auch recht. Gewerkschaften gäbe es nur in großen Betrieben, wo man anonym bleiben könne. »Dort, wo sie jeden kennen, ist es besser, wenn du still bist«, sagte er. Einmal, er habe damals bei einem Fleischhauer gearbeitet, und sie hätten jeden Tag an die dreißig bis vierzig Stück Stiere geschlachtet, die in der Nacht nach Italien transportiert worden seien, habe ein Gehilfe über einen Bekannten, der über Einfluß verfügt hätte, einen Inspektor der Gewerkschaft oder der Arbeiterkammer, er wisse das nicht mehr so genau, überredet, den Betrieb zu kontrollieren. Zuerst hätten sie die Arbeiter einzeln befragt. Die meisten

hätten angegeben, daß sie mit den Umständen im großen und ganzen zufrieden seien, nur zwei oder drei hätten Mißstände angegeben. Daraufhin sei es zu einer Gegenüberstellung gekommen, bei der die Arbeiter alles zurückgenommen und sich vor dem Inspektor beim Besitzer entschuldigt hätten, trotzdem habe der Inspektor dem Besitzer »Unkorrektheiten« nachweisen können, für die er fünftausend Schilling Strafe habe bezahlen müssen. Bei der nächsten Gelegenheit habe er jene, die gegen ihn ausgesagt hätten, entlassen. Seither drohe er den Arbeitern – wenn er mit ihnen nicht zufrieden sei – er werde die Gewerkschaft verständigen. Die Unternehmer, so schrie der Mann, seien von Grund auf dagegen, daß ein großer Betrieb in der Gegend angesiedelt würde, weil sie wüßten, daß sie dann ihre Macht verlören. Auch Zeiner hatte den Burschen zugehört, ohne sich einzumischen. Ein kleiner Mann mit schütterem, nach hinten frisiertem Haar und einer langen Nase trat ein. Er kam, kaum daß er eingetreten war, mit den Burschen ins Gespräch. Ascher schloß aus den Bemerkungen, daß er nebenbei aushalf, Schweine zu beschneiden. Der Mann packte eine Aktentasche aus, stellte einen Sessel in den Vorraum und leerte ein Glas Bier in großen Zügen. Er fragte Ascher, ob auch er sich die Haare schneiden lassen wolle. Ascher verneinte unter dem Gelächter der anderen, und der Mann fragte, wer der erste sei. Die Burschen hatten ihr Gespräch wieder aufgenommen, und der Mann hatte dem pensionierten Gendarmerieoberst ein rotes Tuch umgehängt, auf das weiße Blumen mit schwarzen Stengeln gedruckt waren. Auf die Frage Zeiners, woher er das Tuch habe, antwortete der Mann, von seiner Frau. Er hatte der Tasche einen Kamm, eine Schere und eine Haarschneidemaschine, die er mit einem Kabel an eine Steckdose im Vorraum anschloß, entnommen. Ascher hatte inzwischen bemerkt, daß der Gendarmerieoberst aus einem Papiertaschentuch Kugeln gedreht hatte, die er sich in die Ohren stopfte. Er wunderte sich deshalb auch nicht, daß der Mann ihn anschrie, als er nach seinen Wünschen fragte. Die Haarschneidemaschine begann laut zu surren. Als der Mann beim Haarschneiden um den Oberst herumging, fiel Ascher auf, daß er hinkte. Er lehnte sich zurück, trank einen Schluck Bier und beobachtete abwechselnd den Haarschneider und die Burschen an dem Tisch. Einer von ihnen, hörte er, hatte den vergangenen Herbst auf einer Baustelle in der Stadt gearbeitet. Der Dienst habe um sieben Uhr begonnen. Er sei täglich mit seinem Moped fünfzig Kilometer bis zur Baustelle und wieder zurück gefahren. Um fünf Uhr sei er aufgestanden, um sieben Uhr am Abend nach Hause gekommen. Im Spätherbst sei ihm so kalt auf dem Moped gewesen, daß er laut mit sich gesprochen habe. Auch habe er hin und wieder angehalten und Schnapstee aus einer Thermosflasche getrunken. Deshalb sei er in Verruf geraten, Trinker zu sein. Nach drei Monaten habe er eines Morgens nicht mehr die Kraft gehabt aufzustehen. Er sei einfach liegengeblieben. Wieder zur Arbeit zu gehen und anzugeben, er sei krank gewesen, habe er nicht gewollt. Deshalb habe er eine Zeitlang Arbeitslosengeld bezogen. Dann im Frühjahr habe er bei der Bachregulierung der Saggau geholfen. Das sei eine schöne Arbeit gewesen, weil sie nicht weit von zu Hause entfernt gewesen sei. Aschers Blick fiel wieder auf den Oberst. Sobald der Haarschneider bemerkte, daß Ascher sie betrachtete, machte er einen Witz, auch der Oberst bemühte sich zu scherzen. Er saß da, so schien es Ascher, wie ein Delinquent. Sein Haar war dünn und silberweiß. Ein Kind kam von der Straße herein und verlangte einen Eislutscher. Durch die halboffene Tür sah Ascher, daß es ein Damenfahrrad an die Stiegen gelehnt hatte. Der Oberst war mit dem Tuch um die Schultern aufgestanden, hatte die abgeschnittenen Haare abgeschüttelt und in der Kühltruhe nach dem Eislutscher gesucht, dann hatte er sich wieder in den Vorraum gesetzt, und Ascher hatte dem Kind durch das Fenster weiter zugeschaut, wie es mühsam mit einer Hand das Fahrrad aufgehoben und versucht hatte, mit dem Eis-

lutscher in der anderen zu fahren. Es hatte jedoch immer einen Fuß auf dem Boden abstützen müssen und es schließlich aufgegeben und das Fahrrad geschoben. Die Wirtin, die den Raum kurz verlassen hatte, trug einen Korb mit Brennholz herein, den sie vor den Herd stellte.
»Jetzt schneide ich dir den Hals ab, ja«, rief der Mann dem Oberst zu, streckte sich, die Schere und den Kamm vor den Bauch haltend, durch und stutzte dem Oberst die Augenbrauen.
»Andererseits habe ich hier Arbeit bekommen. Unten in der Ebene haben sie mir nichts mehr gegeben, seit ich vorbestraft bin«, sagte ein stämmiger Mann mit gebrochener Nase und einer Wollmütze. »Ich schlafe über einem Schweinestall, das Zimmer kann man nicht heizen, aber ich bekomme mein Essen, und ich helfe dem Bauern beim Viehfüttern, beim Anbau und bei der Ernte. Wenn ich will, kann ich auch noch woanders hingehen und mir etwas dazuverdienen, was willst du mehr?«
»Wo habt ihr eure Katzen?« hatte Zeiner währenddessen die Wirtin gefragt.
»Sind alle erschossen«, hatte sie geantwortet.
»Die Jäger haben alle erschossen«, wiederholte der Gendarmerieoberst. Er war gerade fertig geworden und stand auf.
»Im Vorjahr haben wir noch sieben Katzen gehabt, jetzt haben wir keine mehr. Dem Haarschneider habt ihr in der Vorwoche den Hund erschossen.«
»Wir haben unsere Vorschriften«, unterbrach ihn Zeiner, während er Platz nahm. »Sie sollen die Hunde anhängen, dann passiert nichts.«
Der Haarschneider nahm ein Rasiermesser heraus und rasierte das Haar unter dem Ohr. Er hatte die Zunge ein wenig zwischen den Zähnen aus dem Mund vorgestreckt und kniff die Augen zusammen.
»Und wieso kommt es vor, daß nie ein Hund der Jäger erschossen wird?«

Er warf einen raschen Blick auf Ascher und fuhr mit seiner Arbeit fort.
»Ich habe damit nichts zu tun«, erwiderte Zeiner.
»Ich verstehe.« Der Haarschneider wischte das Rasiermesser an seiner Hose ab, holte einen Riemen heraus, hakte ihn am Fensterriegel ein und zog das Messer mit raschen Bewegungen ab. Dabei warf er wieder einen Blick auf Ascher, der ihm zulächelte.
Jetzt lächelte auch der Mann, beugte sich wieder zu Zeiner hinunter und rasierte die Haare unter dem anderen Ohr.
»Aber wem soll ich das melden? Nicht, daß ich die Absicht habe, es zu tun, nur angenommen den Fall, ich möchte es...«
»Der Bezirkshauptmannschaft.«
»Und was macht die Bezirkshauptmannschaft? Ist schon einmal etwas herausgekommen, wenn ein Hund erschossen worden ist?«
»Das ist mir egal. Ich habe damit nichts zu tun«, wiederholte Zeiner und blickte den Mann an. Der Mann schwieg. Ascher bestellte eine Flasche Bier und hörte wieder den Burschen zu.
»Alle haben gelogen«, sagte der Blonde mit der Mütze. Er habe die Wahlversammlung der Volkspartei und der Sozialisten gehört, und jeder habe von sich behauptet, alles gemacht zu haben, in Wirklichkeit steckten beide unter einer Decke.
»Das stimmt nicht«, sagte der Oberst. Er griff mit den Fingern in den Hemdkragen und entfernte kleine Haare. »Es hat sich vieles verändert, nur kaum merklich, so daß durch die kleinen und langsamen Veränderungen der Eindruck entstanden ist, nichts hätte sich geändert.« Er war vor dem Tisch stehengeblieben, hatte die Hand aus dem Kragen genommen und auf den Tisch gestützt.
»Ich weiß«, antwortete der Bursche, »einerseits will man uns durch langsame Veränderungen einschläfern, andererseits durch Wahlen wachrütteln...« Er stand auf und be-

zahlte. »Von mir aus kann der Kommunist kommen«, sagte er, »schlechter kann es mir nicht gehen. Was ist für mich anders geworden? Ich arbeite wie früher. Habe ich einen Besitz? – Nein.« Er ging hinaus und startete sein Moped.
Nachdem Zeiner fertig war, fuhren sie nach Arnfels, um Medikamente für den Schwiegervater zu besorgen, das hatte Zeiner inzwischen vergessen gehabt. Draußen sah Ascher auf einem weiten Acker einen Haufen Blätter brennen. Der Rauch versickerte in der Winterluft. Der Himmel, auf den sie zufuhren, war blaßgelb, und der Schnee reflektierte das gelbe Licht. Als sie Arnfels erreicht hatten, sah er auf der Erde eine Nebelschicht, die gegen die Sonne gelb leuchtete, wie Phosphordampf. Sie hielten im Ort an, und Ascher ging herum, während Zeiner beim Arzt die Medikamente besorgte. Vermutlich mußte er länger warten.
Ein Flugzeug flog mit einem Kondensstreifen über den Horizont wie ein weißer Komet. Ascher konnte jedoch das Pfeifen und Dröhnen nicht hören. Vor der Ortseinfahrt standen zwei Gendarmen in langen, grauen Gummimänteln neben ihrem Dienstfahrzeug, einem Volkswagen, der in einer Pfütze abgestellt war. Sie blickten beide zu Ascher hinüber, der zuerst ihrem Blick nicht ausweichen wollte, dann aber seinen Kopf zur Seite drehte. KINOGASTHAUS stand über einer Eingangstür. Er bemerkte, daß das letzte S fehlte. Ein kleiner Schaukasten mit drei Bildern hing zwischen den Fenstern. Bevor er sie noch betrachtete, las er auf dem darüberhängenden Papierstreifen »Skandinavische Lust«. Er ging wieder an den Gendarmen vorbei. Diesmal beachteten die beiden ihn nicht, sondern schauten den vorbeifahrenden Autos nach, wobei sie sich an ihr Fahrzeug lehnten.
Im Haus des Arztes saß Zeiner im Wartezimmer. Neben ihm hielt eine jüngere, blonde Frau ein Kind auf dem Schoß, das einen Finger in den Mund gesteckt hatte. Sie schwiegen und starrten vor sich hin. Ascher hatte sich sofort an die Stille gewöhnt. Ein Mann raunte einer alten Frau etwas ins

Ohr, dann hustete er. Die meisten hielten die Hände über dem Schoß verschränkt. Nachdem Zeiner die Medikamente erhalten hatte, fuhren sie zurück. Gerade als sie an der Gärtnerei vorbeikamen, wurde in einem Glashaus das Licht angedreht, so daß Ascher im Vorbeifahren die Blätter als Schatten in der Helligkeit sah.
»Jetzt müssen wir uns beeilen«, sagte Zeiner.

Zu Mittag aß er bei der Witwe, spielte mit den Hunden und begleitete die Frau mit ihren Söhnen zum Nachbarn, weil sie gemeinsam junge Schweine einkaufen wollten. Der Bäcker fuhr mit dem Auto, der ältere Sohn mit dem Traktor voraus.
»Eigentlich«, sagte die Witwe, als sie mit Ascher den lehmigen Weg zwischen den Ribiselstauden hinunterging, »hätte mein älterer Sohn weiterlernen und der jüngere den Hof übernehmen sollen.« Der ältere habe sich immer weiterbilden wollen. Sie habe ihn, als er die Schule abgeschlossen hatte, tagelang in seinem Zimmer einsperren müssen, weil er nicht habe zu Hause bleiben und Bauer werden wollen. »Nun ist es aber schon geschehen«, schloß sie. Nachdem sie an dem von Thujen überwachsenen Kreuz und der Milchbank vorbeigekommen waren, gingen sie bergauf. Die Witwe erklärte ihm, daß vor einigen Jahren der Blitz in den Stall des Nachbarn eingeschlagen habe. Das sei genau am ersten September gewesen, sie könne sich an jede Einzelheit erinnern. Es habe nicht geregnet, allerdings hätten sich dunkle Wolken zusammengezogen. Der Nachbar habe sich vor Sommerbeginn von einem fahrenden Vertreter einen Blitzableiter gekauft. Die meisten Bauern fürchteten sich vor Gewittern (manche würden, wenn es heftig gewittere, Kinderkleider vor die Haustür werfen, damit es nicht einschlage – das sei ein alter Brauch), trotzdem habe niemand einen Blitzableiter. Zumeist schlage der Blitz in die hohen Obstbäume ein, die um die Häuser stünden. Wenn

Ascher Zeit habe, könne sie ihm einige Bäume zeigen, in die der Blitz gefahren sei. Auch in den großen Birnbaum vor ihrem Haus habe der Blitz schon eingeschlagen. Ihr damaliger Untermieter sei gerade vor die Tür getreten, um nachzuschauen, wie es mit dem Gewitter stünde, da habe der Blitz eingeschlagen und ihn zu Boden geworfen. Sie lachte in sich hinein. Sie habe das Unglück ihres Nachbarn von ihrem Küchenfenster aus gesehen. Hingeschaut habe sie wegen des lauten Donners, aus dem sie sofort geschlossen habe, daß es in der Nähe eingeschlagen haben müßte. Die Kühe hätten gebrüllt, daß es weit im Umkreis zu hören gewesen sei. Dann seien die Flammen aus dem Stall geschlagen, und es habe zu rauchen begonnen. Auch die Tenne mit dem Grasfutter und den leeren Fässern hätte gebrannt. Die Feuerwehren von Praratheregg und St. Ulrich seien ausgerückt, hätten jedoch nicht verhindern können, daß die Wirtschaftsgebäude zerstört worden seien. Die Blitzableiter-Firma habe keinen Schadenersatz geleistet, und eine Versicherung habe der Nachbar nicht abgeschlossen gehabt, so daß er alles habe allein bezahlen müssen.
Auf einer aperen Stelle des Hanges hockte das jüngste Kind mit seiner Schwester auf einem Schlitten. Sie kamen angerannt, und Ascher schob sie den Hang hinauf. Erst in der Küche begann das kleine Mädchen wieder Zischlaute von sich zu geben. Es hielt ein blau und weiß kariertes Tuch in der Hand, in das Ascher es schneuzen ließ. Er nahm das Mädchen auf den Schoß, legte ein Blatt Papier hin und gab ihm einen Bleistift. Das Mädchen zischte jedoch weiter und streckte beim Lachen die Zunge heraus.
»Sie geben ihr Schaben, weil sie glauben, sie wird davon gesund. Die Schaben zerdrücken sie und werfen sie in den Kaffee«, sagte der Bäcker. Er machte ein spöttisches Gesicht. Ascher antwortete, das helfe nicht, jemand müsse sich mit dem Kind beschäftigen.
»Wer soll sich mit dem Kind beschäftigen?« fragte der andere Sohn daraufhin. »Niemand hat Zeit.« Die Strumpf-

hose des Mädchens war zerrissen, und ein Knie schaute heraus. Inzwischen stellte die Nachbarin eine Tasse mit Schnapstee vor Ascher. Als sie hinausging, sperrte sie die Stubentür von außen zu. Auf Aschers Frage, weshalb, antwortete die ältere Tochter, daß die Mutter das Geld hole. Niemand dürfe wissen, wo sie es verstecke. Endlich kam die Nachbarin zurück. Sie trug einen ockergelben Mantel, ihr Haar war frisiert. Sie setzte sich zum Bäcker in das Auto, da kam ihr Mann aus dem Keller und fragte sie, wohin sie gehe.

»Fort«, antwortete die Frau.

»Wir haben Arbeit«, sagte der Mann. Er hatte die Augenbrauen gehoben und blickte die Frau an. Beide warteten. Die Frau stieg schließlich langsam aus und ließ den Kopf sinken.

Auf der Fahrt zum Schweinezüchter erklärte die Witwe, daß sie inzwischen mehrfach hätte heiraten können. Sie habe aber alle Anträge ausgeschlagen. »Viele trinken, dann werden sie in der Nacht gewalttätig oder sitzen stundenlang in der Küche und bedrohen ihre Frauen«, sagte sie. Auch seien die meisten eifersüchtig, bildeten sich Geschichten ein, die sie den wehrlosen Frauen vorwürfen und scheuten nicht davor zurück, die Streitigkeit vor den Kindern fortzusetzen. Zwar sei sie allein und müsse mit der alten Tante und dem Sohn die Wirtschaft führen, denn Arbeitskräfte könne sich in dieser Gegend niemand leisten, höchstens stunden- oder tageweise, trotzdem wolle sie sich an keinen Mann mehr binden ... Ihr Mann, den sie als Sterbenden mit der Rettung habe nach Hause bringen lassen, denn es sei sein Wunsch gewesen, zu Hause zu sterben, sei zwar ein guter und arbeitsamer Mensch gewesen, er habe sich andererseits aber zu allem nur zögernd entschließen können und vieles überhaupt bleiben lassen. Zum Beispiel, als 1961 die Gemeinde ein elektrisches Stromnetz erhalten habe (bis dahin hätten alle nur Petroleumlicht gehabt, Radio habe es überhaupt keines gegeben), habe er sich nicht anschließen

lassen. Wie es in der Nacht rundherum in den Häusern hell geworden sei, habe sie geweint. Erst nach einem Jahr habe er sich, als er gesehen hatte, daß er einen Fehler begangen hatte, zur Elektrizitätsgesellschaft begeben und um einen Anschluß ersucht. Er habe ihr auch verboten, die Ribisel um das Haus anzulegen, der Gedanke, Obst anzubauen, sei ihm unsinnig erschienen. Sie habe nach seinem Tod sofort mit den Ribiseln begonnen, die nun ihr Haupteinkommen darstellten. Zwar sei es eine schwere Arbeit, auf dem steilen Hügel die Pflanzen zu schneiden, zu spritzen und die Ribisel zu brocken (wofür sie jedes Jahr zwei Familien aus Jugoslawien hole, die ihr für wenig Geld halfen), aber über das Obst habe sie sich zum Beispiel den Traktor ersparen können. »Trotzdem habe ich viele Schulden«, schloß sie.
Sie waren beim Schweinezüchter angekommen und stiegen aus. Man wartete schon im Hof auf die Witwe. Gleich als sie den ersten Stall betrat, nahm Ascher den Uringeruch der Tiere wahr. Unter den Brutlampen drängten sich kleine, quiekende Schweine. Ascher fiel auf, daß er den ganzen Tag über nur geschaut und zugehört hatte und daß er vom Schauen und Zuhören so gefangengenommen war, daß er erst jetzt darüber nachzudenken begann. Er fragte sich, weshalb die Menschen sich nicht bemühten, ihr Wesen, ihre Eigenart und auch Charakterzüge, von denen sie annehmen mußten, daß sie Mißfallen erregten, zu verbergen, und er vermutete, daß es vergeblich sein mußte, etwas verbergen zu wollen. Während in der Stadt die Menschen voneinander nichts wußten, war hier jedermann die Familiengeschichte eines jeden Hofes bis zu den Großeltern und Urgroßeltern bekannt. War ein Großvater, ein Bruder, Trinker gewesen, vorbestraft, jähzornig, geizig – so wußten es alle. Sie wußten, was er verkauft und verspielt hatte, ob er seine Frau oder seine Frau ihn betrogen hatte, wußten, ob er gestohlen hatte, im Krieg gewesen war, ob er in die Kirche ging oder welche Partei er wählte. Man wußte, wann jemand wen besuchte, mit wem er zerstritten und was der Grund dafür

war, und wie die wirtschaftlichen Verhältnisse aussahen. Die Menschen in der Stadt wußten von ihren Nachbarn, Familienmitgliedern und Arbeitskollegen nichts, sie wußten auch nicht, was um sie herum geschah, nur aus der Zeitung erfuhren sie etwas, was für sie aber fremd war, mit ihnen im Grunde nichts zu tun hatte und nur Gesprächsstoff und Unterhaltung lieferte. Ihm war aufgefallen, daß die Höfe eigene Namen hatten. Die Familien, die in ihnen lebten, wechselten, aber der Hofname blieb. Das führte dazu, daß jeder Bauer zwei Namen hatte: seinen Schreibnamen und den Hofnamen, der nach dem ersten Besitzer benannt worden war. Anfangs war er verwirrt gewesen, wenn er für ein und denselben Menschen plötzlich einen zweiten, anderen Namen gehört hatte, nun aber begriff er, daß diese Hofnamen ein Orientierungssystem darstellten. Da der Hofname erhalten blieb, wußte nahezu jeder auch in einem weiteren Umkreis, wo er sich befand und welche Familiengeschichte sich mit dem Hof verband. Ascher ging aus dem Stall hinaus. Die Gebäude des Schweinezüchters befanden sich unterhalb der Kirche von St. Ulrich, die er jetzt schon vom wintergoldenen Licht umstrahlt sah. Auf der braunen Wiese pickten Hühner und ein weißer Hahn. Unten im Graben sah er die ausgelassenen Karpfenteiche, die, von einer dünnen Schneeschicht bedeckt, flach aussahen. Der Schweinezüchter verwendete in seinem Hof Grubenhunte, die er zum Aufbewahren von Erdäpfeln und Futter verwendete, in einem war Wasser eingelassen, als Ascher nähertrat, sah er kleine Fische darin schwimmen. Der Mann kam gerade aus dem Stall und ging auf ein anderes Gebäude zu. Neben ihm lief jetzt ein Kind, das sich an seinem Hosenbein festhielt. Die Witwe wählte zwei Schweine aus, bezahlte, und der ältere Sohn zog sie mit einem Strick ins Freie. Kaum, daß der Strick um ihren Rüssel geschlungen war und der ältere Sohn sie, indem er ihnen das Gesicht zuwendete und rückwärts ging, hinauszog, schrien die Schweine entsetzt und lang anhaltend. Sie schrien auch im

Kotter, als der Bursche sie wegführte. Da die Witwe noch etwas beim Kaufmann in Gasselsdorf zu besorgen hatte, stiegen sie wieder zum Bäcker in den Wagen und fuhren hinunter in die Ebene. Von weitem, als sie den Wald hinter sich gelassen hatten und auf einer Brücke die Sulm überquerten, sah Ascher den hohen Schlot und die langgestreckten roten Gebäude der Ziegelfabrik. Über die im großen Fabrikhof aufgestapelten Ziegel waren weiße Kunststoffplanen gespannt. Eine Baggermaschine stand in der Lehmerde hinter der Fabrik.

»Sie wissen, daß die Fabrik dem ehemaligen Landeshauptmann gehört hat?« fragte der Bäcker. »Nach seinem Tod hat einer seiner Söhne sie übernommen.«

Im Kaufhaus, das dunkel war und in dem Lebensmittel, Werkzeuge und Geschirr dicht gedrängt in den Regalen lagen, telefonierte Ascher mit seiner Frau. Er erkundigte sich nach seinem Kind, und seine Frau beschwichtigte seine Unruhe. »Ich finde mich schon ohne dich zurecht«, sagte sie. Natürlich vermisse sie ihn, aber sie habe begonnen, sich wieder auf ein selbständiges Leben einzustellen. Ascher hatte den Eindruck, daß es ihr auch Spaß machte. Er war froh darüber. Wenn es ihr gut ging, fühlte er sich weniger schuldig.

Während die Witwe einkaufte, fuhr der Bäcker mit dem Auto in den Hof hinter dem Kaufhaus. Dort stand unter einem Scheunendach eine gelb und grün gestrichene Tankstelle, die lediglich aus zwei Zapfsäulen bestand. Auf einer Seite des Hofes türmten sich bunte Limonadenkisten aus Plastik, vor denen Arbeiter saßen, Bierflaschen zwischen den Knien hielten und miteinander redeten.

»Wie geht es?« sprachen sie sich gegenseitig an, wenn ein Neuer hinzutrat. Ascher stieg aus, setzte sich auf eine umgedrehte Bierkiste und wartete, bis der Bäcker getankt hatte. Ein Baum stand im abendlichen Winterhimmel. Von der Tankstelle her roch er das Benzin. Der Bäcker ließ sich Frostschutzmittel in das Wasser für die Scheibenwaschan-

lage füllen, »damit ich keine Probleme habe, wenn es kalt wird«, sagte er.
Als sie zum Hof der Witwe zurückkamen, drängten sich die kleinen Schweine ängstlich im Stall. Die Witwe schien erleichtert. »Sie werden sich schon an mich gewöhnen«, sagte sie.

16

Zu Hause dachte Ascher darüber nach, was die Witwe und ihr Sohn ihm erzählt hatten. Er sah den Feuerschein aus dem Herd an der Decke leuchten. Beim Einschlafen fühlte er die Kälte der Matratze, und als er in der Nacht erwachte, schmerzten ihn seine Gelenke, dann kam es ihm vor, daß jemand um das Haus ging, aber es blieb still, nur in der Ferne bellte ein Hund.
Am Morgen schien die Sonne durch die vielen kleinen Fenster, die als viereckige, gelbe Lichtflecke auf den Herd, die Tür und die Wände fielen. Er stand auf und schaute durch die nackte Krone des Nußbaumes, hinter der die Sonne groß und golden über eine weiße und braune und blaue Landschaft ohne Menschen leuchtete. Da er weder einen Mantel noch Schuhe angezogen hatte, ging er bald fröstelnd in das Haus zurück... Zuerst heizte er mit Papier und Holzspänen ein, als es brannte, legte er größere Scheite nach. Im Zimmer war es lichter geworden, die Lichtflecke der Fenster verblaßten auf den Wänden, und draußen sang ein Vogel. Nachdem er sich angekleidet hatte, holte er Wasser vom Brunnen. Der Pumphebel war eiskalt und das Wasser nicht sauber. Im Graben unten erstreckten sich die halbverschneiten Äcker, Heuhaufen standen noch im Schnee, dazwischen lag das helle Braun der Wiesen. In diesem Augenblick bemerkte er die Jäger. Sie kamen die Straße herunter, die Gewehre über der Schulter, einige mit Hunden an der Leine. Er war sicher, daß sie ihn gesehen hatten.

Der Hund des Nachbarn lief ihnen entgegen und bellte sie an, und Ascher hörte, wie nach ihm gerufen wurde. Dann sah er den jungen Nachbarn im grünen Rock mit seinem Vater, der ebenfalls für die Jagd gekleidet war. Die Jäger versammelten sich, eine Wolke warf dunkle Schatten über sie. Inzwischen rief die Bäuerin noch immer den Hund. Sie packte ihn am Halsband und zog ihn in den Kuhstall, in den sie ihn einsperrte. Die Jäger warteten nicht lange im Hof, sie brachen rasch auf und gingen über die Wiese zum Waldrand. Ascher kletterte in sein Dachbodenzimmer und kam mit einem Fernglas zurück. Von der Küche aus hatte er einen guten Überblick. Er stützte sich mit den Ellenbogen auf die Fensterbank, um nicht zu stark zu zittern, und suchte den Waldrand ab. Die Jäger hatten sich mit den Gewehren im Graben aufgestellt. An einem Baum, unter dem einer von ihnen stand, entdeckte er mit dem Fernglas gelbe Äpfel. Auch der Jäger mußte sie bemerkt haben, denn er schüttelte an den Zweigen, daß sie hinunterfielen und in den Graben kollerten. Eine Zeitlang blieb es ruhig. Die Jäger schienen sich zu langweilen, riefen sich etwas zu oder hockten unbeweglich auf den einbeinigen, zusammenklappbaren Sitzen. Dann hörte Ascher Tiro-Rufe, die Vögel ankündigten, und sofort rissen die Jäger die Gewehre hoch, Schüsse fielen und ein Nußhäher stürzte zu Boden. Ascher hörte ihn noch kreischen, aber gleich darauf war ein Hund zur Stelle und hatte ihn ins Genick gebissen. Nun ging alles rasch. Zuerst floh ein Hase aus dem Wald, er war im Laub schwer auszumachen, Ascher sah, wie er von einem Schuß getroffen wurde, ein Rad schlug und in einem Stacheldrahtzaun hängen blieb. Dann kamen zwei Fasanenhähne, auf die einer der älteren Jäger, die auf den Klappsitzen saßen, schoß. Während der eine aber aus der Luft fiel, stürzte der andere erst ein Stück weiter mit plötzlich einsetzenden Flatterbewegungen in den Wald hinter Aschers Haus. In der Zwischenzeit stoben zwei Hasen über die Wiese, sie waren bis zu einem Schneestreifen gekommen, der ihre Bewegungen sofort verlangsamt hatte, so daß es den Eindruck machte, sie bewegten sich kaum noch von der Stelle und versänken mit jedem Sprung tiefer im Schnee. Bevor sie aber den Schneestreifen hinter sich gelassen hatten, sah Ascher, wie sie durch die Luft wirbelten und auf den Boden aufschlugen. Die Jäger hoben die Beute auf und kamen zwischen den Obstbäumen auf das Haus zu. Zwei von ihnen suchten im Wald nach dem Fasan. Sie fanden ihn bald und trugen ihn zum Hof des Nachbarn. Ein dicker Jäger mit einem Rucksack hielt einen erlegten Hasen an den Hinterläufen, dessen Bauchfell mit Blut bespritzt war. Und wie schon bei der letzten Jagd sah Ascher die großen, offenen Augen, die in einer Mischung aus Schrekken und Erstaunen aus den Höhlen getreten zu sein schienen. Er betrachtete ihn, bis der Jäger hinter einer Kuppe verschwunden war. Ein Stück unter dem Haus, wo die gelbe Kapelle stand, tauchte er dann wieder auf und begegnete dem Vater des Nachbarn, der dort breitbeinig, mit einem Hasen in der Hand wartete. Als die Jäger verschwunden waren, folgte Ascher ihnen ein Stück bis zum nächsten Hügel. Das Fernglas hatte er im Haus zurückgelassen. In der Mulde, ganz klein, standen die Jäger an. Ascher hörte aus dem Wald gedämpfte Rufe, hin und wieder fiel ein Schuß. Eine Fasanenhenne flog auf die andere Seite des Grabens und stürzte dort nieder, ohne daß ein Schuß gefallen war. Ascher wartete, was geschehen würde. Unten standen noch immer die Jäger, jetzt aber entdeckte er den Vater des Nachbarn, wie er sich auf den Weg hinter die Obstbäume machte. Er traf gerade die Kinder mit dem Mostkrug, nahm einen Schluck und schickte sie zu den Jägern hinunter. Ascher sah sie über die Wiese bergab laufen, eines hielt den Mostkrug mit steifer Hand weggestreckt, um nichts zu verschütten. Er folgte nun langsam dem Vater des Nachbarn. Zuerst kamen sie an einem verfallenen Winzerhaus vorbei. Durch das kleine Fenster konnte man erkennen, daß der gemauerte Herd eingebrochen war. Äste

und Gestrüpp lagen auf dem Boden, der Verputz hing von der Decke. Das Haus bestand aus der Küche und einem Vorraum, darin hatten oft sechs und mehr Menschen gewohnt. Hinter dem Haus war ein kleiner Schweinestall. Jetzt hörte Ascher den Vater des Nachbarn mit jemandem sprechen.
»Ich habe nichts gefunden«, sagte der Alte. »Ich habe alles genau abgesucht, aber nichts entdecken können.«
»So etwas«, sagte der andere. Ascher erkannte das Gesicht des Briefträgers. Er holte einen Apfel aus der Jackentasche, warf ihn in die Luft und schoß mit dem Gewehr auf ihn.
»Wenn ich heute sonst nichts treffe...« fügte er lachend hinzu und stieg mit dem Alten den Hügel hinunter. Auf der asphaltierten Straße begegneten sie einem Mann, der Jägerkleidung trug und sich auf Krücken stützte. Mit einer der Krücken deutete er auf den Waldrand und rief: »Vorhin haben sie einen Fuchs geschossen. Sie haben es mir gemeldet.«
»Ach so?« sagte der Alte. Er blieb stehen, lächelte und schaute seine Schuhspitzen an. Dann ging er in den Graben. Ascher machte einen Bogen um die Straße und gelangte zum Hof des Nachbarn. Wieder hörte er den Hund im Kuhstall bellen. Die Frau stand mit einer Flasche vor der Haustüre und hielt sie den Jägern hin, die vorbeikamen. Sie blickte zu Ascher, der ihren Blick erwiderte.
»Wollen Sie einen Schluck?« fragte sie ihn.
Ascher bedankte sich und trank, dann spazierte er hinter den Jägern her. Ein Stück unter der Straße nahmen sie Aufstellung. Ascher bemerkte eine Fasanenhenne, die sich unter einem Gebüsch versteckt hielt. Ein Hund stob zwischen den Zweigen durch, stürzte sich auf die Henne und zerbiß sie. Kurz flatterten die Flügel auf, dann lag sie still, und der Hund lief mit ihr in den Wald. Später kamen die Treiber zwischen den gelben Maiskegeln über den Acker. Da der Hang an der Sonne lag, war der Schnee dort schon geschmolzen. Manche trugen in beiden Händen Hasen, die Fasane hatten sie an Lederschleifen aufgehängt. Gerade als sie die

Gewehre umhängten, verfolgte ein Hund einen Hasen über den Acker. Ascher hatte ihn schon von weitem gesehen. Nun hatten sie die Maiskegel erreicht, der Hase schlug einen Haken, aber der Hund ließ sich nicht abschütteln.
»Wem gehört der Hund?« fragte der dicke Jäger, den Ascher mit einem Hasen um das Haus gehen gesehen hatte.
»Ist ein fremder«, antwortete ein anderer.
»Gehört er niemandem?« fragte der dicke Jäger.
»Er gehört einem Bauern da drüben«, sagte der Mann und nannte den Namen. Der dicke Jäger nahm sein Gewehr und schoß. Ascher hatte gedacht, daß er auf den Hasen gezielt hatte, statt dessen aber stürzte der Hund, er erhob sich noch einmal winselnd und verschwand im Wald. Der nächste Schuß traf den Hasen und wirbelte ihn herum.
»Ich habe den Hund getroffen. Ich habe es genau gesehen«, sagte der dicke Mann.
»Du mußt ihn suchen«, sagte der andere.
Der Dicke zuckte mit den Schultern und ging zuerst über den Acker, um den Hasen aufzuheben, dann folgte er dem Hund in den Wald.
»Er hat mit Schrot auf ihn geschossen«, sagte der andere. Die übrigen Jäger sagten nichts, sondern machten sich auf den Weg zum Kaufhaus. Es war Mittag.
»Jeder Hund, der frei herumläuft, wird erschossen«, sagte der Nachbar. »Das ist unsere Vorschrift.«

Sie waren vor dem Kaufhaus angekommen. Die Sonne schien warm und hell, und aus dem Kaufhaus waren die Arbeiter mit Bierflaschen herausgetreten. Schulkinder mit umgehängten Taschen mischten sich unter die Jäger. Sie trugen bunte Wollmützen und manche hatten die Mäntel um die Schultasche gehängt. »Der Asphalt vor dem Kaufhaus ist voller Benzin- und Ölflecke. Vielleicht ist es besser, wenn man die Strecke in der Wiese hinter dem Haus auflegt«, sagte einer

der Jäger. Die anderen aber begannen, die Fasane nebeneinander zu schichten. Jeden zehnten Fasan legten sie etwas außerhalb der Reihe, so daß man leichter feststellen konnte, wie viele geschossen worden waren, anschließend die Hasen und die Nußhäher und zuletzt den Fuchs. Es war ein kleiner Fuchs, der naß vom Schnee oder vom Gras war. »Den Fuchs müssen wir abgeben«, sagte der Nachbar.
Die Hunde standen müde herum. Ascher blickte auf die toten Fasane und Hasen und den Fuchs. Es waren, so zählte er, an die zwanzig Fasane, etwas mehr Hasen und ein Dutzend Nußhäher. Die Schatten der umstehenden Jäger fielen auf sie, und jetzt sah er einen älteren Jäger, der seinen Rucksack öffnete und einen Iltis herauszog. Über den Augen und dem Kiefer war das Fell gelblichweiß, und die Zähne standen weit aus dem geöffneten Maul. Eine Blutspur lief durch das dunkle Fell, und gleich darauf sah Ascher, daß auch die Hand des Jägers blutig war.
»Den geben wir ab«, sagte der Nachbar und deütete auf den Fuchs.
»Warum sollen wir ihn abgeben? Ist es nicht besser, wenn ich ihn abziehe und das Fell auf den Dachboden hänge, bis der Händler kommt?«
Der Nachbar zuckte mit den Schultern und blickte den Vater an. Der Vater schaute weg.
»Nimm ihn vorläufig mit«, sagte der Nachbar unschlüssig. Er warf einen Blick auf Ascher, der ein gleichgültiges Gesicht aufsetzte und vorgab, nichts gehört zu haben.
»Ist gut«, sagte der Jäger. »Ich warte, bis die anderen gegangen sind, dann nehme ich ihn mit.«
Der Nachbar sagte nichts mehr.
Einige Jäger tranken Wein, setzten sich auf die Bank vor dem Kaufhaus und machten lachend Scherze. Auch der dicke Jäger, sah Ascher, war zurückgekommen.
»Hast du ihn gefunden?« fragte der Alte.
Der dicke Jäger schüttelte den Kopf.
»Er ist zum Haus zurückgelaufen.«

»Und?«
»Nichts.«
Der Alte wartete.
»Sollen sie den Hund anhängen, dann passiert nichts«, fügte er hinzu. Ascher hatte sich den Namen des Bauern gemerkt, dem der Hund gehörte. Er wußte auch, in welcher Richtung sich der Hof befand und ging los. Nach dem Kaufhaus kam er an einem Feld vorbei, in dem Kürbisschalen im Schnee verfaulten, sie sahen aus wie Eihüllen eines Riesenvogels aus der Vorzeit. Bleichorange und grün lagen sie zwischen den nicht abgeernteten Salat- und Kohlköpfen. Hinter einer Edelkastanie führte der Weg bergauf. Von weitem sah er schon die Gebäude. Ein kleines Kind, das er beim Kaufmann gesehen hatte, kam vor das Haus gelaufen, blieb stehen und rief: »Herr Ascher! Herr Ascher!«
Ascher war betroffen. Man nannte offenbar seinen Namen so häufig, daß ihn sogar das kleine Kind kannte. Geschah es aus Neugierde oder wußte man etwas über ihn? Waren Gerüchte im Umlauf? – Trotz seiner Gedanken ging er weiter. Das Haus war aus dunklem Holz, rundherum auf den steilen Hängen war ein Weingarten angelegt. Im Hof sah er Enten, den Viehstall, einen von einer fleckigen Betonmauer umgebenen Misthaufen. Zwei andere Kinder liefen jetzt aus dem Haus, ein Bub und ein Mädchen, die ebenfalls seinen Namen riefen, ihm dabei aber den Rücken zukehrten. Sie verschwanden hinter der Tenne, und als er sie erreicht hatte, sah er dort, wo im Sommer der Gemüsegarten sein mußte, den Hund auf einem Plastiktischtuch liegen. Die Kinder waren stehengeblieben, zeigten stumm auf den Hund, spielten dann aber sofort weiter. Auch die Frau, stellte Ascher fest, kannte er. Sie hatte ein rotes Gesicht und wässrige Augen, war blond und stark und stand ratlos über den Hund gebeugt.
»Sehen Sie ihn sich an«, sagte sie erwartungsvoll.
Inzwischen waren die Kinder auf die Tenne geklettert und riefen Aschers Namen, indem sie den Kopf zwischen Lücken

im hölzernen Balkon steckten. Blickte Ascher zu ihnen auf, so zogen sie ihn lachend zurück und versteckten sich, bis er wieder wegsah. Der Bauer kam nun, schüttelte ihm stumm die Hand und drehte den Hund auf die andere Seite, so daß Ascher die Einschußlöcher der Schrotkugeln sah.
»Wir können nichts machen«, sagte er. Er war noch jung, hatte ein breites Gesicht und trug einen Hut und eine blaue Schürze, Ascher mußte ihm schon einmal begegnet sein, er wußte jedoch nicht, wo.
»Sollen wir den Tierarzt holen?« fragte die Frau.
Ascher sagte, ja. Die Frau blieb an ihrem Platz stehen, und auch der Mann machte keine Anstalten zu gehen.
»Vor einer halben Stunde habe ich ihn hierhergebracht«, sagte sie. »Kaum habe ich ihn auf das Tischtuch gelegt, ist der Jäger Scherr gekommen und hat mich gefragt, wie die Weinlese heuer war. Dann hat er mich gefragt, ob er nicht meinen verletzten Hund erschießen solle, damit er nicht länger zu leiden brauche.« Nachdem sie nein gesagt habe, sei er wieder gegangen. Schon seit sieben oder acht Jahren sei er nicht mehr bei ihnen vorbeigekommen, und jetzt habe er sich plötzlich für die Weinlese interessiert. »Warum wohl? Welchen Grund soll er dafür gehabt haben? Was ging ihn die Weinlese an?« Sie nahm eine Plastikschüssel und versuchte, den Hund zu waschen. »Die Nachbarin«, setzte sie fort, »hat den Hund verletzt im Graben liegen sehen. Sie hat gerade schmutziges Wasser vor die Tür geschüttet, als sie den Hund bemerkt hat. Natürlich kann sie nicht sagen, wer es war, aber ich bin sicher, daß es der Scherr gewesen ist. Noch dazu hat er ein Gewehr bei sich gehabt.«
Die Wunden bluteten zwar nicht, aber Ascher nahm an, daß die Eingeweide tödlich verletzt waren.
Die Kinder lachten von der Tenne, steckten die Köpfe über die Brüstung und warteten, daß er einen Blick auf sie werfe. Weil er es nicht sofort tat, kicherten sie – um ihn neugierig zu machen –, schnarchend und keuchend, so, als müßten sie mit größter Anstrengung ihr Lachen zurück-

halten. Kaum aber hatte er den Kopf gehoben, waren sie kreischend hinter der Bretterwand verschwunden. Der Bauer war kurz weggegangen und brachte einen Glaskrug mit Wein, und seine Frau holte eine Schnapsflasche aus der Schürze und goß etwas über die Wunden. Der Hund reagierte nicht darauf. Gleich darauf atmete er heftig, und Schaum trat aus seinem Maul. »Er stirbt«, sagte Ascher. Die Frau ging.

»Er stirbt«, hatte ihr der Mann daraufhin nachgerufen. Auf einmal hörte der Hund zu atmen auf. Die Kinder waren inzwischen zum Bauernhaus zurückgelaufen und schrien und spielten. »Es ist aus«, sagte Ascher, als der Hund die Hinterläufe ausgestreckt hatte.

»Es ist vorbei«, wiederholte der Bauer zu seiner Frau hin. Dann wendete er sich Ascher zu und sagte: »Da hätte es auch nichts genutzt, wenn wir den Tierarzt geholt hätten. Wir hätten nur zahlen müssen.«

»Es ist schon vorbei«, rief er wieder zu seiner Frau.

Anschließend hatten sie die Nachbarin aufgesucht. Sie trat mit einem kleinen Kind auf dem Arm vor ihr Haus. Junge Katzen, so sah Ascher durch den Türspalt, kletterten in einer Gehschule im Vorzimmer. Die Frau gab an, wann sie den Schuß gehört hatte. Sie habe sich jedoch nicht aus dem Haus getraut, sondern sich im Gegenteil eingesperrt und die Nachbarin gerufen. Dann habe es an der Tür geklopft und ein Mann habe sie aufgefordert, ihn einzulassen. Sie rauchte eine Zigarette. Ein geblümtes Kleid hatte sie an. Neben der Haustüre war ein getrockneter Birkenschwamm befestigt. Ihrer Meinung nach erfolge das Töten der Hunde systematisch, sagte sie. Nicht die Jäger machten es, sondern Leute, die wollten, daß bei den Höfen keine Hunde seien, damit sie die Bewohner besser unter Druck setzen könnten. Die Bäuerin widersprach ihr und wiederholte, wie der Jäger Scherr ihr angetragen habe, den Hund zu erschießen.

»Ein Loch machen und eingraben«, unterbrach sie der Bauer, »mehr können wir nicht machen.«

Als Ascher auf dem Weg zur Witwe am Kaufhaus vorbeiging, standen die Jäger noch immer auf der Straße, tranken und lachten. Die Gewehre lagen auf den Neben- und Rücksitzen der Autos, die Strecke war eingesammelt worden. Die Auslagescheiben des Kaufhauses waren so stark angelaufen, daß er nicht hineinsehen konnte. Hinter sich hörte er Schnee vom Dach rieseln und auf den Boden platschen.
Nach dem Essen ging er zum Schneider nach St. Ulrich, um die Samtweste zu holen. Unterwegs kam ihm die Tante zwischen dem Kirschbaum und dem Misthaufen entgegen. Sie trug einen kurzen Regenschirm, die schwere, leere Milchkanne und einen Blumenstrauß, der in Zellophanpapier eingewickelt war. Beim Essen hatte Ascher der Witwe erzählt, was vorgefallen war, die Witwe hatte jedoch aus Vorsicht geschwiegen. Sie hatte statt dessen über ihre Kindheit geredet, in der sie sich mit ihrer älteren Schwester ein Paar Schuhe hatte teilen müssen. Am Sonntag sei aus diesem Grund zuerst die Schwester zur Frühmesse gegangen, dann sie zur Elfuhrmesse.
Er spazierte jetzt ein Stück durch den Wald, in dem der Boden von rostbraunem niedergesunkenen Farnkraut bedeckt war. Unten im Graben stand die weiße Kapelle, rund um sie dehnten sich die Felder aus. Manchmal lag noch eine so dünne Schneeschicht auf den Wiesen, daß er das Gras durchschimmern sah. Als er die Kapelle erreicht hatte, bemerkte er zwei Landvermesser, die dort, wo sich das Bergwerk befunden hatte, arbeiteten. Er spürte, wie seine Füße kalt wurden. Rasch stieg er das steile Straßenstück nach St. Ulrich hinauf und kaufte sich im Geschäft gefütterte Gummistiefel, Wollsocken und warme Handschuhe. Zu seiner Überraschung bot man ihm ein Glas Wein an. Er durfte auf einem Sessel Platz nehmen, und zwei Verkäuferinnen in blauen Nylonmänteln packten ihm die Kleidungsstücke ein. Solange er im Geschäft saß, war er der einzige Kunde. Auf den Metallregalen lagen Hemden, Bleistifte, Hosen, Schnapsflaschen und Zuckerwaren, von der Decke hingen ro-

te Papierpfeile mit der Aufschrift: Sonderangebot. Nachdem er bezahlt hatte, ging er zum Schneider. Unterwegs kam er wieder an der Apfelpresse vorbei, die aber zugesperrt war. Ein Moped lehnte vor einer offenen Scheune, Menschen sah er keine.

Der Schneider hatte gerade geschlafen. Erst nachdem Ascher ein zweites Mal geläutet hatte, kam er zur Tür und führte ihn ohne besondere Freude in das nächste Stockwerk. Die Luft war abgestanden, und es roch süßlich. Ascher bezahlte die Weste, nachdem er sie anprobiert hatte, und ließ sich auf dem Rückweg Zeit. Das Feuerwehrgebäude war, seitdem er das letzte Mal hiergewesen war, frisch gestrichen und mit schwarzer Schrift kenntlich gemacht worden. Dahinter im Weingarten, der vermutlich dem Schneider gehörte, erblickte er das hölzerne Windrad. Ein Stück weiter stand der Schuldirektor mit Kindern. Als er im Gebäude verschwand, liefen die Kinder lärmend auf der Straße herum und faßten sich an den Schultaschen. Eine Weile sah Ascher ihnen zu, dann spazierte er zur Kirche, die er durch die Seitentür betrat. Er fand die kleine Landkirche hübsch. Heiligenfiguren standen an den Wänden, die Kanzel war aus Marmor und mit vergoldeten Blättern verziert. Auf beiden Seiten des Altars sah er Glasfenster. In deren Mitte befand sich ein großes, rotes Herz, das von einem mit Rosen verzierten Kreis eingefaßt war. Aus dem Herz brannte eine Flamme, die Strahlen aussandte ... Zu Ostern – hatte die Witwe erzählt –, wenn in der Karwoche gefastet wurde (damals hätte sie oft nur einen Teller Suppe mit eingebrockten alten Krapfen am Tag gegessen), seien bisweilen Männer und Frauen während der Messe ohnmächtig zusammengebrochen. Einige hätten aus Erschöpfung in den Bänken geschlafen. Schon in dieser Absicht seien manche überhaupt zur Kirche gegangen ... In einer Ecke lehnte die weiße, seidene Prozessionsfahne mit dem blauen und goldenen Fahnenstiel.

Auch die Bergpredigt an der Decke war so dargestellt, wie die Witwe es beschrieben hatte. Als er sich umdrehte, sah er den Pfarrer. Der Pfarrer musterte ihn und zog sich rasch zurück. Ascher trat nach ihm ins Freie. Die Kinder spielten noch immer im Schulhof, im Fenster des Pfarrhauses standen Blumen in einer Glasvase, ein Traktor kroch die Steigung zum Dorf hinauf. Ascher überquerte die Straße und setzte sich in das gegenüberliegende Gasthaus. An einem Tisch saßen der Wirt und der Mann, den er bei der Parteiversammlung gesehen hatte, und spielten Karten. »Waren Sie in der Kirche?« fragte der Mann, ohne aufzusehen. Ascher hörte den spöttischen Unterton heraus. Ihm fiel ein, was er über ihn von der Witwe gehört hatte. »Wie gefällt Ihnen unsere Kirche?« fragte der Mann weiter. Ascher antwortete, sie gefalle ihm.

»Ah, sie gefällt Ihnen!« rief der Mann aus, noch immer, ohne aufzusehen.

Ascher wußte nicht warum, aber ihm kam vor, daß er nicht von der Kirche sprach, sondern über ihn.

Er hatte den Zigarettenspitz vor sich liegen und starrte auf seine Karten. »Ich gebe auf«, sagte der Wirt und warf die Karten auf den Tisch. Er hatte ein breites Gesicht, schütteres Haar und trug eine Brille. Ascher hatte erfahren, daß er bei der Dorfkapelle die Klarinette spielte. Er betrieb Fischzucht, baute Obst an und hielt sich Vieh. Sein Großvater war Gründungsmitglied bei der Feuerwehr gewesen, ein Bild, das ihn mit einem goldenen Helm und einem Ledergurt unter dem Kinn in Uniform zeigte, war in der Gaststube aufgehängt. Daneben hingen noch mehrere gerahmte Gruppenfotografien von jungen Bauern und Knechten nach der Musterung. Alle trugen Hüte mit Blumensträußen, und jeder von ihnen hielt etwas in der Hand: einen Bierkrug, ein Huhn, eine Topfpflanze, ein Musikinstrument oder eine Zigarre. Auf anderen Fotografien waren Bergarbeiter bei einem Jubiläumsfest zu sehen und Hochzeiten, bei denen die Musikanten vor den Gästen auf einem

Schneehaufen lagen. »Selten einmal eine Hochzeit, ab und zu eine Bestattung, ein Dutzend Gäste am Sonntagvormittag«, hatte ihm Golobitsch erzählt, als er vom Wirtshaus gesprochen hatte.

»Sie kennen den Pfarrer?« fragte der Wirt. Ascher antwortete, daß er ihn kenne, und erzählte, wo er ihn zum ersten Mal getroffen habe.

»Er ist ein eigenartiger Mensch«, sagte der Mann daraufhin, er trage fast immer Handschuhe und einen Mantel, auch im Sommer. Im Sommer halte zum Beispiel seine Köchin die Leiter zu den Zwetschgenbäumen, und der Pfarrer mit Handschuhen und Mantel schneide die Äste. Seit seinem Unfall, man vermute einen Motorradunfall, habe er Schwierigkeiten mit dem Gehen. Überdies sei er magenkrank. Die Köchin, die er übrigens von seiner vorherigen Stelle in der Obersteiermark mitgenommen habe, koche für ihn Diät. Er sei kein guter Redner, halte zum Beispiel auch bei Begräbnissen keine Reden. Während sein Vorgänger, ein Pfarrer aus Bayern, zu den Hinterbliebenen gegangen sei und sich nach dem Lebensweg des Verstorbenen erkundigt habe, habe sich der jetzige Pfarrer vollständig zurückgezogen. »Wissen Sie, was mit ihm los ist?« fragte der Mann. »Er fürchtet sich vor den Menschen. Das ist es!«

Noch immer hatte Ascher den Eindruck, daß der Mann, indem er über den Pfarrer sprach, ihn meinte. Er konnte sich natürlich täuschen, glaubte jedoch nicht recht daran.

»Unser früherer Pfarrer«, erklärte der Wirt, wie um abzuschwächen, »hat sich nach den Lebensläufen der Verstorbenen erkundigt und sie in die Rede am Grab eingeflochten, daß alle geweint haben.« Habe er eine Predigt gelernt, so sei er im Vorraum des Pfarrhauses auf und ab gegangen, daß man draußen seine Schuhe habe knarren hören. »Unser jetziger Pfarrer hingegen«, setzte er fort, »lebt so zurückgezogen, daß wir nicht einmal wissen, wie er sich auf die Sonntagspredigt vorbereitet.« Zwar predige er in der Kirche, allerdings halte er sich streng an das Evangelium. Im

Grunde mache er alles richtig, trotzdem fehle etwas. »Aber ich will ihm nicht unrecht tun«, schloß er.
Der Mann hatte Ascher die ganze Zeit über, in der der Wirt gesprochen hatte, lächelnd angesehen, dann plötzlich hatte er Ascher gefragt, ob er an ein Weiterleben nach dem Tode glaube oder an einen Gott? Ob es einen gebe? Und wie das Weiterleben nach dem Tod ausschaue? Ascher sah in das kleine, von Falten durchzogene spöttische Gesicht, in die lebhaften Augen, die vom Trinken gerötet waren, und hatte das Bedürfnis, das Vertrauen des Mannes zu gewinnen. Er wunderte sich auch gleichzeitig, wie vielfältig er empfinden konnte. Einerseits konnte er sich dem Glauben annähern, andererseits verlor er ihn, sobald er einem Menschen wie diesem gegenübersaß.
Ein Weiterleben könne es wohl nicht geben, antwortete er. Während er das aussprach, fühlte er sich genötigt, es zu erklären, aber gleichzeitig fiel ihm ein, daß er es nicht zu kompliziert erklären durfte, um nicht neuerlich das Mißtrauen des Mannes zu wecken. Sobald das Gehirn aufhöre zu arbeiten, fuhr er fort, würde auch der Geist aufhören zu arbeiten. Er könne es sich nicht anders vorstellen. Er hatte kein schlechtes Gewissen, als er das aussprach und den Mann nicken und lächeln sah, während der Wirt ihn aufmerksam musterte.
»Aber«, widersprach ihm der Wirt, »irgend jemand muß alles erschaffen haben? Ich könnte nicht begreifen, daß sich das gesamte Weltall zufällig gebildet hat?« Er schien auf eine Antwort zu lauern, doch Ascher antwortete rasch, man könne mit demselben Recht fragen, wer Gott erschaffen habe?
»Sehr richtig«, fuhr der Mann auf, dann wandte er sich dem Wirt zu und rief triumphierend: »Was ich immer behaupte!«
»Aber dann ist es doch sinnlos, wenn, sagen wir in Millionen Jahren, alles abstirbt, was es gegeben hat, wenn alles vergessen sein wird«, begehrte der Wirt auf.

»In Millionen Jahren! Niemand kümmert sich darum, was in Millionen Jahren sein wird. Rede dir doch nichts ein«, fuhr der Mann dazwischen. Er schlug mit beiden Fäusten auf den Tisch und lachte. Eine Zeitlang saßen und unterhielten sie sich noch. Der Mann sagte, er sei zuerst Pferdeknecht bei einem Großbauern gewesen, dann sei dem Bergwerksbesitzer der Knecht krank geworden und er habe bei ihm ausgeholfen. Dabei habe er des öfteren Schwierigkeiten mit den Gendarmen gehabt, die ihn, weil sie gewußt hätten, daß er ein aufbrausendes Wesen habe, aufgehalten und provoziert hätten, sobald er mit dem Fuhrwerk und den Pferden in ihrer Nähe aufgetaucht sei. Er habe sich nichts gefallen lassen und sei des öfteren eingesperrt worden. Das sei ihm gleichgültig gewesen. Auf diese Weise habe er sich ausschlafen können. Als der Knecht des Bergwerkbesitzers wieder gesund gewesen sei, habe ihn sein Bauer nicht mehr genommen. So habe er es als Bergarbeiter versucht. Jeden Tag sei er acht Stunden im Stollen gelegen und habe Glanzkohle abgebaut. Nach ein paar Stunden sei seine Kleidung von Feuchtigeit durchnäßt gewesen. Pause habe es keine gegeben, nur nach einer Sprengung habe man gewartet, bis der Rauch und der Staub sich verzogen hätten. Bezahlt sei nach der Leistung geworden. Je nachdem, wieviel Raummeter ein Arbeiter abgebaut habe, sei seine Entlohnung gewesen, auf diese Weise sei auch das Weihnachtsgeld berechnet worden. Einmal, er glaube, es sei 1957 gewesen, habe er 1800 Schilling Lohn für einen Monat bekommen, das sei sein höchster Verdienst gewesen.
»Wir haben lange von der Kohle gelebt«, setzte der Wirt fort. »Anfangs, als das Bergwerk zugeschüttet und alles zu Äckern gemacht wurde, kam es uns vor, als habe man unsere Vergangenheit ausgelöscht.« Kohle gäbe es jedoch überall. Er besitze noch das Schürfrecht und grabe im Herbst hinter dem Haus Kohlen für den Winter aus. Er zeigte ihm durch das Küchenfenster ein Loch im Garten, in dem eine Schaufel steckte. »Bis zum Kühlhaus kann ich ohne Anstrengung

nach Kohle graben«, erklärte er. Erst dem Hang zu liege sie tiefer.

Am Abend hatte Ascher die Abdrücke der Schneeflocken betrachtet, dann hatte er die schwarzen Etuis aus der Kiste genommen, die seine Frau, als er zum ersten Mal herausgefahren war, eingepackt hatte. »Mikroskopische Präparate« war in Druckschrift in die Deckel gepreßt. In den Etuis waren zwei Reihen kleiner Holzraster eingesetzt, in deren Verzahnung die Glasplättchen steckten. An der Innenseite der Deckel war ein numeriertes Formular eingeklebt, auf dem er die Bezeichnung und den Fundort der Präparate festgehalten hatte. Foraminiferen (Globigerinen) Indischer Ozean, 4000 Meter, las er. Cyanea Lamarquii (Qualle), Tentakel, quer, Nordsee ..., Plankton, Holländische Küste, Spongien, Kieselnadeln ... er hatte die Präparate in der Mikroskopischen Gesellschaft in Wien eingetauscht. Im zweiten Etui fand er Querschnitte durch Rosenstachel, Lindenwurzel, die Knospe einer Roßkastanie, ein menschliches Gefäß, das Hautepithel eines Salamanders, das Astholz einer Föhre, den Kopf einer neugeborenen weißen Maus, den Längsschnitt durch ein Weizenkorn und anderes. Er legte sie unter das Mikroskop, zuletzt die Roßkastanienknospe, in der er silberweiß auf rotem Grund den Blütenstand sehen konnte. Hatte er sich verraten, als er dem Bergarbeiter recht gegeben hatte? Hier, allein in seinem Zimmer, war die Sicherheit verschwunden. Es kam ihm vor, als suchte er nach einer Haltung, die es ihm für eine Weile gestattete, schwach zu sein. Nun hatte er etwas verloren, auch wenn es nur ein Hirngespinst gewesen war, zu dem er Zuflucht genommen hatte. Er trat ans Fenster und sah die Sterne funkeln.

Als er erwachte, lag ein gelber Himmelsstreifen über den Bergen. Er schaute schläfrig in das Licht, das so friedlich und schön, wie aus einer unverletzbaren Welt kam. Dabei wurde er ganz ruhig und schlief ein. Gegen neun Uhr erwachte er wieder. Jetzt hatte sich eine silbergraue Wolkendecke über dem Himmel ausgebreitet, in den Gräben lag weißer Nebel. Nachdem er sich angekleidet hatte, fand er in den Mausefallen zwei erschlagene Mäuse, die er hinter den Schweinestall warf. Dann hörte er Golobitsch mit seinem Motorrad kommen, der ihm versprach, die Ritzen zwischen dem Boden und der Wand in der Küche und auf dem Dachboden mit Glaswolle zu verstopfen. Ascher gab ihm Geld dafür, und Golobitsch nahm ihn auf dem Motorrad bis zur Witwe mit. Dort traf er jedoch niemanden an. Aus der Luft hörte er Vogelschreie, die klangen, als würden Glaskugeln aneinander gerieben. Die Weinranken, die an der Bretterwand zur Presse hinaufgewachsen waren, sahen vertrocknet aus. Ascher schaute hinter das Haus. Der Hund lag zwischen zwei Fässern, sprang auf und leckte ihm die Hand. Er trat an das Fenster, versuchte in das Haus hineinzublicken, erkannte aber nur, daß niemand in der Küche war. Eigentlich machte es ihm nichts aus, denn er hatte nichts Bestimmtes vorgehabt. Er ging bis zum Kaufhaus und trank mit Mineralwasser gemischten Wein. Einmal hielt der orangefarbene Schulbus an, und der Fahrer verschwand hinter dem Gastraum, um zu telefonieren. Die Straße vor dem Kaufhaus war asphaltiert, auch der Parkplatz. Lautlos veränderten sich die Wolken über den Dächern der Häuser. Ascher legte einige Münzen auf den Tisch und ging dann über eine Wiese in den Graben. Als er beim alten Haus vorbeikam, hörte er, daß Ziegel vom Dachstuhl fielen und mit stumpfen Geräuschen aufschlugen. Manchmal zerbrach einer mit einem hellen Ton. Ein Mann deckte mit einem langen Stock von innen das Dach ab. Zwei Wände der Küche waren abgetragen, die Holztrahmen lagen aufgeschichtet vor dem Haus. So konnte Ascher von außen den verfallenen Herd sehen und eine Tür, die zu einem Zimmer führte.

Er hörte den Mann sprechen. »Morgen wird die Küche fertig abgetragen und weggeführt.« Ascher blickte sich um:

Der Mann sprach mit ihm. Er blieb stehen und sah zu, wie die Ziegel über das Dach rutschten und zu Boden fielen und langsam immer größere Teile der Dachbalken freigelegt wurden.
»Die Tür«, fuhr der Mann fort, den er nicht sehen konnte, »hat mir der Architekt abgekauft. Er ist zu mir gekommen und hat sich nach der Tür erkundigt. Ich habe ihn gefragt, wozu er eine Tür brauche. Für sein Haus, hat er gesagt. Da habe ich sie ihm gegeben.«
»Ja«, sagte Ascher.
»Ich wohne unten in der Ebene«, fuhr der Mann fort. »Das Haus habe ich geerbt. Im Frühling bringe ich meine Kühe herauf und lasse sie bis zum Herbst hier.« Er hatte zu stochern aufgehört, und seine Stange stand jetzt ruhig in der Luft. Da Ascher nichts sagte, fing er wieder an, die Ziegel hinunterzuschubsen.
Im Graben war der Weg morastig. Schon von weitem hörte er einen Hund bellen und röcheln. Als er das Haus erreichte, stellte er fest, daß der Hund eingesperrt war. Dort, wo die alte Frau (als er mit Golobitsch zum Fischteich gefahren war und das Gewehr ausprobiert hatte) Kürbisse geschält hatte, lagen jetzt unter einer Nylonplane Kohlen. Das dunkelbraune Holzhaus war noch von Schnee umgeben, denn hier war es schattig. Durch den Schnee führten ausgetretene Wege, in denen Hühner vor ihm davonliefen. Er suchte die alte Frau und den Mann und schaute zuerst in die Presse. An einem Nagel hing ein Mantel, an anderen waren Anzüge und Kleider aufgehängt. Es war dunkel und Aschers Augen hatten sich erst daran gewöhnen müssen. In einer Ecke lehnte ein Fahrrad, der große Preßbalken und die schraubenförmige Spindel nahmen jedoch fast den ganzen Raum ein. Vogelflügel schwirrten in den kahlen Weinranken, als er am Haus vorbeiging. Im Schweinestall war es still. Er kam am Brunnen vorbei und konnte nun weiter hinunter in den Graben blicken, in dem brauner, vertrockneter Mais im Schnee stand. Die beiden Alten stritten sich gerade in der

Tenne, während sie an einem Holzblock sägten. Ascher rief ihre Namen, aber sie hörten ihn erst, als er schon ganz nahe war. Die Frau trug eine große, geflickte Lederjacke und lief vor ihm davon. Der Mann riß seinen Hut vom Kopf, dann die Wollhaube, die nur Augen, Nase und Mund freigelassen hatte, stopfte sie in die Hosentasche und drehte sich wieder, den Hut auf dem Kopf, ihm zu.
»Wie ich ausschaue!« rief er vorwurfsvoll. Ascher verstand jedoch nicht, was er sagte, erst nachdem der Mann seine Bemerkung mehrmals wiederholt hatte, begriff er, daß sich die beiden vor ihm schämten. Auf dem Sägebock lag ein hölzerner Trahm, und er erkannte das Blumenmuster wieder, das er im alten Haus gesehen hatte. Aus dem Trahm standen winzige Holzplättchen, er beugte sich hinunter, um sie näher anzuschauen, und er erfuhr, welche Bewandtnis es damit hatte, nämlich, daß der Verputz daran haftenbleiben soll. Die Konstruktion war so sinnvoll und einfach, die Arbeit so genau ausgeführt, daß Ascher für einen Moment bedauerte, daß die beiden den Trahm zersägten. Der Mann sah ihn fragend und stumm an. Seine Zähne waren gelb und nur in Bruchstücken vorhanden. Ascher war aufgefallen, daß viele Leute schlechte Zähne hatten. Sie ließen sie im Mund verfaulen, bis sie abbrachen. Auch Frauen ohne Zähne hatte er gesehen. Das machte nicht so viel aus wie in der Stadt, denn hier heroben war man den Anblick gewöhnt. Zähne fielen aus, wie Haare ausfallen konnten, das war nichts Besonderes. Von den Alten hatte früher niemand falsche Zähne gehabt. Einige hatten sich die Prothese in Jugoslawien machen lassen, weil das billiger kam, denn einen Teil der Kosten mußten sie selbst bezahlen. So ließen es manche bleiben. Die Vierzig- und Fünfzigjährigen nahmen es zumeist schon genauer, aber auch nicht alle. Ihm war aufgefallen, daß viele Gebisse nicht sorgfältig genug angepaßt oder gearbeitet waren. Manche rutschten beim Sprechen oder klapperten im Mund, manche waren so schlampig gemacht, daß man schon von weitem erkennen konnte, worum

es sich handelte. Da alle schlecht gearbeitete Gebisse hatten und niemand darüber klagte, brauchten die Zahnärzte sich offensichtlich nicht anzustrengen. Mit den Brillen verhielt es sich ähnlich. Auf dem Feld oder bei der Jagd hatte er niemanden gesehen, der eine getragen hatte. Es gab ältere Leute, so hatte man ihm erzählt, die sie auf dem Fetzenmarkt kauften. Sie setzten sie dort auf, und konnten sie besser sehen als ohne Brille, so bezahlten sie zwanzig oder dreißig Schilling dafür. Andere hatten sie geerbt. Viele aber lebten einfach mit schlechten Augen und nahmen es hin. Denn das Lesen von Zeitungen war zumeist auf die Jüngeren beschränkt. Die Älteren setzten sich lieber in das Kaufhaus, am Abend sahen sie fern, und da der Empfang häufig schlecht war und die Geräte zumeist Schwarz-Weiß-Apparate und alte Modelle waren, fiel es nicht weiter auf, wenn die Bilder verschwommen waren.
Die Frau war inzwischen mit einem grünen Pullover, einer sauberen Schürze und einem frischgewaschenen Kopftuch zurückgekommen. Ascher fragte sie, ob sie ihm Eier verkaufen könne, und sie antwortete, sie habe selbst nicht viele. Er möge ihr aber in das Haus folgen. Der Mann versuchte jedoch, die Frau zu hindern, mit Ascher das Haus zu betreten, was er zuerst nicht verstand. Als er aber den Mann mit gesenktem Kopf zum Keller gehen sah, begriff er. Golobitsch hatte ihn darauf aufmerksam gemacht, daß die beiden die Ärmsten der Umgebung waren. Sie gehörten zu den wenigen, die keinen elektrischen Strom hatten. Im Stall standen zwei Kühe und ein mehr als fünfundzwanzig Jahre altes Pferd. Im Frühjahr, wenn der Mais angebaut wurde, kam ein junger Bauer mit einem Traktor und verrichtete die Arbeit um ein paar hundert Schilling.
Die Frau öffnete die Holztür. Im Vorraum, dessen Boden die nackte Erde war, saß ein dicker, gefleckter Hund neben einem Strohbesen und bellte. Auf abgestellten alten Kästen hockten Hühner. Der einzige Raum, den die Frau mit dem Mann bewohnte, war dunkel. Zwei Petroleumlampen hin-

gen an der Wand. Die Betten standen nebeneinander in einer Ecke und waren mit Mänteln zugedeckt. Die Frau sprach jetzt ohne Unterbrechung. Sie stellte ihm Fragen, die er jedoch kaum verstand, auch war seine Aufmerksamkeit ganz auf die Küche gelenkt. Neben einem Tisch, aus dem die Frau eine Lade mit Eiern gezogen hatte, befand sich eine Maismahlmaschine mit einem großen eisernen Kurbelrad. In Schüsseln und Kisten lagen Haufen gelben Maismehls, aus dem die Frau Sterz machte. In der Dunkelheit entdeckte Ascher an der gegenüberliegenden Wand einen eisernen Küchenofen mit zwei schlafenden Katzen.

Der Mann kam mit gesenktem Blick herein, machte eine Blechschachtel auf und drehte sich eine Zigarette. Ascher hatte bemerkt, daß er hinkte. Er fragte ihn, was ihm fehle, der Mann gab ihm jedoch keine Antwort. Offensichtlich hatte Ascher nicht laut genug gesprochen, denn nun schrie die Frau nochmals, was er gefragt hatte. »Er hört schlecht«, fügte sie hinzu. Der Mann erhob sich und blickte Ascher, die Zigarette drehend, an. Sein ganzer Körper war in Anspannung versetzt und arbeitete mit, als er mit ihm sprach. Die Hände unterstrichen jedes Wort, die Augen waren weit geöffnet, der Oberkörper ruckte hin und her. Ascher verstand folgendes: Der Mann hatte sich beim Aufschlagen der Kürbisse in den nackten Fuß gehackt. Er hatte die Wunde mit einem Lappen zugedeckt, zuerst Schnaps auf sie geschüttet, dann einen alten Strumpf der Frau darübergezogen. Weder er noch seine Frau hätten jemals einen Arzt gebraucht, erklärte er. Inzwischen habe sich die Verletzung aber nicht gebessert. Im Gegenteil, sie schmerze ihn beim Gehen heftig, allerdings hatte er sie seit einer Woche nicht mehr angesehen. Sie werde schon heilen, schloß er.

»Zeigen Sie mir den Fuß«, sagte Ascher.

»Den Fuß sollst du herzeigen!« wiederholte die Frau. Der Mann setzte sich wortlos und langsam auf eine kleine Bank, auf der Schachteln und Schnüre lagen, und streifte den Strumpf ab, dann nahm er die Lappen herunter. Die Wunde

war tief, entzündet und eiterte. Ascher erklärte der Frau, daß er zurückkommen werde und daß ihr Mann warten möge. Er ging zu seinem Haus, stellte die Eier auf den Küchentisch und steckte Medikamente und Verbandszeug ein. Dann kam er zurück und versorgte die Wunde. Die Zehen des Mannes waren groß, die Haut an den Fersen war dick und gelb. Ascher half ihm, in den Socken zu schlüpfen und versprach, in zwei Tagen wiederzukommen. Er legte Geld für die Eier auf den Tisch, aber die Frau wollte es nicht nehmen. Sie lief ihm ins Freie nach, stopfte das Geld zurück in seine Jackentasche und bot ihm ein Stück Selch-Fleisch an. Erst als er versprach, es beim nächsten Mal zu nehmen, ließ sie ihn gehen.
Hinter der nächsten Biegung bedeckten kleine braune Maulwurfshügel eine Wiese. Von weitem sah er einen Mann Plastikfässer in einen Keller schaffen. Zum ersten Mal war er froh.

17

Hofmeister wohnte in einem flachen, gemauerten Haus mit erbsengrünen Balken und einer weißen Tür. Es war ein klarer, kalter Tag. Der Schnee war an den sonnigen Stellen verschwunden, nur an den schattigen Waldrändern sah er noch Flecken. Auch die Maiskegel ragten gelbbraun aus den Äckern, auf denen die langen Furchen vom Umbauen zu sehen waren.
In der Küche von Hofmeisters Haus fand Ascher die dicke Braut vor dem Spiegel. Sie machte eine schüchterne Bewegung, um mit den Händen ihre Haare zu bedecken. Der Bräutigam, der ihm in die Küche folgte, war blond und kräftig, hatte rote Backen und trug noch die Alltagskleidung. Er wartete ihm einen Glaskrug mit Weißwein auf und bat ihn, im Vorzimmer auf einer ausgedienten, von einem alten Vorhang bedeckten Sitzbank Platz zu nehmen. Da Ascher

auf keinen Fall stören wollte, blieb er ruhig sitzen. Währenddessen kam der kleine lockige Sohn aus dem Zimmer, blieb stehen und machte ein finsteres Gesicht. Er konnte noch nicht sprechen und wartete, bis seine Tante sich um ihn kümmerte. Ascher stellte den Glaskrug auf einen Sessel neben die Sitzbank, er hatte noch nichts gegessen und fürchtete, schon zu Mittag betrunken zu werden. Übrigens waren ihm sowohl der Bräutigam als auch die Braut fremd. Zu seiner Erleichterung erschien ein kleiner, kräftiger Mann mit einem von langen Falten durchzogenen, braunen Gesicht und weißem, dichten Haar auf dem Kopf. Er hängte den Mantel an einen Haken und setzte sich neben Ascher. Gleich nachdem er sich vorgestellt hatte, erzählte er ihm sein Leben. Durch die bevorstehende Hochzeit war er sichtlich aufgekratzt, wahrscheinlich hatte er auch unterwegs getrunken. Ascher mußte sich anstrengen, um ihm folgen zu können, seine Erzählung war überdies nicht fließend, so daß er immer wieder Fragen stellen mußte. Er verriet Ascher zuerst sein Geburtsdatum, von Beruf sei er Landarbeiter gewesen, nun wohne er im Weingebiet, in Gamlitz. Ascher hatte nachgerechnet, daß er ungefähr siebzig Jahre alt war. Er sei der Onkel des Bräutigams, sagte der Mann. Er sei zum zweiten Mal verheiratet, seine Frau sei jedoch nicht mitgekommen. Insgesamt habe er fünf Kinder, erklärte er. Zuletzt habe er bei seiner Tochter gewohnt – er habe einen Baugrund gekauft und einen Teil seiner Ersparnisse dem Schwiegersohn für den Hausbau gegeben –, er habe sich aber mit seiner Tochter so schlecht vertragen, daß er ausgezogen sei und sich ein Haus in Gamlitz erworben habe ... Er nahm einen großen Schluck und wischte sich sorgfältig den Mund ab. Einen Augenblick dachte er nach, dann fuhr er fort, daß er fast sechs Jahre im Krieg gewesen sei. Während der Kriegszeit habe er immer eine Schnapsflasche im Brotbeutel mit sich geführt, alle Zusatzlebensmittel wie Schokolade oder Karamellen habe er gegen Schnapsrationen eingetauscht. Den Schnaps habe er vor jedem Angriff getrunken. Insgesamt habe er achtzehn Nahkämpfe hinter sich gebracht und sei einer der sechs Überlebenden seiner Kompanie gewesen. »Aber glauben Sie mir«, ereiferte er sich, »nach dem Kriegsende bin ich noch ein Jahr aus meinen Träumen aufgeschreckt, einmal im Winter nur mit der Unterhose bekleidet aufgesprungen und in die kalte Nacht gelaufen, weil ich mir eingebildet habe, die Russen greifen an.« Die Ernährung bei Kriegsende sei katastrophal gewesen. Das Brot zum Beispiel sei so hart gewesen, daß man es habe längere Zeit einstecken müssen, bis es ein wenig aufgetaut sei, so daß man mit den Zähnen an ihm habe schaben können. Sein erster Schlag sei gewesen, daß einer seiner Brüder gefallen sei, und zwar am 9. Juli 1943, er wisse das noch genau, erst einen Monat später habe er das Telegramm mit der Nachricht erhalten. (Insgesamt habe er vier Brüder gehabt.) Ein anderer habe im Krieg einen Kopfschuß erlitten und lebe nun in Leutschach bei seiner Frau. Ein anderer Bruder wiederum habe ein Bein verloren, da er zuckerkrank sei, und jetzt sei er drauf und dran, auch das zweite zu verlieren – er befinde sich im Krankenhaus und es gehe ihm schlecht. Er nickte vor sich hin, und als Ascher ihn nach den Arbeiten fragte, die er verrichtet habe, sagte er, daß er zuerst beim Bauern Gampl Franz gearbeitet habe, und zwar zwölf Jahre. Die gesamte Familie habe mithelfen müssen. Vor dem vierzehnten Lebensjahr hätten die Kinder Vieh halten, nachher voll mitarbeiten müssen. Dafür hätten sie die tägliche Verpflegung bekommen. Er selbst habe darüber hinaus einen Schilling pro Tag erhalten, seine Frau fünfzig Groschen. Das sei 1931 gewesen und habe bis Kriegsanfang gedauert. Der Arbeitgeber Franz Gampl sei ein Weinbauer bei Leutschach gewesen und habe noch drei Knechte und zwei Mägde beschäftigt. Nach dem Krieg habe er dann hauptsächlich im Gut Anthofen gearbeitet. Für 55 Arbeitstage, die er und seine Frau hätten helfen müssen, hätten sie Quartier und das Holz für den Winter bekommen. Die Kost aber hätten sie aus eigener Tasche bezahlen müssen. Zu diesem Zeitpunkt seien die Kinder schon von zu Hause weggezogen gewesen. Seine erste Frau sei sechs Jahre nach dem Kriegsende im Alter von 40 Jahren an einer Herzkrankheit gestorben. Nicht ein ganzes Jahr nach dem Tod seiner Frau habe er wieder geheiratet, er sei damals 41 Jahre, seine Frau 38 gewesen. Sie habe ein Kind in die Ehe mitgebracht. Von 1952 bis 1956 sei er in der Nähe von St. Ulrich beim Bauern Pommer beschäftigt gewesen. Sechzig Tage im Jahr habe er für das Quartier abdienen müssen, die restliche Zeit sei er – wie schon vor dem Krieg – auf dem Gut Anthofen dem Tagewerk nachgegangen. Als Landarbeiter habe er pro Tag 25 Schilling bekommen. Der Arbeitstag habe von sechs Uhr morgens bis acht Uhr abends gedauert. In dieser Zeit sei ihm eine Pause von zehn Minuten zum Jausnen und eine Mittagspause von einer halben Stunde genehmigt worden ... Selbstverständlich habe auch der Samstag zu den Arbeitstagen gezählt. Nur die Sonntage seien frei gewesen, dafür habe er die Kost selbst bezahlen müssen. Er habe sich das Geld für ein Winzerhaus und für die Kranken- und Pensionsversicherung, die er freiwillig eingezahlt habe, vom Mund abgespart, nun bekomme er eine Rente von 4400 Schillingen. Es sei schön, im Alter keine drückenden Sorgen zu haben. Aber so gerne der Landarbeiter von seinem Leben erzählt hatte, war er kaum über dürre Aufzählungen von Namen und Begebenheiten hinausgekommen. »Im Winter war es sehr kalt, da hat es mir fast die Hände abgefroren«, »die Arbeit war so hart, weil die Hügel steil sind«, »im Sommer haben mir vor Hitze und Anstrengung die Augen geflimmert. Schon um drei Uhr haben wir mit dem Mähen angefangen, weil es zu Mittag zu heiß wurde«, waren die wenigen persönlichen Bemerkungen geblieben. »Dann bin ich dort und dorthin gegangen, soundso viel habe ich gekriegt«, mehr hatte er nicht ausdrücken können. Vom Rest waren nur noch Erinnerungen geblieben, die sich in einem Satz zusammenfassen ließen. Es hatte für Ascher geklungen, als hätte alles seine

Richtigkeit gehabt, tatsächlich aber mußten die einzelnen Augenblicke so viel Kraft gekostet haben oder so angefüllt gewesen sein mit automatischen, in Bewußtlosigkeit ausgeführten Tätigkeiten, daß es keine genauere Erinnerung daran mehr gab als einige, wenige Begriffe und das Bewußtsein, gelitten zu haben.
Durch die offene Haustür hatte Ascher inzwischen ein Auto vorfahren gesehen, das vor dem Hochspannungsmast an der Auffahrt hielt. Hofmeister kam in weißem Hemd und Krawatte und Hosenträgern aus dem Schlafzimmer, begrüßte Ascher und den Landarbeiter und stellte sich auf die Hausstufe. Er war unruhig und lief wieder zurück in das Schlafzimmer, von wo er vollständig angezogen herauseilte und auf die Verwandten zulief, die in Seidenpapier eingewickelte Pakete mit Geschenken für das Brautpaar mitbrachten. Die Verwandten traten langsam in den Vorraum, und Ascher und der Landarbeiter standen auf, um sie zu begrüßen. Das nahm längere Zeit in Anspruch, denn inzwischen führte der Bräutigam einen Teil des Besuchs in den Keller, um die Blumen für die Braut zu zeigen, und Hofmeister und seine Frau servierten noch vor der Haustüre Wein. Die Frau sprach kaum ein Wort, nickte, hielt den Gästen und Ascher ein Tablett mit Krapfen hin und verschwand wieder. Am Klosettfenster sah Ascher, als er seine Notdurft verrichtete, den kopflosen Körper einer Biene. Auf dem Weg zurück in das Vorzimmer sprach ihn Hofmeisters Frau an, hielt Krapfen und einen frischgefüllten Glaskrug in der Hand und forderte ihn auf zu essen. Dann erklärte sie, daß ihr Gebiß nicht rechtzeitig zur Hochzeit fertig geworden sei, nun stünde sie ohne Zähne da und dürfe weder sprechen noch lachen. Daraufhin lachte sie, auch Ascher lachte. Lachend gingen sie in den Vorraum, in dem bereits Kinder mit bunten Kleidern herumliefen. Vom Hof hörte Ascher den Wind in den Zwetschgenbäumen, ein Hahn krähte, und eine schwarz gekleidete alte Frau führte den Sohn spazieren. Weitere Gäste hatten bunteingewickelte

Pakete gebracht, die dem Bräutigam oder der Braut in der Tür übergeben worden waren. Alte Frauen mit Kopftüchern saßen auf der Sitzbank im Vorraum, Männer in Nadelstreifenanzügen und mit Wasser frisierten Haaren standen – die Glaskrüge in der Hand – in Gruppen beisammen. Hofmeister, der Ascher allein stehen sah, führte ihn vor das Haus und zeigte ihm seine zahme Elster, die in aufgeschichteten Brennholzstauden saß und Ascher unfreundlich ansah. »Sie beißt, wenn man ihr zu nahe tritt, es ist besser, wir bleiben stehen, wo wir sind, Herr Ascher«, sagte Hofmeister. »Nur, wenn sie hungrig ist, ist sie umgänglich. In diesem Fall kommt sie sogar in das Haus und verlangt, daß man sie beachtet. Hat sie gegessen, setzt sie sich wieder im Freien auf den Holzstapel oder den Gartenzaun oder in den Weingarten auf der anderen Seite der Straße. Sie fliegt nicht davon. Nicht einen Versuch hat sie unternommen, seit wir sie füttern.«
Im Vorraum dann erzählten die jungen Frauen, daß die Braut dabei sei, in das Kleid zu steigen. Sie zittere so stark, daß sie sich niedersetzen müsse. Hofmeister lächelte Ascher zu und erklärte ihm, daß normalerweise die Braut vom Bräutigam abgeholt werde, aber sein Sohn und dessen Freundin wohnten seit längerem zusammen, außerdem hätten sie schon in der Vorwoche standesamtlich geheiratet, gefeiert werde aber erst nach der kirchlichen Trauung. »Wie es üblich ist«, schloß er.
Gerade kam die Musikkapelle zu Fuß in den Hof, stellte sich in Mänteln und mit Hüten auf und begann zu spielen. Die Blasinstrumente schimmerten golden im Winterlicht. Der Klarinettist hatte den schwarzen Instrumentenkasten zwischen den Füßen auf den Boden gestellt, aus dem Mantelärmel ragte ein weißer Taschentuchzipfel. Augenblicklich hatten die Hochzeitsgäste ihre Gespräche beendet und waren zur Tür geeilt. Aus der Küche erschien die schwarzgekleidete Tante mit einem Karton, in dem sich Anstecknadeln für die Hochzeitsgäste befanden. Ascher wurde ein grün und

weißes Papp-Blümchen, das von Tüll umrandet war, an den Revers seiner Jacke gesteckt. Die Tante drängte sich an ihm vorbei und bat ihn, in den Hof zu gehen. Der Wind ließ die Hutkrempen der Musikanten zittern, manchmal schlug ein Stoß einen Mantelsaum um. Als die Musikkapelle zu spielen aufgehört hatte, begannen die Hochzeitsgäste wieder zu sprechen, Wein zu trinken und Krapfen zu essen, die Kinder leckten sich den Staubzucker von den Fingern. Gleich darauf erschien die Braut mit dem Bräutigam. Zuerst sah Ascher die Hochzeitsgäste beiseite treten, dann stand das Paar auf der obersten Stufe und ließ sich anschauen. Die Braut trug weiße Bänder im Haar, ihr Kleid war weiß und reichte bis zum Boden, in einer Hand hielt sie einen Strauß Nelken. Die Musikkapelle hatte wieder zu spielen begonnen, während die Hochzeitsgäste stumm und bewegungslos das Paar betrachteten. Der Bräutigam trug keine Tracht, sondern einen Samtanzug und eine silberne Masche um den Hals und sah dadurch wie ein Fremder aus. Ascher erblickte jetzt Zeiner und die Witwe. Die Witwe kam zu Fuß zum Haus, während Zeiner mit seinem Schwiegervater im Auto sitzen blieb. Ascher ging an den abgestellten Fahrzeugen, deren Kühler mit Gartenblumen geschmückt waren, vorbei und fragte Zeiner, ob er ihn mitnehmen könne. Zeiner öffnete die Wagentür. Sie warteten, bis die Hochzeitsgäste, nachdem die Musikkapelle aufgehört hatte zu spielen, in die Autos gestiegen und ein Stück voraus auf die Straße gefahren waren. Zuletzt lief die Braut mit ihrem Stiefvater den Weg vom Haus hinunter, und Ascher sah, daß sich die Haare und Bänder aufzulösen begannen.
Er wurde nicht von der Heiterkeit angesteckt, die um ihn war. Er glaubte, daß sie nicht echt war, weshalb, wußte er nicht. Es kam ihm vor, als täuschten sich die Menschen gegenseitig. Aber er war von seinen Gefühlen nicht überzeugt. Vielleicht gefiel es ihnen wirklich, bei einem Fest Regeln einzuhalten, vielleicht war gerade das schön, daß sie voraussehen konnten, was sich ereignen würde, und daß

es auch wirklich eintraf. Es gab möglicherweise eine Geborgenheit in der Wiederholung. Wenn die Eltern sahen, daß die Hochzeit ihrer Kinder verlief wie die eigene, beruhigte es sie. Für einen kurzen Zeitraum änderte sich nichts, und da die Eltern sich über die Zukunft Sorgen machten, fanden sie ihre Kinder wenigstens im festgesetzten Ablauf gut aufgehoben. Es bedeutete vermutlich auch die Anerkennung ihrer eigenen Werte, dachte Ascher. Der Wein stieg ihm in den Kopf. Sie fuhren hinter den Autos her. Die Bauern standen vor den Häusern und schauten neugierig und stumm den Zug an. Ascher kannte viele Gesichter, doch er schien von ihnen abgeschieden zu sein. Auch Zeiner und andere Hochzeitsgäste grüßten nicht hinaus. Bevor die Straße wieder anstieg, wurden sie aufgehalten.
»Unterwegs sperren sie die Straße ab«, sagte Zeiner.
»Da muß der Trauzeuge bezahlen, daß wir weiterfahren dürfen«, ergänzte der Schwiegervater.
Zumeist würden kleine Szenen auf der Straße gespielt, sagte Zeiner, würde mit Eisstöcken auf dem Asphalt geschossen, eine kleine Mauer aufgebaut, ein Auto repariert, eine Messe gelesen. Und natürlich Wein getrunken, fuhr er fort. »Das macht den Hochzeitsgästen viel Spaß, ich bin aber nicht neugierig.«
Der Schwiegervater stimmte ihm zu. Die Hochzeitsgäste waren ausgestiegen und nach vorne gegangen, Ascher hörte sie lachen. Auch das Auto mit der Musikkapelle hatte gehalten, die Musikanten waren mit den Instrumenten aus dem Wagen geklettert und hatten wieder zu spielen begonnen.

Vor der Kirche wartete eine Gruppe der Hochzeitsgäste mit der Braut, eine andere mit dem Bräutigam. Der Bräutigam hatte einen schwarzen Mantel angezogen, die Braut fror.
Die Musikkapelle war die Stiegen hinaufgeklettert und spielte neben dem Pfarrhaus, der Pfarrer aber ließ sich nicht

blicken. Ascher stand mit Zeiner vor dem Gasthaus. Eine Weile spielten die Musikanten, dann wurde auch ihnen kalt, und sie vertraten sich die Füße. Endlich erschien der Pfarrer. Er habe die Hochzeit mit Verspätung erwartet, wie es hier oft üblich sei, sagte er. Er ging in das Haus zurück und schickte die Köchin um die Ministranten, den Orgelspieler und die Sängerinnen. Dann bat er Hofmeister, in der Kirche Platz zu nehmen. Vorher müßte jedoch das Brautpaar im Pfarrhaus die Formulare unterschreiben.
»Wir können in die Kirche gehen!« rief Hofmeister laut.
Die Hochzeitsgäste warteten schweigend im Freien, bis der Orgelspieler und die Ministranten, die bereits auf dem Weg waren, ihren Platz in der Kirche eingenommen hatten. Erst als das Orgelspiel durch die geöffnete Tür zu hören war, setzten sie sich in die Bänke. Den Orgelspieler hatte Ascher nicht sofort wiedererkannt, es war der Schlächter gewesen, den er bei der Witwe gesehen hatte.
Er stand vor der Kirche und sah durch eine Fensterscheibe, wie der Pfarrer sich die weiße Hochzeitssoutane anzog. Bevor er jedoch aus dem Haus trat, spazierte Ascher zum Kirchenwirt. In einer Ecke spielte der Landarbeiter mit einem dicken Mann Karten. Der Mann hatte schütteres Haar, einen großen Kopf, kräftige Hände und war städtisch gekleidet. Ascher war froh, den Landarbeiter wiederzutreffen und fragte, ob er sich an seinen Tisch setzen dürfe.
»Warum nicht?« fragte der Mann zurück, ohne aufzublicken. An der Brust, bemerkte Ascher, trug er ein großes, schwarzes Kameradschaftsbundabzeichen. Er schien mit dem kräftigen Mann gut bekannt zu sein. Nach dem Spiel legten sie die Karten auf den Tisch, und der fremde Mann sagte, er sei Nationalsozialist geblieben. Der einzige, der etwas für die Bauern getan habe, sei Hitler gewesen. »Wer hat die Kinderbeihilfe eingeführt? Wer hat uns vor dem Krieg – als wir schon aufgeben wollten – unsere Schulden erlassen?« fragte er. Als Ascher ihm widersprach, sagte er scharf: »Ich bin für Diktatur.« Der Landarbeiter stimmte ihm zu.

»Hören Sie«, sagte er und rückte näher, »ich war vor dem Krieg bei der SA, ich weiß, wovon ich spreche!«
Ascher wollte ihm sagen, daß er keinen Wert darauf legte, weiter mit ihm zu sprechen, aber der Mann übertönte ihn. Was Ascher zusätzlich irritierte, war, daß der Landarbeiter den Mann laut unterstützte. Hatte dieser einen Satz beendet, dann fügte er ein »jawohl!« hinzu. Schließlich stand Ascher auf und setzte sich an einen anderen Tisch, worauf ihn der Mann in Ruhe ließ. »Mir kann man nichts erzählen!« rief er aber noch einige Male zu Ascher herüber. Ascher war diese Szene nicht neu. Er fragte sich jedoch, weshalb der Landarbeiter dem Mann recht gegeben hatte. Er wußte keine Erklärung, als daß er sich schwer zurechtfand und klare Anweisungen wünschte. Möglicherweise wollte er genau wissen, was richtig war und was falsch. In einer Diktatur wußte er genau, was gewünscht wurde. So konnte er sich richtig verhalten und den Eindruck gewinnen, daß er zu etwas nutze war. Im wesentlichen wollte er wahrscheinlich alles richtig machen und dafür belohnt werden. Auch die Gleichgültigkeit war wie das Versagen einer Anerkennung. Erzogen und angehalten zur Abhängigkeit, schien er sie nun, während er sich dem Ende seines Lebens näherte, zu vermissen. Vielleicht hatte er die Abhängigkeit als etwas Unveränderliches hingenommen, hatte mit ihr gelebt, so daß er nicht mehr begriff, sondern nur noch ahnte, was mit ihm geschehen war. Er wollte vielleicht auch sein Leben nicht mehr so sehen, wie er es empfunden hatte, wofür hatte er es dann überhaupt gelebt? Nur, indem er die Macht anerkannte, wurde er selbst anerkannt, indem er diente, erwarb er sich kleine Freiheiten. Je mehr Ascher darüber nachdachte, desto mehr ahnte er, was die Anerkennung für ihn bedeuten mußte.
Die Hochzeitsgäste waren aus der Kirche gekommen und nahmen im Hof des Gasthauses Aufstellung. Dort hatte der Wirt eine Reihe Sessel, Bänke und Tische hergerichtet. Ascher sah, wie Alte und Junge auf die Tische kletterten

und die Verwandten sich auf die Sessel niederließen. Der Wirt hatte eine Kamera mit einem Stativ vor der Gruppe aufgebaut und gab Anweisungen. Zuletzt sah Ascher, der die ganze Zeit über aus einem Fenster geblickt hatte, wie die Musikanten sich zu Füßen des Paares auf den Boden legten. Jedesmal, wenn der Wirt fotografiert hatte, lachten alle auf, beim Fotografieren war es still. Die Gesellschaft kehrte aber noch nicht ein, sondern fuhr zu Gasthäusern in der Umgebung, wo getrunken wurde. Auch der Landarbeiter und der Mann, mit dem er Karten gespielt hatte, verschwanden.

Ascher folgte dem Wirt, der ihn aufforderte, in die Küche zu kommen, und sah zu, wie die Frau des Wirtes und deren beide Schwestern kochten. Zwei Schweine und zwei Dutzend Hühner waren geschlachtet und in das Gasthaus gebracht worden, das Fleisch lag gewürzt und paniert in großen Töpfen, Salat wurde in Waschschüsseln angemacht. Später zeigte ihm der Wirt die Tafel in einem Raum, den er als den Ballsaal bezeichnete. Die Decke des Saals stützte sich auf zwei eiserne, weißgestrichene Säulen, der Bretterboden war gelb. In der Mitte des Raumes stand die Tafel. Vom letzten Ball hing noch buntes Kreppapier zwischen den runden Beleuchtungskugeln.

»Hier haben wir unsere Musikprobe«, führte der Wirt aus. Er zeigte ihm das Podium für die Musik und die Tanzfläche, die sich in der Veranda im Dunkeln befand. Die Musikkapelle hatte schon ihre Lautsprecheranlage aufgestellt. Der Wirt drehte das Licht wieder ab, versehentlich drehte er auch den Schalter für den Ballsaal ab, wodurch sie im Dunkeln standen. Im Dunkeln ging der Wirt voraus. Ascher hörte ihn an Stühle stoßen.

»Früher, als mein Vater noch das Gasthaus geführt hat, ist oft gerauft worden. Damals hatten wir auch einen anderen Wein, keinen gerebelten, sondern Direktträger: Den Aramon, den Huntington, den Isabella ... wenn die Leute zu viel tranken, wurden sie rauflustig.« Überhaupt habe es fast auf jedem Hügel einen Weinausschank gegeben und einfache Tische und Bänke. Am Sonntag seien die Bauern auf den Wiesen gesessen, manchmal hatte einer Ziehharmonika gespielt. Er schloß die Tür sorgfältig ab. An den Wänden neben der Eingangstür hingen ausgestopfte Vögel: Wildenten, Fasane, Nußhäher, eine Goldamsel, Elstern und Krähen. Auch Geweihe von Rehböcken sah er. Der Wirt war neben ihm stehengeblieben und erklärte, wann welches Tier von seinem Vater geschossen worden war. Er nahm eine silberne Taschenuhr aus seiner Westentasche und zog sie auf, dann stellte er sie vor. »In zwölf Stunden geht sie zehn Minuten nach«, erklärte er. »Heute wird es eine lange Nacht.«

Als die Hochzeitsgesellschaft angetrunken zurückkam, war es dunkel. Sie setzte sich an die Tafel, die mit aufeinandergestellten Suppen- und Speisetellern, Weingläsern, aufgestellten Servietten, Blumen, Gebäck, funkelndem Besteck, einem weißen Tischtuch und einer verzierten Hochzeitstorte gedeckt war, und Ascher machte sich auf den Rückweg. Kaum hatte er das Gasthaus verlassen, als Hofmeister im Hemd auf der Stiege erschien und ihm zurief: »Hereinkommen.« Ascher blieb stehen und Hofmeister wiederholte die Aufforderung.
Die Suppe stand schon in großen verzierten Schüsseln mit Schöpfkellen auf der Tafel.

Nach dem Essen zogen sich die Männer die Röcke aus und saßen da mit ihren weißen Manschettenhemden, die Kragenknöpfe geöffnet, die Krawatten gelockert. Ascher hatte seine Jacke abgelegt. Daß die Hochzeitsgesellschaft zurückgekommen war, hatte ihn fröhlich gestimmt. Auch, daß Hofmeister ihn gebeten hatte, zu bleiben. »Ich habe am 30. April geheiratet«, sagte gerade Zeiners Schwiegervater. »Wir sind – es hat natürlich noch keine Straße gegeben – zu Fuß in die

Kirche gegangen. Die Bäume haben geblüht. Was blüht im April? Ich glaube, Kirschen und Marillen ... die Wiesen sind von gelbem Löwenzahn übersät gewesen ... Zuerst haben wir die Braut geholt. Dann sind wir mit ihr, sie war weiß gekleidet, fast eine Stunde zur Kirche gegangen. Unterwegs sind wir in den Häusern, an denen wir vorbeigekommen sind, eingekehrt. Manche waren schon vom Most und dem Wein, den wir überall bekommen haben, betrunken. Gefeiert haben wir zu Hause. Wir haben uns Tische und Bänke ausgeliehen, auch Besteck und Geschirr. Frauen aus der Umgebung haben gekocht. Bekannte haben aufgespielt. Hier hat es immer Musikanten gegeben, wir sind fröhliche Menschen. So war das.«
Die Kapelle hatte einen Walzer zu spielen begonnen, der Bräutigam hatte mit der Braut getanzt, und die Hochzeitsgäste waren dem Beispiel gefolgt. Er sah den Landarbeiter mit Hofmeisters Frau sich in blitzschnellen Bewegungen drehen, so daß sie lachend den zahnlosen Mund öffnete. Nach dem Tanz taumelte sie, mit einer Hand ihren Kopf stützend, zu ihrem Sessel zurück. Ascher schenkte sich aus einer großen Karaffe Wein ein. Einmal, bei der Damenwahl, trat die Witwe an ihn heran und tanzte mit ihm den Schneewalzer. Er war erstaunt, wie leichtfüßig und geschickt sie war. Als ob sie Aschers Überraschung gespürt hatte, sagte sie: »Das Tanzen ist unser wichtigstes Vergnügen.«
Je später es wurde, desto hektischer drehten sich die Paare. Die Braut lachte immer häufiger, und Haarsträhnen und Bänder hingen in ihr Gesicht. Eine Weile hörte Ascher auf die tiefen Töne des Euphoniums. Sie hatten für ihn einen Ausdruck von Bestimmtheit, den er mochte. Dann kam Hofmeister vorbei und faßte ihn am Arm. Er stellte ihm seinen zweiten Sohn vor. »Sie kennen ihn nicht, denn er ist vor ein paar Wochen in eine Bohrmaschine geraten«, sagte er. »Bis vor kurzem war er im Krankenhaus. Zeige Herrn Ascher deine Narben.« Der junge Mann setzte sich auf einen freien Sessel neben ihn und knöpfte das Hemd auf.

Ascher sah mehrere rote Linien, die über seine Brust liefen, und die querlaufenden Narben der Nähte.
»Es sind über dreihundert Nähte«, fuhr Hofmeister fort, »Sie können sich vorstellen, wie schwer er verletzt war.« Er befahl seinem Sohn, das Hemd zuzuknöpfen und ging mit ihm hinaus, um Likör zu trinken. Eine Weile saß Ascher nun da und schaute der Hochzeitsgesellschaft zu. Einer der Hochzeitsgäste traf die Wahl seiner Tanzpartnerinnen, indem er sich torkelnd erhob und die lange Tafel hinunterging. Drehte ihm eine Frau das Gesicht zu, so bat er sie zum Tanz. Wenn die Frau sich erhoben hatte, fragte er den nebenstehenden Mann um Erlaubnis. Ohne Anzeichen einer Anteilnahme brachte er die Frau auch wieder an ihren Platz zurück. Ascher gegenüber saß eine alte Frau mit einem Kopftuch und einem griesgrämigen Gesicht. Als er sie ansprach, gab sie ihm keine Antwort, sie hatte ihn jedoch ihre Suppe einschenken lassen und gestattete es ihm auch, allerdings ohne ein Zeichen des Einverständnisses, daß er ihr Weinglas füllte. Nun aß sie mit unverändertem Gesichtsausdruck Kuchen und schenkte sich selbst regelmäßig und rasch Wein aus der Karaffe nach. Ein jüngeres Paar, das neben ihr saß, ein schwarzhaariger, mürrisch aussehender Mann und eine dicke unansehnliche Frau, unterhielt sich währenddessen flüsternd über sie. Blickte sie zu den beiden auf, dann tadelten sie sie mit Blicken, Kopfbewegungen und strengen Mienen. Die alte Frau ließ sich jedoch nicht davon beeindrucken. Sie schenkte sich Wein nach, und als Ascher später zu ihr hinsah, stellte er fest, daß sie eingeschlafen war, den Kopf auf eine Hand gestützt. Kaum hatte das junge Paar bemerkt, daß Ascher die schlafende Frau aufgefallen war, versuchte es, sie zu wecken, sie verharrte jedoch in ihrer Haltung. Dann wiederum nahm sie rasch von den Bäckereien und aß schmatzend, wie um das junge Paar zu ärgern.
Inzwischen hatte er die Braut beobachtet, die einen Gast zum Tanzen aufgefordert hatte. Nach der Polka war sie

mit offenen Haaren hinausgestürmt, der Gast hatte sich mit einer Serviette die Stirn abgewischt und gelächelt, solange er den Eindruck hatte, daß er von den anderen beobachtet wurde, dann hatte er ein Glas Wein getrunken.

»Drei Wochen nach ihrem Tod ist mir meine Frau zum ersten Mal erschienen«, hörte er Zeiners Schwiegervater mit lauter Stimme sagen: »Ich bin gerade in der Früh über den Hof gegangen, es war zwischen fünf und sechs Uhr, da ist sie in der Morgensonne plötzlich vor mir gestanden. Ich habe sie gefragt: Was willst du? Und sie hat geantwortet: Sei mir nicht böse. Ich habe sie daraufhin gefragt: Weshalb soll ich dir böse sein? Daraufhin hat sie geantwortet: Du weißt schon, weshalb ... Ich hätte daraufhin sagen sollen: Gelobt sei Jesus Christus, statt dessen habe ich mich auf ein Gespräch eingelassen und da ist sie verschwunden. Nicht viel später ist sie mir im Traum erschienen. Es geht mir gut, hat sie gesagt.« Daraufhin habe er sie gefragt, wie es ›drüben‹ sei. Sie habe geantwortet, sie lebe in einem unterirdischen Schloß und verrichte eine schöne Arbeit. Sie sei mit mehreren anderen Frauen beisammen und habe Gewand auszubessern. »Glaubst du es nicht?« fragte er seinen Nachbarn.

»Doch, doch«, antwortete dieser.

Die Musik hatte eine Pause gemacht, und Ascher war ins Freie getreten, um frische Luft zu atmen. Er begegnete dabei der Braut, die aus der Küche kam und dort das Mieder ausgezogen hatte. Einer ihrer Strümpfe war hinuntergerutscht, und sie zupfte ihn zusammen mit ihrem weißen Kleid beim Gehen hinauf. Sie lächelte ihn freundlich an, weshalb er sich für seine Beobachtung schämte. Tatsächlich fühlte er sich wohl. Er blieb ein wenig vor dem Gasthaus und hörte dort einen der Gäste (wie sich später herausstellte, war es der zweite Trauzeuge) singen.

Beim Eintreten in den Ballsaal spürte Ascher, daß der Bretterboden von den Tanzenden vibrierte. Das gefiel ihm. Er setzte sich an den Tisch und sah wieder den Tanzenden zu, wobei ihm ein älterer Mann auffiel, der mit einem Kind tanzte, indem er eine Hand wie absichtslos auf das Gesäß oder die kleine Brust fallen ließ. Das Mädchen machte ein abwesendes Gesicht, als bemerkte es nichts. Ascher fiel ein, daß er diese Beobachtung schon öfters gemacht hatte. Indem aber das Mädchen Gleichgültigkeit ausdrückte, konnte nichts Unrechtes geschehen sein. Der junge Bursche mit den Narben auf der Brust kam zur Tür herein und wurde von einem der Gäste mit »Heil Hitler!« begrüßt. Ascher hätte es vermutlich nicht wahrgenommen, wenn er nicht dem dicken Mann, der am anderen Ende der Tafel saß, begegnet wäre. Dadurch fiel ihm auch auf, wie sehr die Hochzeitsgäste, gerade, wenn sie fröhlich und ausgelassen waren, in Redensarten sprachen: »Lustig geht die Welt zugrunde!« sagte eine Tanzende. Ein anderer rief: »Dem Glücklichen schlägt keine Stunde!«, über jede dieser Bemerkungen wurde gelacht.

Der Schwiegervater Zeiners saß jetzt mit schweren Augenlidern da. Ascher hatte übersehen, daß es Mitternacht geworden war. Die Kapelle kam vom Podium herunter und stellte sich hinter die Gäste. Die Gäste standen einzeln auf, wünschten »Gesundheit für die Brautleute, für die Beistände beiderseits und die geladenen Hochzeitsgäste«. Dann lasen sie Reime, die sie sich über das Brautpaar oder andere Hochzeitsgäste ausgedacht hatten und denen eine wahre Begebenheit zugrunde lag, vor. Nach jedem Reim spielte die Kapelle einen Tusch. Zumeist handelte es sich um Anspielungen, Ascher hatte bemerkt, daß an der Hochzeitstafel von Männern wie Frauen in größter Offenheit geredet und gespaßt wurde, wobei die kräftigsten Bemerkungen am lautesten belacht wurden, besonders dann, wenn sie von Frauen gemacht worden waren. Die Kinder schwiegen verständnislos oder blickten weg und taten, als bemerkten sie nichts. Der Wirt trat mit einem Korb hinter die Hochzeitsgäste und sammelte Geld für die Musik. Zu Aschers Überraschung stellten sich der Wirt und die Kapelle auch hinter ihn, er erhob sich, wünschte Glück und warf eine Banknote, die er inzwischen herausgezogen hatte, in den Korb. Er war der letzte der Gäste gewesen, und zu seiner Erleichterung wandte sich die Aufmerksamkeit sogleich wieder von ihm ab. Die Menschen kamen ihm jetzt wie Auswanderer vor, die alte Bräuche pflegten. Der Bräutigam war Automechaniker, die Braut Schneiderin. Nur Hofmeister arbeitete nebenbei zu Hause und natürlich auch seine Frau. Ascher hatte gesehen, daß sie den Hof führen und auf dem Feld helfen, das Vieh füttern, kochen, die Kinder erziehen mußte. Einmal hatte er eine Frau mit einem Liegegips über einen Hof zum Viehstall humpeln sehen. Als er sie gefragt hatte, weshalb sie mit ihrem verletzten Fuß aufgestanden sei, hatte sie gesagt: »Niemand macht die Arbeit für mich.« Die Mutter der Braut arbeitete in der Hühnerfabrik in Pölfing Brunn, der Stiefvater in der Landwirtschaftlichen Genossenschaft in Wies. Sie besaßen keinen Grund, nur ein Haus mit einem Vorgarten. Es gab in der Nähe von St. Ulrich viele solcher Häuser. Die Braut hatte sich auf einen Stuhl gesetzt, und der Trauzeuge nahm ihr vorsichtig die Bänder aus den Haaren, die Mutter war hinzugetreten, hatte sich die Bänder und den Kranz auf den Kopf gesteckt und begonnen, mit einem Gast zu tanzen. Als die Musikanten zu Ende gespielt hatten, lief der Beistand auf die Bühne und sang, was ihm gerade einfiel. Es waren Zweizeiler, die er aus dem Stegreif dichtete und die sich mit der Hochzeitsnacht beschäftigten. Die Hochzeitsgäste saßen schweigend da und warteten auf das Backhuhn, das nach Mitternacht serviert würde. Manchmal lachten sie bei einem Zweizeiler auf. Ascher war benommen vom Wein. Als ihm Zeiners Schwiegervater zurief, ihm gefalle, was der Beistand singe, pflichtete er ihm bei. Er bemerkte, daß Hofmeister erleichtert war, und wiederholte seine Bemerkungen, um Hofmeister zu gefallen. Daraufhin lachte Hofmeister laut zu ihm herüber. Das Backhuhn wurde serviert, und die Hochzeitsgäste begannen zu essen, während der Beistand fortfuhr zu singen. Die alte Frau war zuvor aufgewacht, umständlich hinausgegangen und mit griesgrämigem Gesicht zurückgekommen. Sie nahm ihre Handtasche vom Tisch, stellte sie zwischen ihre Füße und klemmte sie mit den Knöcheln fest. Dann nahm sie ein Stück Backhuhn aus einer Schüssel und schnitt nach dem ersten Biß eine Grimasse zur jungen Frau hin, um ihr zu zeigen, daß ihr das Essen nicht schmeckte. Ascher wandte sich ab. Obwohl die Frau etwas Unnahbares hatte, gefiel sie ihm. Der Beistand hatte mit dem Singen aufgehört, zuletzt hatte er, den Wirt musternd, gerufen: »Der Fotograf soll die Reste fotografieren, dann hat er zu Hause etwas zu essen.« Der Wirt hatte die Bemerkung überhört. Er erklärte Ascher gerade, daß der Pfarrer beim Hochzeitsessen immer anwesend sei, heute habe er sich jedoch nicht imstande gesehen, der Einladung zu folgen.

Die Gäste hatten sich durcheinander an die Tafel gesetzt, wechselten ihren Platz und unterhielten sich lebhaft. Andere waren still, blickten vor sich hin und tranken nachdenklich ein Glas Wein.

»Ich setze mich zu Ihnen«, sagte die Witwe zu Ascher. »Die meisten bedauern«, knüpfte sie an das an, was der Wirt gesagt hatte, »daß der Pfarrer nicht zur Feier gekommen ist.« Sie lachte plötzlich. »Einmal habe ich im Pfarrhof gearbeitet, da ist der Bischof gekommen. Es war im Mai, glaube ich. Bei der Einfahrt haben sie einen Triumphbogen aus geflochtenem Immergrün aufgestellt, mit einem handgemalten Schild: Willkommen unserem Oberhirten.« Alle seien festlich gekleidet gewesen. Auch die Kirche sei mit Immergrünkränzen geschmückt worden. Das sei heutzutage nicht mehr der Fall, jedoch würde der Bischof nach wie vor von der gesamten Gemeinde begrüßt. Im Schulhof stünden die Kinder, die Lehrer, die Ortspersönlichkeiten wie der Bürgermeister und die Gemeinderäte. Das letzte Mal, als der Bischof gekommen sei, sei ein in der Umgebung be-

kannter Trinker zum Bürgermeister hingegangen und habe ihm die Hand geküßt. Möglicherweise komme das daher, daß bei ihnen ein großer Respekt vor Autoritäten bestehe. Wieder lachte sie. Seinerzeit sei auch gesungen worden. Einmal, sie könne sich daran erinnern, hätten sie ein Lied in lateinischer Sprache vortragen müssen, was eine große Anstrengung für alle bedeutet hätte. Im Pfarrhaus sei aufgekocht worden, aber zumeist hätten die Bischöfe an Verdauungskrankheiten gelitten und deshalb die Speisefolgen vor dem Besuch vorgeschrieben. Als sie noch im Pfarrhaus gearbeitet habe, habe sie beim Besuch des Bischofs eine Kalbspastete anfertigen müssen, welche sie am Vorabend zur Aufbewahrung in den Keller gestellt habe. (Übrigens seien auch die Pfarrer der umliegenden Gemeinden und die Kapläne eingeladen worden.) »Als der Bischof Platz genommen hat, bin ich in den Keller gegangen, um sie zu holen. Ich war so aufgeregt, daß ich erst im Vorzimmer bemerkt habe, daß Mottenfliegen Eier auf die Pastete gelegt hatten.« In der Küche hätten alle zu tun gehabt und seien nervös gewesen, die Pfarrersköchin sei eine äußerst unangenehme und strenge Frau gewesen (die nach dem Tod des Pfarrers dessen ganzes Mobiliar erbte und sich den Tisch und die Stühle und den Schrank der Kanzlei von der Gemeinde abkaufen ließ), daher habe sie sich entschlossen, das Tablett mit der Pastete aufzutragen. Beim Abservieren dann habe sie feststellen können, daß manche die Pastete mitsamt den Fliegeneiern gegessen hätten, die übrigen hätten die Fliegeneier an den Rand geschoben, die Pastete jedoch vollständig oder teilweise verspeist.
Wieder lachte sie.
Die Bischöfe seien stets auch von den Vereinen, der Feuerwehr, dem Kameradschaftsbund und der Musikkapelle begrüßt worden, sie hätten die Messe gelesen und gepredigt, und die Kirche sei übervoll gewesen. Bei der Ankunft hätten die Glocken geläutet, Böller seien abgeschossen worden, und sobald das Auto zu sehen gewesen sei, habe die Musik

zu spielen begonnen. Das letzte Mal sei dies auch in der angeführten Reihenfolge geschehen, es sei jedoch nicht der Bischof eingetroffen, sondern der Zuckerkrämer mit der Verkaufsbude im Kofferraum.
Ascher spürte, daß er betrunken war. Er konnte der Witwe zwar folgen, war jedoch müde und benommen. Es war nach Mitternacht, und er überlegte, wie er zurückkommen sollte, als ein Mann den Ballsaal betrat und nach dem Wirt verlangte. Er war so hastig eingetreten, daß sich ihm die Aufmerksamkeit aller zuwandte. Ascher hörte, wie er um die Erlaubnis zu telefonieren bat, ein Mann sei tollwütig geworden. Die Gäste erhoben sich, liefen zu ihm hin und fragten ihn aus. Ascher hatte nicht sofort begriffen, was geschehen war, aber als ihm klar wurde, worum es sich handelte, spürte er sofort wieder seine Betrunkenheit. Er fluchte im stillen und gab seiner ersten Regung, zu verschwinden, nach. In der Aufregung bemerkte niemand, daß er seinen Mantel anzog und hinausging.

Überall waren die Häuser dunkel, schon weiter zurückliegend hörte er die gedämpften Stimmen aus dem Gasthaus. Er fühlte den Wind in den Kleidern und fand es schön. Die Scheinwerfer eines Autos kamen auf ihn zu, und im ersten Augenblick überlegte er, sich zu verstecken, aber auf der linken Seite stieg der Hügel an, rechts war ein Haus mit einem Zaun. So wartete er, bis das Auto an ihm vorbeigefahren war. Es hielt jedoch, und Ascher erkannte den Mann, der in das Gasthaus gelaufen war, und den Wirt.
»Sie kommen mit?« fragte der Wirt. »Wir haben Sie gesucht. Jemand sagte uns, Sie hätten sich auf den Weg gemacht.«
Ascher stieg wortlos ein. Das Auto fuhr ein kurzes Stück bergauf und bog in eine Seitenstraße, die zu einem Hof führte, ab. Im Vorraum lagen schmutzige Schuhe und Stiefel. Der Wirt und der Mann, der, wie er im Wagen bemerkt hatte,

unter seiner Jacke nackt war, waren ihm schon vorausgeeilt. In der Küche saßen zwei Kinder und ein alter Mann mit einem Spazierstock. Sie blickten ihn neugierig an. Vermutlich fürchteten sie sich vor ihm. Er hatte inzwischen seinen Mantel aufgeknöpft und dabei die Kunststoffblume bemerkt, die man ihm in Hofmeisters Haus angesteckt hatte. Er konnte nicht sagen warum, aber die Erinnerung an den vergangenen Abend beruhigte ihn. Der Vorraum war von einer trüben gelben Lampe beleuchtet. Er wandte sich der angelehnten Tür zu, hinter der er ein Stöhnen hörte, und trat ein. Das Zimmer war klein, und außer dem Wirt und dem Mann, der ihn geholt hatte, sah er noch eine Frau. Ein Kasten mit Kompottgläsern befand sich neben dem Bett, in dem ein Mann lag, den er nicht kannte. Speichel lief über sein Kinn, und seine Hände zupften an der Decke. Ascher überlegte, während er auf den Kranken zuging, was zu tun sei. Zunächst mußte er erfahren, ob der Mann von einem Tier gebissen worden war und wie lange das her war. Dann wollte er ihn ein Glas Wasser trinken lassen und sehen, ob er schlucken konnte. Jetzt entdeckte er ein gefülltes Glas auf einem Sessel.
»Er trinkt nichts«, sagte die Frau. »Er bekommt sofort Krämpfe, wenn er trinkt. Ein Hund hat ihn vor dem Sägewerk angefallen. Plötzlich ist er auf ihn zugelaufen und hat ihn in das Bein gebissen.«
Es kam vor, daß die Zeit bis zum Ausbruch der Tollwut kürzer war, aber im Durchschnitt betrug sie vierzig Tage. Weshalb wußte die Frau so genau, was die Ursache war? Hatte der Mann ihr davon erzählt? Weshalb hatte er keinen Arzt aufgesucht? Und was war mit dem Hund?
»Das war heute nachmittag«, ergänzte die Frau.
Der Mann sah ihn an, Schweißtropfen standen auf seiner Stirn, und sein Atem ging keuchend.
»Zeigen Sie mir Ihr Bein«, sagte Ascher. Er schlug die Decke zurück und sah, daß ein Leinenfleck mit einer elastischen Binde um eine Wade gebunden war. Rasch hatte er

sie heruntergenommen. Die Wunde war nicht sehr groß, jedoch tief. Zweifellos mußte der Mann stark geblutet haben.
»Passen Sie auf, daß er Sie nicht verletzt«, sagte der Wirt.
»Es ist nicht weiter schlimm«, antwortete Ascher, obwohl er sich noch nicht sicher war.
»Es ist gefährlich«, sagte der andere Mann.
»Sagen Sie mir, ob Sie über die Tollwut Bescheid wissen?« fragte Ascher den Mann im Bett und blickte ihm in das Gesicht.
»Natürlich weiß er Bescheid«, sagte die Frau. »Wir haben das Blatt von der Bezirkshauptmannschaft bekommen. Er hilft den Jägern beim Treiben, und darum haben sie ihn zu einem Vortrag mitgenommen. Er wollte morgen zum Arzt. Er hat gesagt, er könne zuwarten.«
»Versuchen Sie einen Schluck zu trinken«, sagte Ascher und setzte sich auf das Bett. Der Mann schüttelte den Kopf.
»Es geht nicht«, antwortete er.
»Doch, Sie werden sehen, Sie können trinken.«
Aber der Mann rutschte in seinem Bett zurück und zitterte.
Ascher betrachtete ihn genauer. Sein Haar war vom Liegen zerdrückt, er war etwa vierzig Jahre alt, seine Hände waren rissig und schwielig, die Fingernägel breit und gebogen. Unter seinem Hemd sah er eine magere Brust. Der Kehlkopf stand scharf aus dem Hals, und die Augen waren verschwollen, so daß er ihre Farbe nicht erkennen konnte, um den Mund hatte er tiefe Falten. Wahrscheinlich litt er an Magengeschwüren.
»Arbeitet er?« fragte Ascher.
»Er trinkt«, sagte die Frau. »Er arbeitet bei einer Baufirma in St. Martin.«
Ihr Haar war gefärbt, sie war klein und dicklich und hatte einen Sprachfehler. Wenn sie sprach, wanderte ihr Blick zu den anderen Männern und fiel erst zum Schluß auf Aschers Gesicht.

Er bemerkte, daß auch der Wirt ihn ernst anschaute. Mit seiner Brille sah er aus wie ein alt gewordener Schüler.
»Es ist gut«, sagte Ascher. »Er wird sich beruhigen.«
Es kam nur darauf an, ihn von der Harmlosigkeit seines Zustandes zu überzeugen. Er beugte sich hinunter und fing an zu reden. Vermutlich habe er nachgedacht, was in dem Aufklärungsblatt gestanden sei. »Und da Sie trotzdem nicht zum Doktor gegangen sind, haben Sie sich Vorwürfe gemacht. Inzwischen ist es später geworden, und Sie haben Angst bekommen.«
Der Mann sagte nichts.
»Passen Sie auf: Sie nehmen einen Schluck Wasser, und ich lasse Sie in Ruhe, bis der Doktor kommt.«
Er nahm das Glas Wasser vom Sessel. Sein Mantelstoff rieb aneinander, und Ascher hörte das Geräusch wie einen flüchtigen Pfiff. Dabei spürte er, daß er müde war. Er zwang sich, nicht nachzugeben, griff mit der anderen Hand unter den Kopf des Mannes, half ihm, sich aufzusetzen und flößte ihm einen Schluck ein. Er sah, wie deutlich das Handgelenk und die Fingergelenke des Mannes unter der Haut hervorstanden, die Hände waren jetzt ruhig.
»Schlafen Sie ein wenig«, sagte er.
Der Mann schüttelte den Kopf.
»Gut, dann bleiben Sie ruhig liegen, und Ihre Frau und ich warten so lange, bis der Doktor kommt.«
»Ja«, sagte der Mann.
»Wir setzen uns in die Küche«, sagte der Wirt beim Hinausgehen.
Die Frau zog ein zerknülltes Taschentuch aus ihrer Schürze.
»Es ist nichts geschehen. Morgen –«, begann Ascher.
»Ja, morgen –«, unterbrach ihn die Frau. Dann schneuzte sie sich und richtete sich auf. »Er soll nicht so viel trinken«, sagte sie ruhig.
Ascher spürte seine Müdigkeit wieder stärker. Der Kranke hatte die Augen geschlossen und lag ruhig da.

18

Der Doktor war ein großgewachsener, schlanker Mann von sechzig Jahren. Er verschwand im Zimmer und blieb eine Weile dort. In der Küche war ein Vorhag vor eine Ecke gezogen, hinter dem ein Kind schlief. Niemand wechselte mit Ascher ein Wort. Auch der Doktor hatte ihn nur erstaunt angesehen, Ascher wußte nicht, ob er ihn erkannt hatte oder ob er sich fragte, wer er war. Er hatte helle Augen, ein melancholisches, übernächtigtes Gesicht und schien keinen großen Wert auf ein Gespräch zu legen. Die Frau hatte inzwischen eine Flasche Wein auf den Tisch gestellt und schnitt Milchbrot mit einem langen Messer auf.
»Wir nehmen nichts, wir kommen gerade von der Hochzeit«, sagte der Wirt. Die Frau hörte auf, das Brot zu schneiden, räumte jedoch nichts weg, sondern setzte sich auf einen Sessel. Ascher fielen die Nächte ein, die er im Krankenhaus verbracht hatte. Zumeist hatte er im Bereitschaftszimmer geschlafen, bis man ihn wegen eines dringenden Falles geweckt hatte. Wie mühsam es gewesen war aufzustehen, besonders, wenn es schon Tag wurde.
Neben dem Herd fing der Kühlschrank zu laufen an, in einer Ecke sah er zwei alte, bunte Drucke, die die Kreuzigung und die heilige Maria darstellten. Sie waren gerahmt, aber die Scheiben waren so schmutzig, daß Ascher im trüben Licht kaum erkennen konnte, was dargestellt war. Die Küche hatte ein bescheidenes eingebautes Regal für das Geschirr, einen elektrischen Ofen und eine Sitzecke. Sein Kopf war nun klarer als zuvor, aber seine Beine waren schwer. Eine zusammengelegte Gehschule lehnte an einer Wand, draußen im Vorzimmer lag eine Handsäge. Er verspürte Lust, etwas zu trinken, er sagte jedoch nichts. So saßen sie schweigend da, bis der Doktor wiederkam. Er streifte die Ärmel auf und wusch sich die Hände. Als er sich eingeseift hatte, drehte er sich Ascher zu und fragte ihn, ob er Arzt sei. Ascher bejahte die Frage.

Er wusch sich die Hände weiter. Seine Tasche stand groß und klobig auf dem Tisch.
»Waren Sie zufällig hier?« fragte er.
»Nein, ich wohne in der Nähe.«
Der Wirt und die Frau und der andere Mann sagten noch immer nichts. Sie schauten ihn nur neugierig an und folgten aufmerksam dem Gespräch.
»Ich glaube, ich habe von Ihnen gehört«, antwortete der Doktor nach einer Pause. Ascher spürte förmlich, daß die beiden Männer und die Frau etwas erwarteten.
»Das ist möglich«, erwiderte er. »Mein Name ist Dr. Ascher.«
»Ich habe davon gelesen«, sagte der Doktor schnell. Dann erklärte er der Frau den Sachverhalt: Selbstverständlich müsse ihr Mann am nächsten Tag das Krankenhaus aufsuchen, auch der Hund müsse untersucht werden, allerdings bestünden keine Anzeichen von Tollwut. Dann wandte er sich wieder Ascher zu und fragte ihn, ob er ihn nach Hause bringen dürfe.

19

Sie waren mit dem Auto bis vor Aschers Haus gefahren. Ascher hatte an den Wegkreuzungen die Richtung angegeben, die sie einschlagen mußten, ansonsten war nur das Brummen des Motors zu hören gewesen. »Ich bin schon dreißig Jahre hier«, sagte der Doktor plötzlich. Sein Vater sei ebenfalls Landarzt gewesen, in Gleinstätten, er habe die Praxis übernommen. Der Vater habe viele Kranke in Kuhställen behandelt. Die Betten seien an der Decke aufgehängt gewesen und mit Stroh gefüllt. Vor dem Krieg hätten die Knechte alle in den Kuhställen geschlafen oder in Saustallzimmern, kleinen Kammern über dem Schweinestall. Im Winter seien sie jedoch in den Kuhstall schlafen gegangen, weil sie am Abend zu müde gewesen seien, um einzuheizen und so lange zu warten, bis es warm geworden sei. Am Tag sei das Nachheizen ja nicht möglich gewesen, so seien also die Zimmer bis zum Abend immer eiskalt gewesen. Vornehmlich habe es Lungenkrankheiten gegeben. Die Kuhställe seien zumeist feucht, dunkel und dumpf gewesen, hätten gestunken und oft nur ein kleines Fenster gehabt.

Sie fuhren am Hof der Witwe vorbei.

»Kennen Sie die Frau?« fragte der Doktor.

Ascher nickte.

»Ihr Mann ist erst aus dem Kuhstall ausgezogen, als er geheiratet hat. Da hat er zum ersten Mal in einem Bett mit einem Leintuch geschlafen. Das war 1950. Die Handwerksburschen und die Arbeitslosen in den dreißiger Jahren haben alle in den Kuhställen überwintert. Fragen Sie die Älteren, alle wissen davon. Sie haben in den Sautrögen geschlafen, die mit Stroh gefüllt waren. Das Elend war nichts Besonderes.« Man dürfe der vergangenen Zeit nicht nachtrauern, sagte er. Wer kenne überhaupt noch das Ausmaß der Armut? Nach heutigen Verhältnissen sei es unvorstellbar gewesen. »Schauen Sie sich um: Manche haben damals Hunde und Katzen gegessen, vor allem Familien mit vielen Kindern.« Das Schweinefleisch sei kostbar gewesen, so habe man das genommen, was umsonst war. »Die meisten wollen nicht mehr darüber reden, aber es gibt welche, die Ihnen das zugeben werden. Sie sagen, es schmecke nicht schlecht, besonders das Hundefleisch sei gut. Natürlich konnten sie es zubereiten, daß man es nicht vom Schweinefleisch habe auseinanderhalten können.« Viele aber hätten nicht einmal das gehabt. »Das ist die Wahrheit«, schloß er. Sie schwiegen nun wieder einige Zeit, dann fuhr der Doktor fort, daß Ascher einmal den Unterschied zwischen der Tombacher und der Obergreither Seite anschauen solle. »Unten in Tombach wohnen ehemalige Bergarbeiter. Sie haben meistens kleine Besitzungen, aber neue, gemauerte Häuser mit Badezimmern und neueren Möbeln. Im Grunde leben sie wie in der Vorstadt. Fast alle gehen einer Arbeit nach und betreiben die Landwirtschaft nebenbei und ohne besonderen Ehrgeiz, weil sie einen Beruf gelernt haben und die Familien schon immer arbeiten gegangen sind. Sie erhalten Pensionen, sind besser krankenversichert, und das schlägt sich nieder. Heroben gibt es viele Kleinbauern. Zwar arbeiten viele von ihnen, aber erst seit zehn oder fünfzehn Jahren. Manche können sich überhaupt nicht mehr umstellen und dauernd einer geregelten Arbeit nachgehen. So arbeiten sie dort ein paar Monate, da ein paar Monate und beziehen zwischendurch die Arbeitslosenunterstützung. Eine andere Gruppe fährt mit dem Sonderbus täglich nach Graz und wird gegen Abend wieder zurückgebracht. Die meisten haben die Landwirtschaft aufgegeben. Andere wiederum versuchen mit allen möglichen Mitteln, bei der Landwirtschaft zu bleiben: Sie züchten Bienen oder Fische, bauen Obst an, probieren es mit einer Buschenschank, deren einziges Gastzimmer die Küche ist und in der die gesamte Familie lebt: Kinder, Alte, die Bäuerin, dazu läuft noch der Fernseher, und die Trinker, die es überall gibt, sitzen jeden Abend herum. Oder sie versuchen sich als Milchführer, müssen jeden Morgen bis acht Uhr die Milch in der Sammelstelle abgeliefert haben und dann die leeren Kannen wieder zurückführen. Sie haben keine Anstellung, werden nur nach den Litern bezahlt, die sie herbeischaffen. Kein Tag im Jahr ist frei, und nie dürfen sie sich Zeit lassen, sonst verdirbt die Milch. Dafür tragen sie dann die Verantwortung. Von dem Geld müssen sie den Traktor bezahlen, die Reifen, den Diesel. Es gibt auch kein dreizehntes oder vierzehntes Monatsgehalt, keinen Urlaub, keinen Sonntag, keine Weihnachten. Übrig bleiben dreitausend Schilling im Monat als Nebenverdienst. Und trotzdem besteht ein starker Drang nach dem ›modernen Leben‹. Sie möchten am liebsten alles zerstören und neu aufbauen. Oft errichten sie neue Häuser neben den alten und reißen diese dann ab oder vermieten sie an Wochenendurlauber aus der Stadt, die mit ihren gesicherten Einkommen als Angestellte und Beamte ein paar

Tage im Monat herauskommen, ›um gute Luft zu atmen‹. Da sie von Anfang an immer wenig Geld hatten, da Geld immer knapp war, sind sie von Kindheit auf Materialisten. Da sie an das Geld glauben, ist es um so schmerzlicher, weniger zu haben als die Menschen in der Stadt. Was tun sie daher anderes, als sie nachzuahmen? Sie bauen sich Vorstadthäuser und verändern ihr eigenes Aussehen. Ihre Wünsche und Bedürfnisse passen sie den städtischen an. Mehr und mehr verzichten sie auf eigene Ansprüche. Ich habe immer mehr Neurotiker hier getroffen. Die Einsamkeit ist groß geblieben. Stundenlang sitzen sie beim Anbauen und Mähen allein in den Traktoren, füttern das Vieh, ernten. Gehen sie nicht in ein Gasthaus, so sind sie bei Einbruch der Dunkelheit abgeschnitten wie auf Schiffen. Da wird die Einsamkeit noch größer. Es gibt viele Trinker, und beides zusammen macht den Hauptanteil der Selbstmorde aus. Sie brauchen aber nicht zu glauben, daß die Menschen nicht gerne hier sind. Auch brauchen Sie nicht zu glauben, daß sie nicht wissen, wie es um sie steht. Trotzdem wollen sie nicht weg. Sie können nicht das Überschaubare verlassen und in der Anonymität leben. Auch wenn sie sich oft über den anderen lustig machen, so werden sie doch überall erkannt und ohne Mißtrauen behandelt. Kommen sie während dem Essen oder Jausnen vorbei, ist selbstverständlich ein Platz für sie frei. Sie können jedes Haus betreten, man tritt auch frei bei Ihnen ein. Es gibt keine Glocke, die Türen sind bei Tag offen. Feste werden gemeinsam gefeiert, daraus beziehen sie in der Erinnerung wieder eine Zeitlang ihre Unterhaltung. Das Wesentliche ist, daß sie einander kennen: aus der Schule, von der Feuerwehr, dem Kameradschaftsbund, der Jagd, von Hochzeiten und Umzügen, Zeltfesten und kirchlichen Veranstaltungen. Einige betätigen sich auch politisch, aber eigentlich nur wenige. Sie mißtrauen Politikern, oft nennen sie sie Gauner.«
Sie waren vor Aschers Haus gekommen und fuhren holpernd über den schmalen Weg. Vor der Tür blieben sie

stehen, der Doktor schaltete das Licht aus und zündete sich eine Zigarette an.
»Wollen Sie eintreten?« fragte Ascher.
»Nein, bleiben wir hier heraußen sitzen.« Der Doktor rauchte stumm die Zigarette, dann fuhr er fort zu erzählen. »Ich habe hier nicht viel Umgang mit Menschen aus der Stadt«, sagte er entschuldigend. Was ihm Sorgen bereite, sei die spürbare Aggression der Menschen. Entweder richte sie sich gegen sie selbst und gegen Tiere, oder auch gegen andere. Gefährlich sei nur, daß viel Häuser, da gerne gejagt würde, mit Gewehren ausgestattet seien, aber auch mit Pistolen, die zum Schweineschlachten verwendet würden. »Zumindest aber ein Luftdruckgewehr hat ein jeder«, sagte er. »Der eine schießt Tauben damit, der andere die Gimpel, die sich im Frühjahr an die Pfirsichtriebe heranmachen, auch Katzen werden gerne geschossen. Jetzt ist die Tollwut die beste Ausrede.« Da könne alles, was angetroffen werde, niedergeschossen werden, und niemand würde dazu etwas sagen. Selbst die Kinder und Jugendlichen dürften schon schießen. Früh würden sie dazu abgerichtet, später könnten sie es oft kaum erwarten, auf die Jagd mitgenommen zu werden. »Da sehen sie dann, wie rasch ein Lebewesen stirbt, und dadurch glauben sie, daß es nicht viel wert ist«, fügte er hinzu. »Ich selbst empfinde nur Widerwillen beim Töten. Vor kurzem habe ich einen angefahrenen Hasen auf der Straße liegen gesehen. Ich bin ausgestiegen und habe ihn klagen gehört. Ich habe mich gebückt und wollte ihn aufheben, er ist aber so heftig zusammengezuckt, daß ich ihn losgelassen habe. Dann dachte ich mir, ich müsse seine Schmerzen verkürzen und habe ihn an den Hinterläufen aufgehoben und gegen einen Straßenstein geschlagen. Dann habe ich mein Messer herausgenommen und ihm die Kehle durchgeschnitten. Ich war angewidert vom Töten. Den Hasen habe ich in den Kofferraum gelegt und am nächsten Tag verschenkt.« Aber es gäbe genug Menschen, die dabei ein Lustgefühl empfänden. Sie könnten sich stundenlang

Geschichten über das Töten erzählen: Manche »Heimkehrer« und Jäger seien diesbezüglich gleich. Die Jungen erbten den Fanatismus von den Vätern; das beziehe sich auch auf die Arbeit. Bestimmte Familien seien dafür bekannt, daß die Arbeit ihren Lebensinhalt ausmache, andere wiederum für das Gegenteil. Es gäbe solche, die kaum einen Tag ihres Lebens ohne Arbeit verbracht hätten, die nicht nach fünf Uhr aufstünden und trotz schwerster Belastung nicht vor 10 Uhr schlafen gingen. Darauf seien sie stolz, allgemein würde dies auch anerkannt. Wenn aber mehrere Söhne bei einem Hof seien und einer von ihnen bleibe, während die anderen arbeiten gingen, komme es häufig zu Schwierigkeiten. Denn die Söhne, die arbeiten gingen, würden im Laufe des Jahres Urlaub machen, hätten ein freies Wochenende, Feiertage, Krankenstände und seien nach Dienstschluß selten so müde, daß sie sofort zu Bett gingen. Sie hätten Geld und seien unabhängig, würden mit einem Auto fahren, während der Bruder nur den Traktor zur Verfügung hätte. Auch hätten die arbeitenden Söhne selten mehr etwas für den Bauernstand über, bisweilen verachteten sie ihn sogar. Der Jungbauer hätte zudem im Gesundheitssystem Nachteile: Er müsse dem Doktor zuerst bar auf die Hand zahlen, die Bauernkrankenkasse, die an sich zwar eine Errungenschaft sei, die es aber noch nicht so lange gäbe, bezahle meist nur etwas mehr als die Hälfte zurück. Auch im Krankenhaus müßten die Bauern an den ersten zehn Tagen zwanzig Prozent selbst dazuzahlen, während Arbeiter und Angestellte alles bezahlt bekämen.

»Machen Sie es gut«, sagte er plötzlich und gab Ascher die Hand.

20

Als Ascher im Haus war, spürte er den Alkohol und die Müdigkeit so sehr, daß er sich auf die Dachbodenstiege setzte. Dann suchte er das Gewehr und die Pistole und legte sie auf den Küchentisch. Beim Angreifen hatte er das Gefühl, daß er nichts mit ihnen zu tun hatte. Er würde Golobitsch bitten, sie für ihn zu verkaufen. Er stützte seinen Kopf auf den Tisch und schlief über das Gewehr gebeugt ein. Etwas später wurde er wach und stieg zu seinem Zimmer hinauf. Er würde abwarten, was geschehen würde. Dann würde er seiner Frau schreiben. Es konnte sein, daß man ihn nicht mehr haben wollte, nachdem man erfahren hatte, wer er war. Vielleicht würde er zurück in das Krankenhaus gehen, vielleicht in eine andere Stadt ziehen. Andererseits verspürte er eine starke Neigung zu bleiben, er wußte nicht warum. Er hatte mehr als zehn Jahre an der Klinik gearbeitet. Er war ein guter und tüchtiger Operateur gewesen. Dann hatte er aus Unachtsamkeit einen Fehler begangen. Alles weitere war automatisch abgelaufen: Die Benachrichtigung durch das Pathologische Institut, die Staatsanwaltschaft war eingeschaltet worden, es war zu einer Verhandlung gekommen, die Zeitungen hatten berichtet. Daraufhin hatte er seinen Vertrag gelöst und war herausgezogen. Man hatte ihm angeboten, ihn wieder aufzunehmen, falls er nicht länger als sechs Monate wegbleiben würde, aber er hatte insgeheim nicht mehr die Absicht, zurückzukehren. Als er die Augen schloß, tauchten Bilder der Hochzeit und des Krankenbesuches in seinem Kopf auf und vermischten sich mit der Stimme des Doktors. So schlief er ein.

Am nächsten Tag erwachte er beim ersten Morgenlicht. Vom Nachbarn hörte er schon die Maschinen laufen, und sein Kopf schmerzte. Er dachte an das Tier unter der Decke in seinem Dachbodenzimmer, aber es war ihm gleichgültig, was es nun trieb. Er stöberte in der Medikamenten-

schachtel, fand eine Kopfschmerztablette, zerbiß sie und trank einen Schluck Mineralwasser. Er konnte nicht lange geschlafen haben. Er blickte auf die Uhr: Es war knapp vor sieben. Als er vor das Haus trat, war er überrascht, daß es nicht kalt war. Über dem Hof des Nachbarn stand ein großer goldgelber Bogen, der von einer violetten Wolkenmaserung unterbrochen war. Darüber breiteten sich violette Wolken mit roten Streifen aus, die sich im Blau des Himmels verloren. Er ging um das Haus und hörte im Schatten das Eis unter seinen Füßen krachen. Im Süden, wo die Berge sich erhoben, leuchtete der Himmel hellrosa, graue Wolken schwebten in der Luft, aber wenn er nun lange genug hinsah, bemerkte er, daß sie sich langsam tiefblau verfärbten. Es tat ihm wohl, ohne Absicht den Himmel zu betrachten. Dann fielen ihm wieder das Gewehr und die Pistole ein, er ging zurück in die Küche, trug sie in den Schweinestall und wickelte sie in einen Hanfsack. Auch die Munition fand er und legte sie zu den Waffen. Er dachte, daß ihn jetzt seine Frau und das Kind besuchen konnten. Er würde sie vom Kaufhaus anrufen und erzählen, was vorgefallen war. Aber vielleicht war es besser, den Tag abzuwarten und den Anruf auf den Abend zu verschieben. Er zog sich an und schloß das Haus ab. Vor ihm lagen die Berge, ganz weit in der Ferne, und dort sahen die Wolken aus wie violette Wellen mit goldenen Kämmen, die in einer milchig blauen Luft schwebten, so hoch oben, aber so klar sichtbar, daß er seine Winzigkeit körperlich spürte. Er begegnete niemandem. Vor dem Kaufhaus stand ein vereinzeltes Moped.
Die Tür zu Zeiners Haus war offen, in der Küche richtete seine Frau die Kinder für die Schule her, der jüngsten Tochter flocht sie gerade Zöpfe. Der Alte schlief noch. Die Frau Zeiners lächelte ihn an, wie beim letzten Mal. Ihr Mann sei noch im Stall, er komme gleich. Dann stellte sie eine Schale Kamillentee und eine Flasche vor ihn hin.
»Das ist Slibowitz«, sagte sie erklärend und fuhr fort,

sich um die Kinder zu kümmern. Wenn sie etwas wußte, ließ sie sich nichts anmerken. Möglicherweise vermied sie ein Gespräch über die Hochzeitsfeier, es konnte aber auch sein, daß sie zu sehr von ihren Kindern in Anspruch genommen war. Er sah ihr zu, und ihre sicheren, entschiedenen Handgriffe taten ihm wohl. Die Wellensittiche zwitscherten in den Käfigen. Gerade als die Kinder das Haus verließen, kam Zeiner.

Er hatte einen zerrissenen grün und weiß gestreiften Pullover übergezogen und den Jägerhut auf dem Kopf. Sein Gesicht war von der nächtlichen Feier und von der Morgenluft gerötet.

Er zeigte ihm seine Waffen im Schlafzimmer: ein Flobertgewehr, ein doppelläufiges Gewehr mit einem Umschalthebel für Schrot und Patronen, ein Patronengewehr und eine Pistole. Einen Tag zuvor habe er sein Patronengewehr von der Reparatur zurückbekommen, sagte er. Zuletzt fügte er hinzu: »Wir haben gar nicht gewußt, daß Sie ein richtiger Doktor sind.« Er lud eines der Gewehre, sicherte es und fragte Ascher, ob er mit ihm zu seinem Teich hinunterkomme. »Ich muß nachschauen, ob alles in Ordnung ist«, erklärte er.

Ascher fühlte kein Mißtrauen. Wenn er Zeiner beobachtete, so konnte er sogar etwas von Hochachtung spüren, vielleicht bildete er sich das aber nur ein. Er nahm Platz, der Hund legte sich vor seine Füße, und sie fuhren ein Stück die Straße hinunter. Auf einer Seite waren die Wiesen weiß vom Reif. Der Himmel hatte noch dieselben Farben, nur waren sie heller, an manchen Stellen bleich geworden.

Sie schwiegen, bis der Wagen ein Stück weiter unten in einem Hof hielt. Nachdem sie ausgestiegen waren, schaute eine kleine Frau mit rundem Gesicht und einem Kopftuch vorsichtig aus der Haustür.

»Das ist meine Mutter«, sagte Zeiner. Er hängte sich das Gewehr über die Schulter und ging Ascher voran in den Graben. Zuerst kamen sie hinter dem Hof zu einem lehmigen Weg mit kahlen Obstbäumen. Über den Pfützen lagen dünne, durchsichtige Eisschichten, die Zeiner absichtlich zertrat, um das Geräusch zu hören, mit dem sie einbrachen. Sie verließen den Weg und stiegen eine steile Wiese hinunter, wobei sie auf jeden Schritt achteten, um nicht zu stürzen. Als sie wieder den Weg erreichten, war er so lehmig, daß sie beim Gehen ein kleines Stück einsanken. Es war ein klarer, heller Morgen. Im Graben unten waren zwei Teiche von milchiggrünen Eisdecken überzogen. Unterwegs hatte Zeiner dem Hund einen Befehl zum Hasensuchen gegeben, der daraufhin in die Büsche gestoben war. Zwei Wildenten flogen auf, und als sie bei den Teichen angekommen waren, rief Zeiner den Hund mit einem Pfiff zurück. Ein langer hölzerner Futtersteg führte bis in die Mitte des einen Teiches. Plötzlich hielt Zeiner an, riß das Gewehr herunter und gab einen Schuß ab. Ascher war nichts aufgefallen, aber in der Richtung, in die das Gewehr zeigte, sah er etwas im Wasser verschwinden und unter das Eis tauchen. »Ich habe sie getroffen. Haben Sie es gesehen?« rief Zeiner. Es sei eine Bisamratte gewesen. Vermutlich hatte er sie nur gestreift, denn sie war unter das Eis entkommen.

Er ging am Uferrand entlang und schaute nach ihr aus. Der Hund lief mit gesenkter Schnauze vor ihm her, und als er auf einen Bau gestoßen war, begann er wild zu graben. »Die meisten Bisamratten schieße ich zwischen Jänner und April«, sagte Zeiner. »Natürlich schieße ich sie auch zu anderen Zeiten, aber vor Mitte Dezember sind die Felle noch nicht richtig, und die Fellhändler zahlen keine guten Preise.« Der Hund hörte zwischendurch mit dem Graben und Schnüffeln auf, wenn er Kalmuskraut, mit dem die Bisamratten die Gänge der Baue auslegten, in das Maul bekam. Zeiner lachte dazu. Nach einer Weile sagte er: »Ist keine drinnen«, und ließ den Hund weitersuchen.

Sie folgten dem schnüffelnden Hund, als Ascher Hofmeister von der anderen Seite auf sie zukommen sah. Zeiner wartete auf ihn.

»Wollen Sie Bisamratten schießen?« fragte Hofmeister Ascher. Er hatte ein übernächtigtes Gesicht und kleine Augen. »Wir schießen jetzt mehr wegen der Tollwut. Sie haben gesehen, wohin das führt.«
»Der Mann hatte keine Tollwut«, sagte Ascher.
»Aber es hätte sein können. Die Tiere sind gefährlich«, gab Hofmeister zurück.
Ascher antwortete, daß er ein falsches Bild von der Tollwut hätte, es seien, seit der Fuchs geschossen worden sei, keine neuen Fälle aufgetreten, Hofmeister wollte jedoch nichts davon hören. »Die Bisamratten schießen wir ohnedies«, sagte er abwehrend. »Im Frühjahr, wenn wir den Teich auslassen, kommen sie aus den Löchern, und wir können sie erlegen. Einmal haben wir an einem Vormittag achtundzwanzig Stück geschossen. Sie machen den ganzen Damm kaputt.« Er hielt noch immer Aschers Hand, die er geschüttelt hatte, und erzählte gehend, daß er über Nacht eine Falle aufgestellt habe. Hinter dem Futtersteg blieb er stehen, kniete sich auf den Boden und zerstörte mit der Hand die dünne Eisfläche am Ufer, die wie Glas in Scherben zerbrach. Dann holte er vorsichtig die Falle mit einer toten Bisamratte heraus. Die Falle hatte sie in der Körpermitte getroffen und gequetscht. Ihr braunes Fell war naß und unansehnlich, Wasser tropfte auf den Boden. Ascher schätzte, daß sie fast so groß war wie ein Kaninchen. Ihr Schwanz war seitlich zusammengedrückt und beschuppt und glich einer toten Blindschleiche. Während sie einige Schritte weitergingen und warteten, bis Hofmeister mit der Hand Löcher, die am Ufer vom Wasser in die Erde führten, durchsucht hatte (er sagte, wenn sie verschlammt seien, bewohne keine Bisamratte den Kanal mehr), erklärte Hofmeister, wie die Falle funktionierte. Sie bestand aus zwei Schlageisen, die mit einem Gelenk verbunden waren, und einem Stück Draht, das gespannt war, sobald die Schlageisen aufgeklappt wurden. Als Köder, führte Hofmeister, sich neuerlich hinkniend und dabei ächzend, aus, verwende

er Apfelscheiben. Die Bisamratte berühre, indem sie die Apfelspalte fresse, den Draht, worauf die Eisen zufielen. Er sitze, wenn er Lust habe, auch manchmal auf Bisamratten an und schieße sie mit Schrot, mit den Fallen aber sei es bequemer.

Abwechselnd trugen Hofmeister oder Zeiners Hund die tote Bisamratte. Einzelne gelbe Blätter, die von Reif bedeckt waren, hingen an den Büschen. Endlich hatte Hofmeister die Falle wieder aufgestellt.
»Kommen Sie auf ein Glas Wein«, sagte er. Sie gingen bergauf über einen Stoppelacker, jetzt trug der Hund die Bisamratte im Maul, und Hofmeister machte die Bemerkung, sie hätten nicht gewußt, daß er ein Doktor sei.
»Wir haben alles gehört, aber es macht uns nichts aus«, warf Zeiner ein.
»Es geht uns nichts an«, unterbrach ihn Hofmeister.

Hofmeisters Frau sah immer weg, wenn Ascher sie anschaute. Mit abgewendetem Gesicht verrichtete sie ihre Handgriffe, holte eine Flasche Rotwein aus der Kredenz und Kaffeeschalen, aus denen sie tranken. Der Bretterboden war geschrubbt, an der Wand hing, das war ihm vor der Hochzeit nicht aufgefallen, ein altes gerahmtes Bild mit k.u.k.-Soldaten, über das ein Etikett in Herzform mit der Aufschrift: »Die Steiermark, das grüne Herz Österreichs« geklebt war. Durch ein geöffnetes Fenster blickte ein Koch mit Mütze in einen Kasernenhof, in dem eine große Gruppe von Soldaten in Mänteln für den Fotografen Aufstellung genommen hatte. Auf dem Boden lagen drei Männer auf zusammengeworfenen Decken. Alle, außer den Offizieren, hatten die Gewehre um die Schulter gehängt, die Hände der Soldaten waren bloß, die Offiziere trugen Handschuhe, einer hatte sitzend die Hände eingesteckt. »Das ist mein Großvater«, sagte Hofmeister und zeigte ihm einen hageren Mann mit einer kräftigen Nase und einem Schnurrbart. »Er ist in Italien gefallen.« Er zwinkerte mit den Augen und stieß mit der Kaffeetasse an, bevor er einen Schluck nahm. Dann führte er ihn auf den Dachboden, wo Felle von Bisamratten und Füchsen hingen. In einem Blechkübel befanden sich Sägespäne: »Zum Händereinigen«, wie Hofmeister erklärte. Auf keilförmigen Brettern waren Bisamrattenfelle zum Trocknen aufgespannt. Ascher sagte, daß es schöne Felle seien, worauf ihn Hofmeister auf kleine Fehler hinwies und erklärend hinzufügte, wie man sie beseitigen könne.

»Ich habe heute noch keine Minute geschlafen«, sagte Zeiner, als sie wieder in die Küche traten. Die Frau verschwand gerade. Ascher fühlte sich unbehaglich, aber Hofmeister, der infolge der schlaflosen Nacht rasch betrunken wurde, ließ ihn nicht aufstehen, sondern schenkte ihm immer wieder Wein nach, so daß seine Kaffeeschale gefüllt war, wie zu Beginn seines Besuches. Er spürte den Wein und begann sich ihm mit Vorsicht zu überlassen. Die Küche war hell und freundlich, Hofmeister redete, und Aschers Gedanken schweiften ab. Ihm waren die winzigen Trompetentierchen eingefallen, die er einmal unter dem Mikroskop gesehen hatte. Sie ähnelten mit ihren trichterförmigen, verschieden gefärbten Körpern Blumenkelchen. Er schreckte auf und bemerkte, daß ihm die Augen zugefallen waren, und da Sonnenlicht auf sein Gesicht schien, hatte er in seinen rotschimmernden Augenlidern gläserne Gebilde gesehen. Kurz darauf kam Hofmeisters Frau zurück, stellte sich an den Herd, kochte und gab knappe Auskünfte. Aber sie schien nun nicht mehr vor ihm befangen zu sein. Das war ihm recht. Er folgte Zeiner über eine abfallende Wiese zum Haus seiner Eltern zurück. Auch Zeiner war angetrunken, obwohl er sich bemühte, es sich nicht anmerken zu lassen. Ascher fühlte das Gewicht seines Körpers wie eine Last. Vor dem Haus bellte der dicke gefleckte Hund von Zeiners Eltern.

»Sie dürfen meinen Eltern nicht die Hand geben«, sagte Zeiner, als sie näherkamen, »sonst glaubt der Hund, Sie wollen ihnen etwas antun.« Sie stapften weiter bergab, plötzlich blieb Zeiner stehen.

»Sie werden sich fragen«, sagte er mit schwerer Zunge, »weshalb ich zu Hause sein kann, ohne arbeiten gehen zu müssen. Meine Landwirtschaft ist nicht so groß, Sie haben recht: Ich habe ein Stück Wald verkauft. Sie brauchen nicht zu denken, daß es etwas Außergewöhnliches ist. Hören Sie: Ich versuche, eine Rente zu bekommen wegen meiner Hand.« Er machte das Handgelenk frei, Ascher sah, daß ein Verband darüber gewickelt war. »Wenn Sie einmal Zeit haben, sehen Sie es sich an«, sagte er und zog den Ärmel wieder nach vorn, als sei ihm eingefallen, daß er aufdringlich sein könnte.

»Aber reden Sie nicht darüber«, fuhr Zeiner fort. »Es braucht niemand zu wissen.« Natürlich wußten alle längst davon. Auch Ascher hatte es von jemandem erfahren, aber er schwieg.

»Der Teich hat mich alles in allem viel Geld gekostet. Ich habe ihn von einem Caterpillar ausschieben lassen. Ist ein künstlicher Teich. Es dauert ziemlich lange, bis das Geld mit den Fischen wieder hereinkommt.« Er ging weiter auf das Haus seiner Eltern zu und legte einmal kurz seinen Arm um Aschers Schulter. Im Vorraum wartete ein kleiner, gebückter Mann, der sich auf einen Stock stützte. Er trug einen Hut und eine blaue Arbeitsschürze, beim Sprechen neigte er seinen Kopf zur Seite, vermutlich hörte er schlecht. Der Hund hatte sich neben ihn gestellt und wedelte mit seinem Schwanz so heftig, daß er damit an die Hose des Alten klopfte. Zeiner sagte, der Mann sei sein Vater. Er führte Ascher vor, wie der Hund zu knurren anfing und die Zähne fletschte, sobald er Anstalten traf, den Alten zu berühren. Dabei lachte er, auch dem Alten gefiel es.

»Habt ihr etwas zu trinken?« fragte Zeiner. Seine Mutter hatte in der Küche gerade Brot gebacken und es in gefloch-

tenen Körben zum Abkühlen auf den Tisch gestellt. »Zu trinken!« sagte der Alte zu ihr. Die Frau öffnete ein Türchen in der Wand und holte eine große Weinflasche und Gläser heraus.
Die Küche war sehr groß. An den Wänden hingen mehrere lange, braungerahmte Spiegel, in denen Ascher sich und die anderen sehen konnte. Später erfuhr er, daß hier früher ein Weinausschank gewesen war. Er setzte sich in die Eckbank und roch den Duft des frischgebackenen Brotes.
»Kosten Sie«, sagte der Alte und schnitt ein Stück herunter. Die Frau brachte Schweinefett und Salz und blieb stehen.
»Wir haben Sie noch nie gesehen«, sagte sie.
»Er ist ein Doktor«, erklärte Zeiner.
Ascher trank und hörte zu. Die Tochter und deren Mann wären nicht zu Hause, sie seien Schuhe kaufen gefahren nach Pölfing Brunn, die Enkelkinder in der Schule. Er konnte dem Gespräch nur mühsam folgen.
Nach einiger Zeit erhob sich Zeiner. Er nahm das Gewehr von einem Nagel an der Wand, hängte es um und ging zu seinem Auto.
»Mir scheint, wir sind betrunken«, sagte er lachend. Die Alten lachten ebenfalls. Auch Ascher mußte lachen, als er einstieg. Zeiner legte das Gewehr auf den Rücksitz, der Hund sprang in das Auto, und sie fuhren langsam zum Kaufhaus.

21

Es war dunkel, als seine Frau mit dem Kind kam. Das Kind lief neugierig im Haus herum, lärmte und lachte. Es war jedoch schnell müde, und Ascher brachte es zu Bett und wartete, bis es eingeschlafen war.
Er hörte seinen Atem und dachte an das Lachen zurück, das das Haus verändert hatte.
»Was willst du machen?« fragte seine Frau.

»Ich weiß nicht. Vielleicht bleibe ich hier.«
»Und das Kind?« fragte sie. Es müsse zur Schule gehen. Auch glaube sie nicht, daß sie selbst für das Landleben geeignet sei. Sie habe sich mit ihrer Arbeit zurecht gefunden, nun bereite ihr die Beschäftigung Vergnügen.
Ascher schwieg.
»Ich mache dir keine Vorwürfe«, fuhr seine Frau fort, »aber ich kann mich nicht wieder verändern, noch dazu, wo du nicht einmal weißt, was du wirklich willst. Was ist, wenn du es dir überlegst?«
Das war wahr. Er hatte keinen Plan. Wo würde er arbeiten?
»Du hast recht«, sagte er. »Wir müssen es uns erst überlegen.«
Er wußte nicht genau, wie die Menschen hier sich ihm gegenüber verhalten würden. Sie hatten ihn zwar nichts merken lassen, aber er war auch nicht auf sie angewiesen gewesen. Vielleicht würden sie sich, wenn er auf sie angewiesen wäre, anders verhalten. Seltsamerweise verspürte er bei diesem Gedanken keine Angst. Etwas sagte ihm, daß seine Sorge unbegründet war, er konnte es nicht beweisen.
»Ich dachte die ganze Zeit über an so etwas Ähnliches«, sagte seine Frau. »Ich habe mich auch gefragt, was ich dir antworten sollte. Ich kann nicht nur immer tun, was du für richtig hältst. Du mußt auch an mein Leben denken, wenn du eine Entscheidung triffst.«
Sie hatte ihm ohne Vorhaltungen geholfen, als er sie gebraucht hatte. Daß sie arbeiten gehen mußte, hatte sie ihm nie vorgeworfen, nun verlangte er, daß sie ihm folgte. Er war sich jetzt nicht mehr sicher, ob es wirklich eine gute Idee war, zu bleiben.
»Es war nur ein Einfall«, sagte er. »Reden wir nicht mehr darüber.«

22

In der Früh war das Kind erwacht, als ein Specht am Holz des Hauses geklopft hatte. Im Glauben, jemand wolle eintreten, hatte es Ascher geweckt. Da Aschers Frau noch schlief, hatten sie sich angekleidet und waren ins Freie gegangen. Sie hatten über die Hügel geschaut, aber das Kind interessierte sich nicht für das Weite, sondern nur für das Nahe. Es schaute nicht in die Gräben und in die Luft, sondern auf den Boden und in die Zweige der Bäume. Als Krähen aufgeflogen waren, beachtete es sie, weil sie ganz in der Nähe aufgeflogen waren, und an den kleinen Bäumen fiel ihm sogleich auf, daß sie mit einem Nylonüberzug und Packpapier umwickelt waren. Das mußte Golobitsch als Schutz vor der Kälte in den letzten Tagen gemacht haben. Sie traten in das Haus zurück, denn Katherina wollte das Zimmer sehen, in dem er schlief. Dort stellte sie sogleich fest, daß der Tisch wackelte und Wasser aus einem Glas schwappte (welches er dort stehen gelassen hatte), denn der Bretterboden war biegsam und gab mit jedem Schritt nach. Natürlich hatte er es auch selbst bemerkt, aber er war automatisch vorsichtiger aufgetreten. Und jetzt erst, vom Fenster aus, fielen ihr die Nebel in den Gräben auf, die dalagen wie ein Wolkenmeer. Während er auf die Nebel blickte und sie sprechen hörte, war ihm, als befände er sich auf einem hohen Berg. Er schenkte ihr einen gelben Bleistift, den sie sogleich einsteckte und vergaß. Seine Frau war inzwischen wach geworden und hatte sich angekleidet. Ascher füllte den Herd mit Holz und wartete, bis das Feuer brannte. Therese wollte ihm helfen und auch das Kind, aber Ascher hatte Freude empfunden, daß er für sie sorgen konnte. Da das Kind bei ihnen war, entschlossen sie sich, mit dem Auto zu fahren. Therese und Katherina waren im Auto fröhlich und lebhaft, und beim Fahren klirrte im Fond eine Flasche, denn Therese hatte die Gewohnheit, alles, was sie irgendwo hinfahren wollte, in das

Auto zu legen und herumkollern zu lassen, bis sie endlich dort angekommen war, wohin sie es hatte eigentlich bringen wollen. Aber selbst dann vergaß sie es manchmal herauszunehmen, und die Gegenstände verblieben wieder für Tage und Wochen im Auto. Er mochte das nicht, und Therese wußte das. Sie warf ihm einen spaßigen Blick zu und stopfte die Flasche in den Raum vor dem rückwärtigen Fenster. Als sie weiterfuhren, fing Katherina an zu singen. Die Sicht war klar und weit, und die Sonne leuchtete durch das Gewirr von Obstbaumzweigen. Von einem der Bauernhöfe hörten sie das hohe Geräusch einer Kreissäge, auf der Straße kam ihnen eine alte Frau in einem langen Mantel entgegen, die aus Vorsicht von der Fahrbahn trat und wartete, bis sie vorbeigefahren waren. Im Westen war die Luft dunstig, und auch die Berge waren silbergraue Schatten und schienen durchsichtig zu sein. Im laublosen Wald wichen sie einem Traktor mit einem Anhänger, auf dem gefällte Bäume gestapelt waren, aus, der Fahrer sah sie erstaunt an, Ascher kannte ihn nicht. Sie bogen nach dem Stallgebäude zum Haus des Mannes, bei dem er das Holz gekauft hatte, ab. Das jüngste Kind hockte gerade mit nacktem Hintern vor der Treppe und pißte. Es trug ein hübsches blaues Kleidchen mit einem roten Saum und weiße Gummistiefel. »Ascher! Ascher!« schrie es, als es ihn erkannte.

23

Sie waren nicht lange geblieben. Als er in die Küche eingetreten war, hatte eines der Kinder ihn an einem Bein festgehalten, der Sohn war auf dem Bett gelegen, über das Wäsche zum Trocknen gespannt gewesen war, und das kleine Kind hatte mit einem Polster auf die Mutter hingeschlagen, daß der Überzug platzte und Federn durch die Luft wirbelten. Daraufhin hatte es ein Gesicht gemacht, das eine Ohrfeige vorweg angezeigt hatte. (Üblicherweise *folgte* ein solches Gesicht einer Bestrafung.) Die Mutter hob auch die Hand, holte aber dann eine Brille aus der Tischlade und setzte sie auf. Es war eine runde Drahtbrille, an der ein Bügel fehlte und ein Glas gesprungen war. Mit einer Hand hielt sie die Brille dort, wo der Bügel fehlte und blickte auf die in der Luft wirbelnden Federn. Dann setzte sie sich, ohne etwas zu unternehmen, an den Tisch und schob einen Mostkrug vor sie hin. Vor einem Jahr sei eine Fürsorgerin bei ihr heraußen gewesen, sagte sie, und habe sich nach dem Kind erkundigt. Nachdem sie es gesehen habe, habe sie ihr den Rat gegeben, die Pille zu nehmen, damit sie nicht noch so eines bekomme. Das Kind hatte sich auf den Schoß von Aschers Frau gesetzt und schaukelte mit dem Kopf, als sie es jedoch streicheln wollte, wich es aus und gab die Zischlaute von sich. Katherina betrachtete es neugierig. Plötzlich riß es sich los und lief hinaus, und die Schwester zog Katharina ins Freie. Vor dem Haus bedeckte braunes Eis den Boden. Von der Küche aus sahen sie, wie die Kinder sich auf den Schlitten setzten und den vereisten Hang hinunterfuhren.

»Wir wollen jetzt unser Haus umbauen«, sagte die Frau. »Wir wollen neue Eingangstüren. Die Türen machen den Vorraum so dunkel, und wir hätten gerne Glasscheiben, daß die Sonne hereinleuchtet. Auch das Heizen ist schwierig. Wir haben überall noch Öfen, ich muß oft drei gleichzeitig warm halten im Winter, das ist viel Arbeit. Das Wasser holen wir vom Brunnen, so daß wir beim Baden große Häfen auf dem Herd zustellen müssen, und da wir sechs Personen sind, können wir uns nicht oft genug waschen. Dann sind auch die Fenster nicht dicht, und den Bretterboden muß ich häufig ausreiben, wenn wir es sauber haben wollen. Die Wände sind noch dazu im Winter feucht, sehen Sie sich die Flecken an.« Sie streckte einen Finger aus. Dabei hätten sie es ohnedies noch gut. Die Witwe, deren Haus über dem Kuhstall aufgebaut sei, habe Schaben. Nachts, wenn es dunkel sei und einige Zeit still, dann könne man sie, betrete man die Küche, an den Wänden sehen. Vermutlich kämen sie aus dem feuchten Kuhstall. »Sie wissen gar nicht, wie schwer es ist, in einem alten Haus zu leben«, ereiferte sie sich. Die Angestellten von der Landwirtschaftskammer rieten ihnen immer zu, die alten Häuser nicht aufzugeben, aber selbst in einem alten Haus wohnen und eine Wirtschaft führen, wolle keiner. Natürlich könne man ein altes Haus herrichten, die alten Häuser seien jedoch klein. Man wohne beengt in ihnen. Sie hätten aber viele Kinder, die es im Winter warm haben wollten und hell, und für die genug Wasser da sein müsse, damit sie sich waschen könnten, denn sie verrichteten jeden Tag körperliche Arbeit oder liefen draußen herum. Auch sei es nicht angenehm, bei großer Kälte ins Freie auf das Klosett zu gehen oder Schüsseln und Kübel zu verwenden, die bis zum Morgen im Zimmer stehenblieben, denn niemand wolle bei Nacht die Toilette aufsuchen. Auch wenn man bis zum Abend heize, so sei es in der Früh doch immer eiskalt, und die Kinder würden vom Herbst bis zum Frühling mit den Zähnen klappern und stöhnen, wenn sie aufstünden. Dann gebe es Probleme mit den elektrischen Leitungen, die nicht für so schwere Belastungen, wie sie heutzutage ein Haushalt erfordere, gedacht seien. Wenn man schließlich alles umbauen wolle, müsse man auch bedenken, daß währenddessen die Arbeit und das Leben auf dem Hof weitergingen, so daß es gescheiter sei, ein neues Haus zu bauen und bis zur Fertigstellung im alten zu wohnen. »Wir haben vom alten Zeug genug«, schloß sie.

»Trotzdem ist es traurig«, sagte Aschers Frau.

»Traurig? Was ist traurig?« fragte die Bäurin. »Warum sollen wir das Haus stehen lassen? An was soll es uns erinnern? Worauf sollen wir stolz sein? Wenn einer ein Großbauer ist oder sehr genügsam oder so alt, daß es sich nicht mehr für ihn auszahlt, ist es etwas anderes. Aber wir?

Vielleicht, daß wir, wenn wir ein neues Haus haben, an das alte zurückdenken. Aber dann müssen wir ja nicht mehr darin wohnen.«

24

Zuletzt suchten sie den alten Mann auf, der sich beim Kürbishacken verletzt hatte. Hinter dem verfallenen Haus begegnete er ihnen in zerrissenen Kleidern mit seinem verbogenen Hut. Sie gingen bergab über die braune Wiese, die Äste von Obstbäumen stießen über ihren Köpfen zusammen. Ascher dachte, daß der Weg im Sommer wie ein grüner Tunnel aussehen müsse. Der Mann blieb stehen und erklärte umständlich, daß er sich eine Straße wünsche, aber der Besitzer, durch dessen Land sie führen würde, wolle es nicht. Das war so umständlich vorgebracht, und der Mann hielt auch immer wieder an und machte lange Pausen, daß Ascher den Eindruck hatte, der Mann wolle ihn loswerden. Als sie beim Haus angekommen waren, sprang eine Katze durch eine geöffnete Rauchluke ins Freie. Katherina machte seine Mutter darauf aufmerksam. Nun richtete sich der Mann an sie. Er sagte, er wohne in diesem Haus, weil es die »Heimat« seiner Frau sei. Er wolle lieber zu seinem Bruder nach Welsberg, dort habe er es schöner. Ascher erklärte es. Die Bauern bezeichneten das Elternhaus als »Heimat«, dadurch wisse jeder sofort, was gemeint sei. Währenddessen kam die Alte heraus. Auch was sie sprach, mußte Ascher übersetzen. Sofort wollte sie dem Kind ihren Hund zeigen. Sie ließ ihn die Vorderpfote geben und Männchen machen und zeigte dann das Schwein, indem sie eine Klappe im Stall öffnete. Durch die Luke konnten sie es auf Heu liegen sehen.
»Brauchen Sie einen Schirm?« fragte die Frau. Sie habe einen zu verkaufen. Oder eine Handtasche? – Sie ging voran in das Haus, der Mann blieb im Freien. Im Vorraum gacker-

ten die Hühner von den Kästen, die Küche war dunkel. Ascher sah kleine magere Katzen, die verfloht und verwurmt waren, eine Kredenz, über und über bedeckt mit Flaschen, Häfen und Dosen, eine angeräumte Kommode mit einem Puppenkopf und Läden mit gemahlenem Maismehl.
Die Frau zog die Lade, in der sie die Eier sammelte, heraus. Sie befand sich unter der mit Geschirr gefüllten Abwasch. Verschieden große Eier lagen in ihr.
»Das sind Taubeneier und Hühnereier«, sagte die Frau. Ascher übersetzte es dem Kind, das hierauf die Taubeneier sehen wollte. Die Frau gab ihm eines und sagte »Taubenei«.
Inzwischen hatte sich die Frau an Therese gewandt, um zu erzählen, woher die Tasche und der Schirm stammten. In St. Georgen sei eine ältere Frau gestorben, die sie gekannt habe. Sie sei sie anschauen gegangen, und die Verwandten hätten ihr die beiden Schirme und die Handtasche gegeben. Sie besitze aber schon einen Schirm und habe auch eine Handtasche, darum wolle sie sie verkaufen.
Der Mann schlurfte herein, und während die Frauen die Eier einpackten, ließ sich Ascher den Fuß zeigen. Der Mann hatte den Verband schon heruntergenommen und einen Leinenfleck über die Wunde gelegt.
»Ihr Fuß sieht besser aus«, sagte Ascher.
Er richtete sich auf, das Kind stand noch immer mit dem Taubenei da und blickte auf den Fuß des Mannes.

25

Im Haus entschloß sich Ascher, mit der Frau und dem Kind in die Stadt zu fahren. Weihnachten war nahe, und Ascher hatte ohnedies in den nächsten Tagen zurück wollen.
»Hast du dir schon überlegt, was du machen willst?« hatte ihn Therese gefragt.

Sie hatte sich auf die Eckbank gesetzt, und Ascher stand in der Küche. Das Kind, das ihrem Gespräch nicht folgte, lief hinaus, als es den Specht wieder klopfen hörte.
»Nein«, hatte Ascher geantwortet.
»Ich verstehe dich«, sagte seine Frau.
»Wir könnten ein Haus mieten, in dem wir wohnen könnten und in dem ich Platz für meine Arbeit habe.«
»Weißt du, ob ein Arzt gebraucht wird?« fragte seine Frau nach einer Weile.
»Ich habe es gesehen.«
Wieder schwiegen sie.
»Wir könnten es beide versuchen«, sagte Ascher.
»Und das Kind?«
»Der Schulbus hält vor dem Kaufhaus. Wir müssen es nur bis dorthin bringen.«
Therese dachte nach. Ascher betrachtete ihr Gesicht, es nahm einen angestrengten Ausdruck an, wenn sie nachdachte.
»Wenn du dir selbst im klaren bist, werden wir schon einen Weg finden«, sagte sie dann.

Als Ascher zwei Wochen später wiederkam, war der erste Weg zum Doktor gewesen, der in einem alten Schulhaus wohnte. »Mit der Schule hier ist es wie mit den Häusern«, hatte er gesagt, »sie waren für etwas anderes gedacht. Sind Ihnen die großen Küchen aufgefallen? Damals gab es genügend Knechte und Mägde, die sich in der Küche aufhielten. Jetzt sind die Menschen mit der Familie und den Maschinen allein. Dafür würden sie bessere Schlafräume für die Kinder benötigen, die Küche könnte kleiner sein. Übrigens, man hat mich öfters nach Ihnen gefragt«, sagte er. Als Ascher antwortete, daß er den Eindruck habe, man trage ihm nichts nach, sagte der Arzt: »Sehen Sie, sie wohnen mit jeder Art von Menschen zusammen. Ist jemand vorbestraft, so kehrt er nach Hause zurück, wohnt mit den anderen unter einem Dach. Die ihn früher gekannt haben, lassen sich nichts anmerken. Wird er für eine Arbeit gebraucht, ist man froh, daß er behilflich ist. Auch bei einem Geisteskranken achten sie nur darauf, daß er seine Arbeit tut, ansonsten kann er unter ihnen leben. Natürlich sind sie oft derb, haben ihren Spaß an der Wehrlosigkeit und am sonderbaren Verhalten, manchmal lassen sie sich auch zu Roheiten hinreißen, aber sie *leben* mit ihnen zusammen.«

26

Er war mit dem Autobus auf das Land zurückgefahren. Unterwegs hielten sie an einer Tankstelle, die blau und weiß beleuchtet war. Er beachtete sonst Tankstellen kaum, auch wenn seine Frau angehalten hatte, waren sie ihm immer selbstverständlich erschienen. Es war noch hell, aber die vorbeirasenden Autos hatten ihre Beleuchtung schon eingeschaltet. Plötzlich aus der Stadt kommend, die schneelos war, waren nun weite Äcker und Wiesen von einer dünnen Schneeschicht bedeckt, in denen vereinzelt dunkle, laublose Bäume standen. Sie fuhren weiter, und alsbald sah er den Nebel über der Ebene, wie weißes Gas. Manchmal ragten die Spitzen der Baumkronen über ihn hinweg, dann wieder riß der Nebel plötzlich ab, um kurz darauf auf der Erde zu liegen, wie über einem morgendlichen Gewässer.
Ascher hatte seine Instrumente und eine kleine Apotheke mit der Bahn vorausgeschickt, Zeiner hatte versprochen, sie abzuholen und zum Haus zu führen. Vereinzelt sah er noch, als er wieder zum Busfenster hinausblickte, Plakate von der Landtagswahl an Gebäuden, einmal auf einer umgestürzten Tafel. Es war, als hätte ein Sportfest oder eine Zirkusveranstaltung stattgefunden, und nun waren die Akteure weitergezogen und hatten ihre Spuren hinterlassen, die niemand zu beseitigen gedachte, da sie gleichgültig ge-

worden waren. Als der Postautobus vor dem Gasthaus hielt, war Zeiner nicht gekommen. Ascher nahm sein Gepäck, wartete und ging dann über den Platz zum Doktor.

27

Er hatte den Doktor beim Wegfahren angetroffen, und da er ihm angeboten hatte, ihn zu seinem Haus mitzunehmen, war er eingestiegen ...

Im Vorraum seines Hauses waren die Pakete, die er mit der Bahnpost geschickt hatte, gelegen, in der Küche war der Ofen eingeheizt gewesen, und kurze Zeit später war Golobitsch gekommen, um nachzuheizen und ihn zu benachrichtigen, daß Zeiners Auto sich nicht habe starten lassen, man habe jedoch im Gasthaus in Gleinstätten angerufen, daß der Sohn der Witwe unterwegs sei, um ihn abzuholen.

»Wissen Sie, daß das Brunnenwasser gefroren ist? Wenn Sie Wasser brauchen, müssen Sie zum Nachbarn hinunter, ich habe einen Kanister für Sie in den Vorraum gestellt.«

»Gut. Benachrichtigen Sie doch den Sohn der Witwe, damit er nicht länger auf mich wartet.« Ascher steckte ihm Geld in die Tasche, und Golobitsch tat, als hätte er es nicht bemerkt.

Der alte Nachbar und sein Sohn luden gerade Betonröhren aus. Als sie Ascher kommen sahen, wandten sie ihrer Tätigkeit noch mehr Aufmerksamkeit zu, kaum hatte er sie jedoch angesprochen, setzten sie die Betonröhre ab und gaben ihm Auskunft. Der Alte war mittelgroß, hatte einen Bart und lächelte die meiste Zeit über. Er trug einen grauen Arbeitsmantel und einen schwarzen Hut mit einem breiten grünen Band, der Sohn war kräftig, hatte ein breites, rundes Gesicht und große Hände. Er führte ihn in das Haus, wo er den Kanister füllen durfte. Währenddessen klopfte es an der Tür, und zwei Männer der Freiwilligen Feuerwehr traten ein, um Karten für den Feuerwehrball zu

verkaufen. Der ältere der beiden, ein kleiner Mann mit Zahnlücken, war betrunken, taumelte in der Küche herum und legte die Eintrittskarten auf den Tisch. Er war in Uniform, während der andere, ein dicker, ruhiger Mann, im Overall gekommen war. Er bot Ascher ein Plakat mit großen roten Buchstaben an, und als er ablehnte, kam der Betrunkene, packte ihn an den Mantelaufschlägen und fing an, ihm zu erklären, wie er das Haus des Nachbarn löschen würde. Unten im Graben sei ein Teich, er sei ungefähr zweihundert Meter vom Haus entfernt. Sie würden einen Schlauch in den Graben legen und die Pumpe anschließen. Es komme darauf an, was brenne. Brenne zum Beispiel ein Arbeitsgebäude, so müsse zuerst das Wohnhaus geschützt werden. Man müsse darauf achten, daß nicht auch die übrigen Gebäude Feuer fingen, deshalb sei es das Gescheiteste, das brennende Wirtschaftsgebäude aufzugeben und zu versuchen, die anderen zu retten. Der dicke Feuerwehrmann hatte inzwischen dem Bauern zwei Karten verkauft, auch Ascher nahm ihm eine Karte für den Ball ab, der betrunkene aber wollte auch noch dem Alten zwei verkaufen.
»Die nehmen nichts«, sagte der junge Bauer.
»So?« Und wenn es brenne? Seien sie dann nicht zufrieden, daß es eine Feuerwehr gebe? – Er fuchtelte mit den Händen in der Luft und fragte den Jungen plötzlich, ob er nicht zu Weihnachten einen Fuchs geschossen habe. Er habe davon gehört. Der Bauer verschwand in ein Zimmer und kam mit einem besonders schönen Pelz zurück. Der Länge nach reichte er dem Feuerwehrmann vom Kinn bis zum Boden, der Schwanz war flauschig und groß. Der Feuerwehrmann legte den Pelz um den Hals und spazierte, nun wieder vom Brand zu reden anfangend, in der Küche herum. Inzwischen kam der alte Bauer mit seiner Frau. Die Frau blickte am Feuerwehrmann vorbei und begann eine große weiße Primel in einem Topf zu gießen, die auf dem Fensterbrett stand. »Sie blüht auch im Winter«, sagte die Frau, die bemerkte, daß Ascher sie betrachtete.

Ascher stand mit dem gefüllten Wasserkanister neben dem Herd und nickte. Die Frau setzte sich an den Tisch und fuhr fort, daß der Traktor noch vor der Einfahrt stünde, wie um den Sohn aufzufordern, daß er wieder an die Arbeit ginge. Der betrunkene Feuerwehrmann hatte inzwischen den alten Bauern umarmt, und da der alte Bauer aus der Mehlkammer gekommen war, war seine Uniform von weißem Staub bedeckt. Seine Kappe saß schief auf dem Kopf, und erst nachdem der Junge ihm eine weitere Karte abgekauft hatte, nahm er den Fuchspelz, legte ihn über einen Sessel und verließ mit dem zweiten Feuerwehrmann das Haus. Ascher ging etwas später.

Das Mikroskop stand auf dem Küchentisch. In dem Kistchen fand er auch die gläsernen Plättchen mit den Präparaten, die er, nachdem er ausgepackt hatte, wieder betrachtete, wobei ihm einfiel, daß er in der Stadt die ganze Zeit über nie an sie gedacht hatte. Eigentlich war er nicht bei der Sache. Er schaute sich Froschblut an, Kieselnadeln, Schwämme, Plankton aus dem Meer, Rotalgen, Tang, Moostierchen und Pflanzenteile, aber er spürte, daß sein Interesse daran erlahmt war. Als er nach vielen Jahren die Präparate wieder zum ersten Mal gesehen und sein Wissen wieder aufgefrischt hatte, hatte er auch die alte Neugierde wieder gespürt. Nun aber kam ihm das Betrachten wie ein Abschiednehmen vor. Vielleicht würde sich das Kind einmal dafür interessieren, dachte er. Er steckte die Plättchen in die Kistchen zurück, verschloß sie, deckte das Mikroskop ab und blätterte im Histologischen Atlas. Aber er wollte die Bilder nun nicht mehr losgelöst von anderen sehen. Gerne hätte er jetzt mit jemandem gesprochen. Er überlegte, zum Kaufhaus zu gehen, kam aber davon ab, denn es war schon dunkel, und er war sich nicht sicher, ob überhaupt noch jemand dort sein würde. Er packte die Medikamente und einige seiner Instrumente in den Rucksack. Am nächsten Tag würde er nach Wuggau gehen. Später nach Haslach, nach St. Georgen und nach Tombach. Es kam ihm vor, als müßte er etwas nachholen, was er versäumt hatte. Er fand in der Speisekammer eine angebrochene Flasche Slibowitz, die ihn auf die Idee brachte, Tee zu kochen und mit Schnaps zu trinken. Er goß das heiße Wasser in eine Schale, hängte den Teebeutel ein und wartete, bis das Wasser braun geworden war. Dann vermischte er es mit Zucker, schüttete den Slibowitz hinein und trank.

28

Am Tag sprach er jetzt häufig mit Alten, die in der Küche saßen. Manchmal war eine Küche gleichzeitig das Schlafzimmer (denn die Ehebetten standen in ihr), der Eßraum (mit der Eckbank und dem Tisch), der Raum, in dem auch ferngesehen wurde, und das Badezimmer (dann hing über dem Waschbecken der Spiegel, auf einer Etagere lagen der Rasierpinsel und die Zahncreme).

Einmal holte Zeiner ihn, weil sein Vater am Nachmittag im Bett schlafend vom herabfallenden Ofenrohr an der Stirn getroffen worden war. Als er das Schlafzimmer betrat, roch es nach Kohlendioxyd. Das Fenster war schon geöffnet. Es war ein großer Raum mit einem Bretterboden. Das Ofenrohr hatte man wieder in die Maueröffnung gesteckt, ein Rußfleck war dort an der Wand. Der kleine Mann lag im Bett, auf der Stirn einen blutigen Waschlappen. Ascher behandelte ihn, die Angehörigen standen herum. Er hatte jeden Handgriff gerne gemacht, auch seine Sorge um den kranken Mann war ein angenehmes Gefühl gewesen.

Der Sohn des Wirtes von St. Ulrich war in der Stadt an einem Leistenbruch operiert worden, die Wunde hatte geeitert, so daß man ihm aufgetragen hatte, nach der Entlassung Kamillenbäder zu nehmen. Als Ascher eingetreten war, hatte der Wirt seinen Sohn angewiesen, ihm die Wunde zu zeigen, worauf der Sohn sich entblößt hatte. Dabei war er aber doch aus dem Gastzimmer auf den Gang getreten.

Zuletzt war er in einer Buschenschank von der Besitzerin angesprochen worden, daß sie unter Halsschmerzen und Fieber leide. Als Ascher ihr die Injektion geben wollte, hatte sie ihr Kleid hochgehoben und sich mit einer Hand auf die Tischplatte gestützt. Von den Gästen hatte keiner eine anzügliche Bemerkung gemacht, Ascher hatte den Eindruck gehabt, daß niemand etwas Besonderes daran gefunden hatte.
So waren ein paar Tage vergangen.

29

Tagsüber war alles so nahe gelegen, die Bauernhöfe, die sonst so weit weg wirkten, waren auf einmal klar zu erkennen gewesen, auch jeder Telegrafendraht, jedes Fenster. Am Nachmittag hatte Ascher in der Ferne weiße Schneefahnen gesehen, die von den Wolken bis zu den Bergrücken gereicht und ihn an Windhosen erinnert hatten. Ganz still hatte das Schneegestöber von weitem ausgesehen. Dann war es rasch trübe geworden. Nebelverhangen waren die Berge geworden, nur im Tal unter sich hatte er die Landstraße und einige Häuser im klaren Sonnenlicht gesehen. Endlich hatte es geschneit. Es waren schwere dichte Flokken gewesen, und in die Luft zu schauen, aus der die Flocken gefallen waren, hatte etwas Beruhigendes und Einschläferndes gehabt.
Am nächsten Morgen war es rund um das Haus weiß, helles Sonnenlicht lag auf den Hügeln. Aschers Gehirn begann erst langsam zu funktionieren, und so machte er manche Handgriffe doppelt, erst nach einer kleinen Willensanstrengung war er endgültig wach. Er hatte vor, vom Kaufhaus aus seine Frau anzurufen, dann würde er weitersehen.
Als er das Kaufhaus erreichte, liefen gerade einige Bauern, die er nicht näher kannte, zu ihren Fahrzeugen. Er fragte einen Milchführer, was geschehen sei, und der Mann rief,

daß ein ihm bekannter Kleinbauer, dessen Namen er auf Aschers Frage wiederholte – er hieß Lüscher –, drei Menschen erschossen habe. Er fahre nun nach Oberhaag, um zu sehen, was geschehen sei. »Wollen Sie mitkommen?« fragte er. Ascher stieg auf den Traktoranhänger, hockte sich hin und klammerte sich an die Planken. Der Eishimmel über ihren Köpfen schien das Licht zu reflektieren wie ein großer Spiegel, und auch der Schnee warf es zurück. Im Anhänger befanden sich noch die beiden Milchkannen des Fahrers, Ascher griff sich eine und setzte sich darauf, die andere kollerte herum, so schnell fuhr der Mann. Unter dem hellen Himmel flogen die Kastanienbäume vorbei mit den weißen Stämmen und Ästen, die weißen Telegrafenmaste und die weißvereisten Drähte, und als sie an eine schattige Stelle kamen, wurden die Wolken auf dem Himmel sichtbar. Dann polterten sie über den nicht asphaltierten Teil der Straße, es ging bergab, und erst in der Ebene wurde die Fahrt wieder ruhiger. Aschers Hände waren trotz der Handschuhe – wie auch sein Gesicht – eiskalt geworden. Zunächst fuhren sie durch Unterhaag, dann durch Oberhaag, und Ascher erinnerte sich, daß er in den Dörfern schon gewesen war, als er (nach seiner Ankunft) Zeiner auf der Fasanenjagd begleitet hatte. Die Orte bestanden aus einfachen Häuserzeilen entlang der Bundesstraße, dahinter folgten die Äcker und Wiesen. Von weitem sah Ascher den Kirchturm über den Häusern blitzen. Der Milchführer bog von der Straße ab. Sofort stießen sie auf Gendarmen mit langen Mänteln und umgehängten Maschinenpistolen. Sie gaben ihnen durch Zeichen zu verstehen, daß sie anhalten mußten. Ihre Mäntel reichten ihnen bis zu den Waden, und wenn sie mit jemandem sprachen, geschah es mit lauter, aufgeregter Stimme. Überall warteten Neugierige in Arbeitskleidung mit Mützen und Hüten, zumeist in Gruppen, die Hände eingesteckt und rauchend. Andere lehnten an Traktoren, als richteten sie sich auf eine lange Wartezeit ein. Die Männer und Frauen redeten kaum, manchmal rief

jemand etwas zu einer anderen Gruppe. Der Milchführer bremste, stellte den Traktor am Straßenrand ab und begleitete Ascher zu einem einstöckigen Haus. Ascher fiel auf, daß die Balken geschlossen waren, dadurch erweckte es den Eindruck, von den Bewohnern verlassen zu sein. »Geht nach Hause. Hier gibt es nichts zu sehen«, rief einer der Gendarmen. Niemand beachtete ihn. An einer geschlossenen Gartentür hing ein Schild: Reitschule M. Herbst. Zwei VW-Busse der Gendarmerie parkten im Schnee unter einem Baum.
Eine Menge gelber Spuren führte durch den Hof. Herunten, in der Ebene, war es wärmer als oben auf den Hügeln, der Schnee fiel manchmal platschend von den Zweigen, und vor der Stalltür hatte sich eine große Pfütze gebildet. Hinter der Pfütze unterhielt sich eine Gruppe von Gendarmen. Ascher bemerkte jetzt, daß ihm der Milchführer nicht gefolgt, sondern neben einem Mann draußen vor der Hoftüre stehengeblieben war.
»Sie können hier nicht eintreten«, sagte einer der Gendarmen. Er kam durch die Pfütze auf ihn zu. »Wenn Sie wollen, können Sie auf der Straße warten, hier in den Hof hat niemand Zutritt.« Er war groß und kräftig und hatte eine birnenförmige Nase. Sein Gesicht hatte eine ungesunde Farbe, als habe er die vorangegangene Nacht nicht geschlafen, aber seine Augen waren lebhaft und musterten, ohne daß er es verbergen wollte, Ascher vom Kopf bis zu den Füßen. Ascher nahm den Rucksack herunter.
»Was machen Sie da?« fragte der Gendarm.
Ascher öffnete den Rucksack und zeigte ihm den Inhalt.
»Ich bin Arzt«, sagte er.
Der Gendarm warf einen Blick hinein.
»Wir brauchen keinen Doktor mehr«, sagte er. »Danke.«
»Ich wollte sehen, was vorgefallen ist«, erklärte Ascher rasch, während er den Rucksack wieder zuzog und um die Schultern hängte. Er wußte nicht, ob es richtig war, was er tat, er spürte nur das Bedürfnis, wissen zu wollen, was geschehen war.

»Warum wollen Sie in das Haus?« fragte der Gendarm, »es gibt nichts mehr zu sehen«, er drehte sich nach den anderen Gendarmen um, die noch immer hinter der Pfütze standen und sich unterhielten.

»Warten Sie«, sagte er dann, ging durch die Pfütze zurück und sprach einen Unteroffizier an. Ascher erkannte sein Gesicht, er war dem Mann auf der Hochzeit begegnet, hatte auch ein paar Worte mit ihm gewechselt, ohne daß er ihm näher aufgefallen war. Er war klein und gedrungen, und seine Bewegungen waren so langsam, daß er den Eindruck machte, alles sei ihm gleichgültig. Die anderen Gendarmen steckten die Köpfe zusammen und hörten zu. Ascher erinnerte sich jetzt, wie er auf der Hochzeit getanzt hatte. Er war ein flinker Tänzer gewesen, und bei Tisch hatte er Achtung genossen, denn man hatte ihn, da er nicht sehr gesprächig gewesen war, immer nach seiner Meinung gefragt oder fragend in sein Gesicht geblickt, um zu erfahren, was er dachte. Er schaute zu Ascher herüber. Er trug eine Gendarmenkappe, die mit einer Nylonhaut überzogen war, und einen Gummimantel mit einem Gürtel. Jetzt kam er durch die Pfütze auf ihn zu und sah ihn an. Aus seinem Gesicht war zu lesen, daß ihm Ascher zwar bekannt war, er sich aber anstrengte dahinterzukommen, woher. Dann schien es ihm einzufallen, denn seine Miene entspannte sich, und er warf beim Gehen zwischendurch einen Blick vor seine Füße. Der Gendarm, der ihn geholt hatte, war stehengeblieben und hatte eine Haltung angenommen, als bewache er das Haus. Er hatte jedoch Ascher den Kopf zugedreht.

»Sie wollen das Haus betreten?« fragte der Unteroffizier.

»Ja.«

»Sie sind Arzt? – Der Gendarm hat es mir gesagt. Ich wußte das nicht.« Er machte kehrt und forderte ihn auf, ihm zu folgen. »Sie können nichts mehr tun«, sagte er dabei. Die beiden Gendarmen, die vor der Tür standen, warteten, was weiter geschehen würde.

»Lassen Sie den Doktor hinein«, sagte der Unteroffizier, dann wandte er sich Ascher zu und sagte: »Wenn Sie wieder heraus wollen, müssen Sie klopfen.« Er legte seine Hand an die Schirmmütze, was Ascher, obwohl er wußte, daß er es aus Gewohnheit machte, wohl tat. Die Tür des Hauses war weiß und grün gestrichen. Ascher trat ein. Durch drei kleine Glasscheiben über einer der Türen, die vom Vorzimmer wegführten, sah er Licht, daher öffnete er sie. Ein Wachposten stand direkt vor ihm, seine Gestalt verdeckte den Blick in den Raum (er gab nur die Sicht auf eine zweite Tür, eine Küchenlampe und braune Tapeten frei).

Im Halbdunkel waren seine Augen durch den Schatten seines Mützenschirmes verdeckt. Nachdem er ihn nach seinem Namen gefragt und sich erkundigt hatte, wer er sei, machte er achselzuckend einen Schritt zur Seite. Er hatte ein Gewehr über der Schulter hängen, sah aber nicht so aus, als habe er die Absicht, einmal davon Gebrauch zu machen.

Die Küche, vor der Ascher stand, war nicht besonders groß. Ein Tisch mit einer Plastikplatte war vor eine hölzerne Sitzbank gestellt. Auf der Bank lag ein Mann, sein Kopf war in einen durchsichtigen Nylonsack gehüllt. Dort, wo sich das Gesicht befand, war der Sack blutig. Eigentlich lag der Mann nicht, wie Ascher bei genauerem Hinsehen bemerkte, sondern er saß noch immer, nur war der Oberkörper zur Seite gefallen, der linke Arm hing ausgestreckt bis zum Boden, während der rechte auf der Brust ruhte, so daß einige Finger zu sehen waren. Unter seinem Kopf hatte sich eine große, dunkle Blutlache ausgebreitet, die in eine kleinere, wäßrige überging. Neben der Bank sah Ascher ein Paar Hausschuhe, auf der Tischplatte lag ein Buttermesser zwischen Papierstücken, die aussahen, als hätten Kinder zuvor darauf gezeichnet und sie liegengelassen.

Die Balken waren geschlossen, darum war es so dunkel. Billige, gemusterte Vorhänge waren zur Seite gezogen, auf einer der Fensterbänke stand ein Bügeleisen. Die untere

Hälfte der Fenster war, wie Ascher es oft bei alten Leuten in der Stadt gesehen hatte, mit Stoff bespannt. In der Ecke der Bank bemerkte er einen Haufen Kinderwäsche, ein Hut lag ein Stück weiter weg neben einem Polster. Unter den Tisch war ein Papierstück mit einer Zeichnung gefallen. Ein kleines Kreuz hing an der Wand, darunter ragten Zweige aus einem Glasbehälter. Das Blut war bis zur Tür gespritzt, auf der man noch Tropfen sah.

»Die Frau hat gesagt, daß er hereingekommen ist und das Gewehr in der Hand gehalten hat«, sagte der Gendarm. Er habe ihren Mann am Kopf getroffen. Die beiden Kinder seien mit ihm am Tisch gesessen, die Frau am Herd gestanden und habe Kaffee gekocht. Lüscher, so heiße der Täter, sei geflohen, man vermute über die Grenze nach Jugoslawien.

»Kennen Sie ihn?« fragte Ascher.

»Natürlich«, gab der Gendarm zurück. Er habe den Beinamen der ›Hosenmacher‹ gehabt, weil sein Großvater Trachtenlederhosen verfertigt habe. Er dachte kurz nach. Der Vater habe sich, als er die Einberufung zum ›Hitlermilitär‹, wie er es nannte, erhalten habe, im Brunnen ertränkt. Der Sohn sei als ›Gerechtigkeitsfanatiker‹ bekannt gewesen.

Er hatte sich jetzt endgültig entschlossen, mit Ascher zu reden. Wahrscheinlich war er froh, mit jemandem sprechen zu können. Schon seit wenigstens einer Stunde mußte er hier mit dem Toten in der Küche zusammen gewesen sein und die Möbel und den Erschossenen angeschaut haben. Ascher fragte sich, wie gut er ihn gekannt haben mochte. Er sah jetzt unter der Küchenlampe sein Gesicht. Es war lang und faltig und gebräunt, wie Menschen es haben, die sich lange im Freien aufhalten. Sein Mantel roch nach Mottenkugeln, wahrscheinlich hatte er ihn schon lange nicht mehr getragen.

Lüscher habe mit dem Erschossenen und auch dem Ehepaar, das er zuvor getötet habe, eine Gerichtsverhandlung

geführt, die er verloren habe, sagte er. Er war froh, die Geschichte loszuwerden. Es habe sich um 2800 Schilling gehandelt, und zwar habe Lüscher zusammen mit den anderen eine Reitschule gegründet. Er habe einen Gewinnanteil für jene Pferde erworben, die aus der Zucht zum Verkauf gekommen seien. Wegen einer Streitigkeit sei er jedoch aus dem Geschäft ausgetreten und habe das Geld für seinen Anteil zurückverlangt.
Der Gendarm schob sich die Mütze ein wenig aus dem Gesicht, als sei ihm heiß. Sein Haar über der Stirn war dicht und lang, und er stopfte es sich, indem er die Mütze aufhob, unter die Kopfbedeckung. Dabei warf er, ohne das Erzählen zu unterbrechen, einen Blick auf Ascher, so daß es den Eindruck machte, er sei gerührt. Aber Ascher erkannte, daß es nur eine Gewohnheit von ihm war.
Zusätzlich habe Lüscher die Abgeltung für einen Zaun gewollt, den er zum Teil mit seinem Holz aufgestellt habe, fuhr er fort. Den Anteil habe er zurückerhalten, nicht aber das Geld für den Zaun. Als daraufhin ein Pferd verkauft worden sei, habe er, da er seiner Ansicht nach noch nicht zur Gänze ausbezahlt worden sei, den ihm noch zustehenden Anteil verlangt. Man habe ihm diesen aber verweigert.
»Er ist zum Anwalt gegangen und zur Kammer. Zum Schluß haben ihn die anderen schon ausgelacht«, schloß er.
Ascher schwieg. Sie standen beide vor dem Toten und schauten ihn an. Im Grunde gab es am Tod nichts zu verstehen. Er passiert wie das Selbstverständlichste, und doch war er das Fremdeste und Entfernteste, das er kannte. Wenn er einen Toten sah, fühlte er immer eine Betäubung, die ihn zwar sehen und sich empfinden, jedoch nicht denken ließ. So war es auch jetzt.
Nach einer Weile fuhr der Gendarm fort, daß Lüscher in der Früh bei seinem Nachbarn, einem Jäger, zwei Gewehre gestohlen und hierauf das Ehepaar, dann Herbst erschossen habe. »Mehr weiß ich selber nicht«, sagte er. Ascher hatte ihn noch gefragt, wo sich das Haus des Ehepaares befand,

und der Gendarm hatte es ihm beschrieben, wobei Ascher der Umstand aufgefallen war, daß der Tote im Raum lag, während er sich ausführlich den Weg erklären ließ.
Draußen im Hof wachten noch immer die Gendarmen.
»Alles in Ordnung?« fragte der Unteroffizier ihn von weitem, und als Ascher sich bedankte, nickte er. Vom Stalldach lief Wasser mit lautem Geplätscher in eine Pfütze. Ein Fuhrwerk war in der offenen Scheune untergestellt. Ascher wußte nicht warum, aber er hatte es plötzlich eilig. Er ging rasch, fast lief er. Vor dem Haus sahen ihn die Menschen neugierig und mißtrauisch, wie es ihm vorkam, an. Daraufhin ging er wieder langsamer. Eine Patrouille Gendarmen mit umgehängten Gewehren und zwei beleibte Zöllner mit einem Schäferhund machten sich zum Wald auf, der hinter dem leicht ansteigenden Acker in der Ferne als eine graue Linie zu sehen war.
»Wir durchkämmen den Wald bis zur Grenze. Wenn wir uns beeilen, kriegen wir ihn vielleicht«, hörte er einen der Zöllner sagen. Ein VW-Bus mit Gendarmen fuhr vorbei und beschleunigte die Geschwindigkeit, sobald er die Neugierigen hinter sich gelassen hatte.
Ascher bog zur Bundesstraße ab. Es war noch vor Mittag, aber die Geschäfte hatten die Rolläden heruntergelassen, auch die Rouleaus und Balken der Häuser waren geschlossen. Vor der Tankstelle und dem alten Rüsthaus besprach eine Gruppe von Gendarmen ihren Einsatz, Gendarmeriefahrzeuge waren davor abgestellt. Er bemerkte jetzt, daß die Gendarmerie auch die Ein- und Ausfahrt des Dorfes bewachte. Wahrscheinlich fürchtete man, daß der Mann sich versteckte und vielleicht versuchte, zurückzukommen. Als er sich der Gruppe näherte, hörten die Gendarmen auf zu sprechen und blickten ihn an, dann redete einer weiter, und die anderen kümmerten sich nicht mehr um ihn. Neben dem Rüsthaus befand sich ein Friseurgeschäft, und Ascher fiel auf, daß im ersten Stock die Vorhänge zur Seite gezogen waren und ein glatzköpfiger Mann auf die Straße starrte.

Ascher hob den Kopf, der Mann wich kurz zurück, kam aber wieder ans Fenster und tat so, als schaute er auf die Gruppe Gendarmen. Auf beiden Seiten der Straße bemerkte er Gasthäuser, eines war besonders groß, vermutlich mit einem Saal, der sich bis weit hinter die Straße erstreckte. Dann sah er ein dreieckiges, neugebautes Kriegerdenkmal. Vor dem kleinen Gasthaus sprachen ihn zwei Männer mit blauen Schürzen und Hüten an, ob er von der Kriminalpolizei sei. Als er verneinte, wollten sie nichts mehr mit ihm zu tun haben. Er ging an abgestellten Autobussen ohne Nummerntafeln und einem Schulbus vorbei. Im Haus des Frächters befand sich eine Schneiderei, aber auch dort waren die Rolläden geschlossen. Hinter dem Frächter folgte ein weißgestrichener, kleiner Hof, der von Menschen und Gendarmen umstellt war. Also war er richtig gegangen. Während in dem einen Hof alles abgesperrt gewesen war, hatte Ascher hier den Eindruck von Unordnung. Die Fahrzeuge standen kreuz und quer herum, die Gendarmen riefen sich Anweisungen zu, Ascher verstand so viel, daß man eine Seite des Waldes umstellen wollte und sich zum Aufbruch fertigmachte. Der Hof war groß und nicht umzäunt, so daß er frei zutreten konnte. Die Menschen verhielten sich wie die anderen vorhin. Einige warteten vor einem Schuppen mit Brennholz, an dem eine Vogelscheuche lehnte. Die Gebäude sahen schäbig aus. Da und dort fehlte der Verputz, ein Stück weiter weg pickte eine Schar Hühner Maiskörner vom Boden auf. Aber der Hof machte doch den Eindruck von Größe. Aus einem Stall hörte er eine Kuh, Ketten rasselten, und die Tiere stießen dumpf gegen die hölzerne Krippe. Kaum war Ascher an einem Wirtschaftsgebäude vorübergegangen, versperrte ihm einer der Gendarmen den Weg.

»Suchen Sie etwas?« fuhr er ihn an. Sein Gesicht war voller Abwehr und verhaltener Wut. Wahrscheinlich haßte er die Neugierigen. Er haßte jeden einzelnen, denn Ascher hatte zuvor gesehen, wie er sie ein Stück weitergeschubst

und angeschrien hatte. Sein Stahlhelm war verrutscht, obwohl er mit einem Lederband um das Kinn festgeschnallt war.
Ascher antwortete, er habe gehört, daß jemand erschossen worden sei, darum sei er hierher gekommen, er sei Arzt.
»Sind Sie der neue Arzt von Arnfels?« fragte der Gendarm mißtrauisch und noch immer mit lauter Stimme.
Ascher verneinte.
»Wir kennen Sie aber nicht«, sagte er daraufhin.
»Wenn Sie wollen, können Sie in meinen Rucksack schauen.«
Der Gendarm warf einen oberflächlichen Blick in den Rucksack und schüttelte den Kopf. Dann bedeutete er mit einer Handbewegung, daß Ascher verschwinden möge. In diesem Augenblick rückten die anderen Gendarmen ab, sprangen in die Fahrzeuge, rafften ihre Mäntel über den Knien zusammen und ließen sich mit starren Gesichtern wegfahren.
Ascher holte den Ausweis aus der Jacke, die er unter dem Mantel trug, und hielt ihn dem Gendarmen hin. Als ob er durch die Abfahrt seiner Kameraden unsicher geworden sei, stutzte er einen Moment und sagte herablassend: »Also gut, gehen Sie hinein, aber beeilen Sie sich.«
Der Hof sah von innen noch ungepflegter aus. In der Tenne erblickte er ein Fahrrad ohne Räder. Fuhrwerkteile waren auf einen Haufen zusammengeworfen, der hölzerne Brunnen war vermorscht, und der Pumpenhebel fehlte. Aber im Viehstall mußten mindestens fünfzig Stück Vieh stehen, dann gab es noch einen Schweinestall, und ein Traktor war in der Tenne abgestellt, während ein anderer mitten im Hof stand, als sei er die Ursache der Ereignisse. Dahinter lag eine Frau mit seltsam verrenkten Gliedmaßen auf dem tauenden Schnee. Sie war in Strümpfen, die Schuhe hatte sie verloren. Ascher sah ein Stück weiter weg einen Korb mit Heu, der wie zufällig hingeworfen wirkte. Er konnte das Gesicht der Frau nicht erkennen, denn es war der Erde zugewandt, und ein nervöser Gendarm ging in einem

fort um sie herum, während eine ältere Frau und ein alter Mann weinend vor dem Traktor standen. Die Frau hielt sich ein Taschentuch vor das Gesicht. Sie und der Mann blickten nicht auf, beachteten Ascher auch nicht, sondern schauten sich gegenseitig auf die Brust, der Mann mit gefalteten Händen. Zwischendurch beugten sie sich über die Tote, die ein schwarzes Kopftuch, eine Schürze und ein blaues Kleid trug. Ihre Handflächen waren nach oben gedreht, wodurch sie für Ascher noch hilfloser aussah. Das Blut hatte im Schnee einen dunklen Fleck hinterlassen. »Der Mann liegt im Keller«, sagte der Gendarm, der sich inzwischen wieder beruhigt hatte und Ascher, ohne daß dieser es bemerkt hatte, gefolgt war. »Sind Sie Journalist?« fragte er mißtrauisch. Ascher verneinte. »Gut«, sagte der Gendarm. »Journalisten haben keinen Zutritt.« Er schien sogar ein wenig stolz zu sein über das, was vorgefallen war. »Wir wissen noch nicht genau, wie es vor sich gegangen ist«, sagte er. »Entweder hat er zuerst den Mann im Keller erschossen und dann die Frau oder umgekehrt. Die einen glauben, er hat die Frau« – er wartete, bis Ascher einen Blick auf die Tote warf – »über den Hof gehen sehen und gleich geschossen, die anderen, daß er den Mann im Weinkeller erschossen hat« – jetzt wies er auf den Weinkeller – »und daß die Frau durch den Schuß herbeigeeilt ist und ihn hat aufhalten wollen. Wahrscheinlich trifft das zweite zu. Denn warum hat er nicht auch dem anderen seine Frau und die Kinder erschossen?«
»Kommen Sie«, sagte er nach einer Pause, in der er Ascher aufgefordert hatte, wieder die Tote anzusehen. Er ging mit schweren Schritten voraus, an der Toten vorbei, ohne sie zu beachten.
Vor das Gebäude war Schatten gefallen, der Schnee schmolz dort noch nicht. Jetzt bemerkte Ascher, daß die Balken noch geöffnet waren, das sah freundlich aus. Wahrscheinlich aber, dachte er, gab es hier niemanden, der sich versteckte. Der Keller war von einer Glühbirne beleuchtet. Ascher mußte

hinter dem Gendarmen zwei Stufen hinuntersteigen, dann stand er in dem kleinen, weißgekalkten Raum. Vor ihnen auf dem Boden lag ein Mann auf dem Rücken. Er trug Gummistiefel, eine blaue Latzhose, einen Pullover und eine blaue Arbeitsjacke. Man hatte ihn offensichtlich ein kleines Stück zur Seite gedreht, denn neben ihm auf dem Beton des Kellerbodens waren mit Kreide die Umrisse der Beine und Füße und eines Armes gezeichnet. Das gab ihm etwas puppenhaft Unwirkliches. Vom Eingang aus konnte Ascher nur etwas Blut auf der Wand erkennen und ein kleines Loch, das mit Bleistift umrandet war, wahrscheinlich war es der Einschuß. Der Gendarm war seinem Blick gefolgt und sagte: »Hier ist das Geschoß wieder aus dem Körper ausgetreten und im Verputz steckengeblieben.« Die rechte Seite war durch hohe Weinfässer verdeckt, davor waren ein paar große, fünf oder zehn Liter fassende, gefüllte Weinflaschen abgestellt. An der Hinterwand führten eiserne Leitungen zu einer Pumpe, auf den Leitungen waren Wasserhähne und Armaturen angebracht, an einigen Stellen waren sie mit Schläuchen verbunden. Darüber hingen gläserne Weinheber und eine Flasche mit einem gläsernen Ansaugstutzen sowie ein Brett mit Holzstiften, wahrscheinlich zum Gläsertrocknen. Wieder betrachtete Ascher alles mit großer Aufmerksamkeit.
Über Lüscher fing der Gendarm inzwischen folgendes zu erzählen an: (Diesmal wies er im Kellerraum auf die Schauplätze, von denen er gerade sprach.) Lüscher sei vierzig Jahre verheiratet und Vater von drei Kindern. Vor einigen Jahren hätten vier Landwirte einen Reitstall gegründet. Sie seien ungefähr gleich alt gewesen, hätten alle zwei oder drei Kinder gehabt. Lüscher habe als einziger keine Funktion im Verein gehabt: Herbst sei Obmann gewesen, Egger, so heiße der Tote, der Stellvertreter und das dritte Gründungsmitglied Kassierer. Dieser sei übrigens inzwischen mit der Frau und den Kindern geflohen und komme erst zurück, wenn Lüscher gefaßt sei. Als Lü-

scher nach einem Streit sein Pferd verkauft habe, habe er dennoch im Reitklub weitergearbeitet. Vor kurzer Zeit habe er jedoch sein Geld zurückhaben wollen und durch einen Anwalt eine Klage eingereicht. Doch der Prozeß sei für ihn schlecht ausgegangen. Er habe keine Entschädigung für den neuen Zaun an der Pferdekoppel, den er mitfinanziert habe, sowie für die von ihm im Stall geleistete Arbeit erhalten.
Er zuckte die Schultern und zog die Mundwinkel nach unten, so als wollte er zugleich seine Verachtung ausdrücken und zeigen, daß er nichts damit zu tun hatte. Dann dachte er nach. Er sprach hierauf vorsichtig, Ascher hatte den Eindruck, daß er bemüht war, die Wahrheit zu sagen. Vielleicht würde er vor Gericht so sprechen, wenn von seiner Aussage etwas abhing. Allgemein sei man der Meinung gewesen, daß Lüscher von seinen Kompagnons finanziell übervorteilt worden sei, sagte er stockend. Lüscher habe den Prozeßausgang nicht überwunden. Er sei ein rechts- und ordnungsgläubiger Mensch. Wieder machte er eine Pause. In einem gewissen Sinne habe er sogar ein vorbildliches Leben geführt, fuhr er nachdenklich fort. Deshalb habe man sich auch über den Prozeßausgang lustig gemacht, denn es sei doch ein Zufall gewesen, daß ausgerechnet er einen Prozeß, den er im Glauben an das Recht angestrengt, verloren habe.
Er schien wie aus einem Traum aufzuwachen, plötzlich begann er seinen Kopf ablehnend hin und her zu bewegen. Ascher spürte einen kalten Luftzug im Rücken, während er dem Gendarmen, der nun offensichtlich froh war, daß er in Ascher einen Fremden vorfand, dem er die Verhältnisse erklären konnte, zuhörte. Andererseits sei die Summe, um die es gegangen sei, nicht so groß gewesen, daß man sich hätte darüber derart empören können, sagte er mit Verachtung. Über den ›Tathergang‹, wie er es nannte, wisse er so viel, daß Lüscher in den Früh mit seiner Familie neuerlich über den Reitklub und den verlorenen Prozeß diskutiert habe. Dabei habe er plötzlich Nasenbluten

bekommen. Er habe seine Kinder, die gerade zur Schule aufgebrochen seien, angeschrien, er vertrage kein Unrecht, und sie sollten achtgeben, daß sie nicht ›hineingelegt würden‹. Das habe seine Frau ausgesagt. Hierauf habe er ein Transistorradio zertrümmert und sei zum Nachbarn gelaufen. Dort seien nur dessen Frau und die Schwiegertochter anwesend gewesen, der Nachbar selbst, ein Jäger, sei im Revier gewesen. Der Mann habe zwei Gewehre verlangt und die Frauen in ein Zimmer gedrängt. Dann habe er die Gewehre an sich genommen und sei davongestürzt. »Was jetzt gefolgt ist, ist das Traurigste von allem«, sagte der Gendarm. Er machte einen Schritt auf den Toten zu und blickte abwechselnd ihn und Ascher an. Lüscher habe die Frauen zwar eingesperrt, sie hätten sich aber befreien können und den Bürgermeister und die Gendarmerie angerufen, jedoch niemanden erreicht, fuhr er fort. Die zwei Gendarmen (Freunde von ihm) hätten gerade einen Verkehrsunfall erhoben. Lüscher sei mit den Gewehren inzwischen zum Haus der Familie Egger geeilt, habe die Frau und den Mann erschossen und sei dann über die Bundesstraße gelaufen. Dort seien ihm die beiden Gendarmen entgegengekommen. Sie hätten schon vom Diebstahl der Jagdgewehre gewußt, denn die Gattin des Jägers sei ihnen entgegengelaufen, um Anzeige wegen des Gewehrraubes zu erstatten. Nichtahnend, was inzwischen vorgefallen sei, seien sie aus dem Wagen gesprungen, Lüscher habe sie jedoch sofort bedroht. Sie hätten seine Bedrohung ernst genommen, denn er sei außer sich gewesen, auch sei das Gesicht vom Nasenblut verschmiert gewesen. Nachdem sie hinter ihrem Auto Deckung gesucht hätten, habe sich Lüscher Schritt für Schritt zurückgezogen. Als er um eine Ecke gebogen war, seien sie gelaufen, um die Dienstpistolen zu holen. Sie seien nämlich beide unbewaffnet gewesen. Inzwischen habe Lüscher Herbst erschossen. »Der Rest wird sich herausstellen«, schloß er.
Der Schuß hatte den Mann in die Brust getroffen und ein

Loch in der Kleidung hinterlassen, das Gesicht aber sah aus wie im Schlaf. Der Körper war vor einem Tisch ausgestreckt, auf dem Flaschen, umgestellte Trichter, ein Karton mit Korken und Werkzeugen sowie eine Zange und ein Franzose lagen. Auch Wassergläser, Fetzen und eine Kerze fielen Ascher auf. Alles war so unordentlich, daß es wie aus einem Bewegungsprozeß gerissen und augenblicklich erstarrt zu sein schien. Er bemerkte nun erst, daß er auf einem Gummischlauch stand und stieg herunter. Beim Hinausgehen trafen sie auf den Bestatter aus Maltschach. Zwei Taubstumme zogen gerade einen Sarg aus dem Wagen und trugen ihn zum Weinkeller. Die beiden Alten im Hof folgten ihnen, auch der Bestatter. Er grüßte Ascher mit einem kurzen Kopfnicken. Ein Polizist in Mantel und Hut begleitete ihn. Die Taubstummen machten abwesende Gesichter, einer von ihnen, den der Bestatter von der Anstalt Feldhof als Arbeitskraft aufgenommen hatte, grüßte jeden freundlich lächelnd, setzte aber dann ohne Übergang wieder ein ernstes Gesicht auf. Als der Vordermann Mühe hatte, den Sarg die zwei Stufen hinunterzutragen, strahlte er und schaute auf die anderen, in Erwartung, daß sie ebenfalls lachen würden. Draußen im Hof war die Frau schon weggetragen worden. Nur noch einen Blutfleck konnte man im Schnee sehen, und dort, wo die Frau gelegen war, war der Schnee geschmolzen, so daß man ihren Abdruck erkannte.
Ascher ging an einem abgedeckten alten Haus vorbei zur Schule. An das alte, gelbe Gebäude mit einer eisernen Wetterfahne schloß ein neues an. ›Kaiser-Franz-Joseph-Schule‹ las er auf dem Gebäude von weitem. Ein Zaun umgab einen menschenleeren Hof mit Bäumen und Kieselsteinen. Nur vor dem Gebäude parkte auf dem Gehsteig ein großer Autobus. Zwei Gendarmen standen dort. Als Ascher näher kam, hörte er Schulkinder aus dem Gebäude singen. Er wurde von einem Mann angesprochen, den er nicht sogleich wiedererkannte. Es war der Mann, den er bei der Aufbahrung gesehen hatte.

Ascher bemerkte, daß er betrunken war.
»Sie lassen die Kinder erst heraus, wenn die Wege abgesichert sind«, sagte er ohne Umschweife. »Eventuell kommt er zurück und nimmt ein Kind als Geisel.« Er blickte Ascher schläfrig an. Wahrscheinlich hatte er die Toten schon gesehen. Ascher wollte ihn nicht danach fragen. Er hatte auch keine Lust, mit ihm darüber zu reden, und so nickte er nur.
»Sie können mit den Kindern jetzt herauskommen«, rief einer der Gendarmen. Daraufhin hörte der Gesang auf. Der Mann erklärte ihm, daß das alte Gebäude die Sonderschule, das neue die Volksschule sei, gab ihm die Hand und sagte: »Ich muß jetzt fahren, auf Wiedersehen.« Der Chauffeur warf den Motor an, wendete und öffnete die Tür. Dann liefen die Kinder in Zweierreihen aus der Schule, und zwei junge Lehrerinnen, eine in einem Trainingsanzug, achteten darauf, daß sie Ordnung hielten. Alles ging sehr rasch. »Es ist der letzte Bus«, sagte einer der Gendarmen. Der andere hatte es nicht gehört. Er hielt das Gewehr in den Händen und schaute sich um. Ascher sah nun auch den Direktor am Schultor, einen kleinen Mann, der sich überzeugte, daß keine Pannen entstünden. Er hielt die Arme hinter dem Rücken verschränkt und spazierte, die Kinder nicht aus den Augen lassend, unruhig auf und ab. Als die Kinder im Bus saßen, stiegen die Gendarmen zu, einer setzte sich neben den Fahrer, und der Mann, der mit ihm gesprochen hatte, nahm zwischen den Kindern Platz, winkte heraus und der Bus fuhr davon. Die Kinder hatten nicht ängstlich gewirkt. Vermutlich hatte sich nur die Aufregung der Erwachsenen auf sie übertragen, ohne daß sie eine wirkliche Gefahr begriffen. Die Lehrerin und der Direktor waren wieder in der Schule verschwunden, das große Schultor war geschlossen. Eine Weile vernahm Ascher nur das Brummen des Busses, sonst war es still. Er ging zurück zur Bundesstraße, auf der er niemandem mehr begegnete. Zuerst kam er an der Kirche vorbei, dann an den beiden Gasthäusern. An einer Tür hing ein Schild: Geschlossen! – Er hob den Kopf, aber auch im

ersten Stockwerk ließ sich niemand blicken. Die Tankstelle hinter dem Rüsthaus war außer Betrieb, die Zapfsäulen waren versperrt, in der Auslage des Häuschens türmten sich gelbe Dosen mit Motoröl. Ein Stück weiter, gegenüber dem Raiffeisenkassengebäude, befand sich der Friedhof, dahinter das Gemeindegebäude. Im Friedhof waren die Gräber und Wege verschneit, die Grabsteine ragten mit dünnen Schneekapuzen aus dem Weiß. Er hörte in der Ferne das Geräusch eines Hubschraubers, und als er danach ausschaute, sah er ihn tatsächlich über der grauen Linie des Waldes verschwinden. Dahinter lag Jugoslawien. Die Gendarmen durchkämmten mit den Hunden dort das Waldstück, es mußten etwa vierzig sein, wenn er richtig geschätzt hatte. Als er die Raiffeisenkasse erreichte, fiel polternd Schnee vom Dach des Gemeindeamtes auf die Straße. Die Bäume auf den Äckern waren nun nicht mehr verschneit, sondern standen schwarz wie Buchstaben auf Papier in der Landschaft. Hinter den Häusern floß die Saggau im verschneiten Graben. Weiter hinten auf den flachen Feldern konnte er einen großen Erdhaufen, der von Schnee bedeckt war, und einen Bagger zum Ausheben des Flusses erkennen. So weit waren die Arbeiter beim Flußregulieren im Herbst gekommen. Die Gendarmen waren nun fast alle aufgebrochen, die letzten hielten sich vermutlich in den Häusern auf, in denen die Verbrechen geschehen waren. Er stieg die Treppe, die zum Gasthaus führte, hinauf. Sofort, als er geklopft hatte, fragte eine laute Stimme von innen, wer er sei und was er wolle. Ein großes, rundes blaues Leuchtschild, das an einer Stahlstange befestigt war, machte in altmodischer Schrift Reklame für ›Puntigamer Bier‹. Ascher antwortete, er wolle etwas trinken und sich ausruhen.
Die Tür wurde daraufhin geöffnet und hinter ihm versperrt.
»Wir müssen vorsichtig sein«, sagte ein dunkelhaariger, großer und kräftiger Mann in einem Pullover. »Wir haben uns erst überzeugt, daß Sie allein sind.«

Er hatte ein rotes Gesicht und kleine Augen, aber seine Ohren waren so groß und fleischig, daß sie Ascher als erstes aufgefallen waren. Die Haare waren glatt nach hinten frisiert, ein Hemdkragen hing aus dem Pullover.
»Im Augenblick müssen wir mit allem rechnen«, sagte er.
Ascher nahm im beleuchteten Gastraum Platz. Da die Balken geschlossen waren, kam es ihm wie am Abend vor. Gelbe Bürostühle standen um Tische mit Plastikplatten und großen Aschenbechern. An einem der Tische saßen ein paar Männer, neben der Tür lag ein Gewehr mit einem Zielfernrohr. Ascher schaute dem Wirt zu, wie er an der Theke, die von einer Neonröhre angestrahlt wurde, Wein einschenkte.
»Möglicherweise hat er die Tollwut«, sagte einer der Männer. »Es könnte sein, daß er sie hat, ohne daß man es weiß. Wenn er vor der Tür steht, ist es besser, eine Waffe griffbereit zu haben.« Der Wirt servierte die Gläser und fragte Ascher nach seinem Wunsch. Er brachte das Bier für ihn jedoch an den Tisch, um den die anderen saßen. »Setzen Sie sich zu uns«, sagte er. Inzwischen hatten die Männer weiter über die Tollwut gesprochen. Ascher wechselte den Platz. Von den Männern kannte er niemanden. Sie waren zwischen vierzig und fünfzig Jahre alt, und da es Winter war, hatten sie Zeit, den Fall zu besprechen. Außerdem, so entnahm Ascher ihren Gesprächen, war auf jedem ihrer Höfe ein Sohn oder Bruder oder Vater zu Hause, so daß die Frauen nicht allein waren. Aber sie hatten trotzdem keine Ruhe, länger sitzenzubleiben. Einer von ihnen erzählte, daß Lüscher, bevor er den ersten erschossen hatte, einem Landwirt begegnet sei, der in der Nähe des Gasthauses wohnte. Er habe Lüscher nach der Ursache seines blutigen Gesichts gefragt, daraufhin habe er ihn mit dem Gewehr bedroht und ihm befohlen, im Haus zu verschwinden. Der Landwirt habe den Anordnungen gehorcht und sich sofort zurückgezogen. Als er sich wieder aus dem Haus getraut habe, sei das Verbrechen schon ge-

schehen gewesen. Wenig später habe sich ein anderer Landwirt namens Schwarz, dem Lüscher begegnet sei, erkundigt, was er mit den Gewehren vorhabe. Lüscher habe geantwortet, er würde Egger erschießen. Weil er tatsächlich entschlossen in die Richtung gegangen sei, in der sich Eggers Hof befunden habe, und weil Schwarz überdies gewußt habe, daß Egger im Prozeß um das Reitpferd für Herbst Partei ergriffen habe, habe er sich überlegt, was er tun solle. Egger warnen? Die Gendarmerie verständigen? Er habe über kein Telefon verfügt, darum habe er nicht sofort gehandelt. Als er sich entschieden hätte, Egger zu warnen, sei es schon zu spät gewesen. Ein anderer erzählte, daß Schwarz etwas später als die beiden Gendarmen zum Hof gekommen sei. Einer der Gendarmen hätte gerade den Hof gestürmt und die Leichen gefunden. Als dieser Gendarm einen Warnschuß abgegeben habe, denn er hätte Lüscher noch im Haus vermutet, sei Schwarz dem zweiten Gendarmen begegnet und habe ihm von Lüschers Drohung berichtet. Der Gendarm sei noch im Auto gesessen, ihm sei wegen einer Herzschwäche übel gewesen. Dann erzählte der Wirt, daß Lüscher nach dem zweiten Mord zwei weiteren Ortsbewohnern begegnet sei, die wegen seiner Drohung das letzte Vereinsmitglied telefonisch gewarnt hätten, damit es mit seiner Familie habe fliehen können. Die Meinung ging auseinander, ob Lüscher nur die Männer habe töten oder die Familien ausrotten wollen. Schließlich habe er ja auch die Frau des einen erschossen, während er die kleinen Kinder und die Frau des anderen verschont hätte. Jemand wußte als Einwand, daß Herbsts Frau, als Lüscher ihren Mann erschossen habe, in Ohnmacht gefallen sei. Das habe ein Gendarm zu berichten gewußt. Ascher trank das Bier und hörte zu. Das Bier war eiskalt und schmeckte ihm. Die Meinung ging gerade auseinander, zu welchem Zeitpunkt Lüscher den Gendarmen begegnet war: Bevor Lüscher Egger und seine Frau erschossen habe? Nachher? – Es klopfte, worauf die Gespräche abbrachen und der Wirt

das Gewehr, das neben der versperrten Eingangstür lag, in die Hand nahm. Es war jedoch der Bestatter aus Maltschach, der seinen Wagen auftanken wollte. Die Tankstelle und das Kaufhaus wurden beide vom Wirt betrieben. Sie waren versperrt gewesen, deshalb hatte der Bestatter im Gasthaus geklopft. Er machte auf Ascher einen furchtlosen Eindruck. Eine Locke war in seine Stirn gefallen, seine Krawatte war verrutscht, der Mantel geöffnet. »Ich habe gehört, Sie sind Arzt«, sagte er, als er Ascher erblickte. Er kniff dabei die Augenbrauen zusammen, und sein Gesicht wurde ausdruckslos. Ohne ihn anzusehen, fragte er ihn, ob er mit ihm kommen wolle. Die ganze Sache, betonte er, sei für einen Arzt ›von Interesse‹, er könne sich vorstellen, daß er ›eine derartige Angelegenheit‹ nicht oft ›zu Gesicht bekomme‹. Das sagte er eher in einem vorwurfsvollen als wichtigen Tonfall, wenngleich Ascher auch diesen heraushörte. Ascher stand auf und wollte bezahlen, aber der Wirt wehrte ab. »Lassen Sie es heute«, widersprach er. Sie gingen zur Tankstelle, und Ascher setzte sich zum Bestatter in den schwarzen Wagen. Beim Auftanken fuhr der Bestatter – nicht ohne Stolz, wie es Ascher vorkam – fort, daß die Kriminalpolizei, die Gendarmen, Journalisten und ein Gerichtsmediziner auf seinem Hof seien, um die Untersuchung der Opfer abzuwarten. »Ich habe alle gekannt«, sagte er, bevor er noch einmal ausstieg und bezahlte. Ascher blieb neben dem verwaisten Lenkrad sitzen und wartete, bis der Bestatter zurückkam. Er hatte jetzt Lust, im Freien herumzuspazieren, der schmelzende Schnee hatte etwas von Frühling, und die Luft war warm.
Der Bestatter setzte sich wieder in den Wagen, und sie fuhren durch das menschenleere Dorf in Richtung Arnfels. Unterwegs begegneten sie Fahrzeugen mit Neugierigen, die vom Verbrechen gehört hatten und den Schauplatz mit eigenen Augen sehen wollten. Einmal wurden sie von einem Gendarmerieposten aufgehalten. Der Wagen war überheizt, so daß es ihm angenehm war, als der Bestatter das Fenster

hinunterkurbeln und seine Papiere durchreichen mußte. Die Sonne schien noch immer, und Ascher kam es immer unsinniger vor, in einem Auto zu sitzen und unbekannte Tote anzusehen. Als sie von der Straße zum Haus des Bestatters abbogen, war der Hof voller Fahrzeuge und Menschen. Einige standen auf der Verladerampe und blickten zum Büro des Bestatters, ein paar lachten gerade über irgendeine Bemerkung. Sie machten, ohne sich nach dem Auto umzudrehen, Platz. Die meisten waren aus der Stadt, und Ascher kamen sie in ihren Mänteln und Hüten und feinen Schuhen wie verkleidet vor. Er mußte dagegen ankämpfen, sie nicht lächerlich zu finden und zu verachten. Sie fuhren langsam bis zum Lebensmittelgeschäft, hielten und stiegen aus. Der Bestatter, der – wie er Ascher erzählt hatte – den Auftrag übernommen hatte, die Särge auszusuchen, denn das Begräbnis würde von der Gemeinde bezahlt, eilte ihm voraus zum Eingang eines der Gebäude. Er war zuvor kurz im Lebensmittelgeschäft verschwunden und gleich darauf mit einer Käsesemmel wieder herausgekommen, die er aß. Er entschuldigte sich dafür bei Ascher, durch den ›Vorfall‹, wie er es nannte, sei sein gesamter Tagesablauf durcheinandergekommen. Ascher antwortete, daß er das verstünde.

Er führte Ascher zuerst durch einen kleinen Raum mit einer Steinbank, einem Waschbecken und einem Handtuch, das vergessen an einem Nagel hing. Hier habe er sich früher auf eine Bestattung vorbereitet, sagte der Mann, auch Einkleidungen vorgenommen. Er hob eine Zeltplane in die Höhe und ließ Ascher einen Blick auf das werfen, was darunter verborgen war. Es handelte sich um eine schwarze Kutsche mit einem gläsernen Sargbehälter; anstelle eines Sarges waren jedoch eine schwarze Uniform und ein Federhut im Wagen. Kaum hatte Ascher einen Blick auf die Kutsche geworfen, als der Bestatter die Zeltplane wieder fallen ließ und ihm vorauslief. Über eine Holztreppe kletterten sie auf einen winkeligen Dachboden, wo verschiedene Särge an der Wand aufgestellt waren.

Zuerst kleinere, mit Silberpapier überzogen, wobei jeder folgende um ein Stück größer als der vorhergehende war, dann große Holzsärge, ein amerikanischer Plastiksarg und schließlich der ›Patentsarg‹ des Bestatters, den er ihm hastig erklärte. Er beabsichtigte damit, die Verwesung hinauszuzögern, führte er aus und sei sicher, daß sich sein Patent eines Tages durchsetzen werde. Er war unentschlossen, welches der Modelle er verwenden sollte. Schließlich entschied er sich für eines mit gelben Brettern und Zierleisten, machte kehrt und stürzte über den Hof in sein Büro. Einmal drehte er sich um und wartete, bis Ascher ihm durch die Menschen gefolgt war, dann beeilte er sich wiederum so, daß er schon an seinem Schreibtisch saß, als Ascher eintrat. »Das ist mein Sohn«, sagte der Bestatter und wies mit der Hand auf einen lächelnden großen Mann, der in der Tür zur Tischlerei stand. Dort waren Särge in den verschiedensten Fertigzuständen aufgestapelt, ein Hobel lag auf einem Haufen Zierleisten.

»Ich habe die Tischler nach Hause geschickt, heute ist es unmöglich zu arbeiten«, sagte der Sohn. Er öffnete die nächste Tür, hinter der sich in einem Flur neben einem Bestattungswagen eine Schar von Männern unterhielt. Einer von ihnen, flüsterte ihm der Bestatter zu, war der Bürgermeister. Er sagte gerade zu einem Kriminalbeamten, Lüscher habe sich nach dem verlorenen Prozeß vor vierzehn Tagen bei ihm über Egger und Herbst und das dritte Vereinsmitglied beschwert, er habe dem aber keine Bedeutung beigemessen, da Lüscher ein fleißiger und ›ordentlicher‹ Mann gewesen sei. Bei der Bevölkerung sei er nicht unbeliebt gewesen. In seiner Jugend habe man ihm den Selbstmord seines Vaters vorgehalten, doch habe er wegen seines soliden Lebenswandels Ansehen bei den Dorfbewohnern genossen. Er habe allerdings immer Ungerechtigkeiten in sich hineingefressen und sich Dinge, über die andere mit einem Scherz hinweggegangen seien, sehr zu Herzen genommen. Der Bürgermeister war groß und kräftig und

leicht gebückt. Er hatte volles, graues Haar und helle Augen, und sein sorgenvoller Blick ruhte auf Ascher und dem Sohn des Bestatters, während er sprach. Es war jedoch kein prüfender Blick. Ascher hatte das Gefühl, daß es ihm recht war, andere Menschen als Zuhörer zu haben, um sich durch die Ereignisse nicht zu falschen oder übertriebenen Behauptungen hinreißen zu lassen. Die Kriminalbeamten, die neben ihm standen, rauchten und nickten. Dann fragte ein mittelgroßer, glatzköpfiger Mann mit einem großen Siegelring, ob er annehmen könne, daß Lüscher sich selbst töten würde. »Es könnte ja sein, daß ihm klar wird, was er angestellt hat«, sagte er.
Der Bürgermeister zuckte mit den Achseln.
»Ich meine, es ist unwahrscheinlich, daß er entkommen kann«, fragte der Polizist weiter.
»Das weiß ich nicht«, sagte der Bürgermeister. »Das ist Angelegenheit der Gendarmerie.« Er machte einen verbindlichen, aber niedergeschlagenen Eindruck. Natürlich wollte er sich nun bewähren und zeigen, daß er Herr der Lage war, aber Ascher sah, daß ihn die Plötzlichkeit des Ereignisses und auch das Ausmaß des Verbrechens beeindruckten. So hatte er das Gefühl, daß es dem Bürgermeister wohltat, wenn ihn jemand grüßte oder ihm zu verstehen gab, daß er um sein Amt nicht zu beneiden sei. Ascher ging ein paar Schritte bis zur Tür und blickte in einen verfliesten Raum, der grell beleuchtet war. Auf einem eisernen Tisch lag der Körper eines Mannes. Ein dicker Arzt mit randloser Brille wusch sich gerade die Hände. Zwei Männer in Mänteln und Pelzschuhen, die streng auf Ascher blickten, kamen auf ihn zu und fragten ihn, was er suchte. Ascher entschuldigte sich.
»Es gibt nichts zu entschuldigen«, unterbrach ihn einer der Männer und schloß die Tür. Etwas von trauriger Verachtung lag in seiner Stimme.
»Wollen Sie nicht an der Obduktion teilnehmen?« fragte der Bestatter im selben Augenblick. »Ich kann mit dem Ge-

richtsarzt sprechen. Er wird froh sein, wenn Sie ihm helfen.«
Ascher wehrte ab, merkte aber, daß der Bestatter enttäuscht war. Er trug noch immer den offenen Mantel, ein Krümel von der Käsesemmel klebte in seinem Lippenbart.
»Ich würde es mir nicht entgehen lassen«, sagte er. Der Sohn hatte sich inzwischen in den verfliesten Raum begeben, und der Bestatter folgte ihm, nachdem er an Ascher keinen Hinweis auf ein Zögern entdeckt hatte.

Die Menschen vor dem Büro wirkten ziellos und als warteten sie auf eine Auskunft, die ihnen alles erklären würde. Unter den Arkaden lag noch immer das Gerümpel, auch der Botanische Garten hatte sich kaum verändert. Die Äste der Trauerweide glänzten vor Feuchtigkeit. Ascher ging bis zur Straße. Nach einer Weile wurde er müde und hielt einen Lastwagen auf, der Kohlen transportierte und ihn bis Oberhaag brachte. Der Fahrer hatte vom Verbrechen gehört, wollte aber Genaueres wissen.
»Es war ein Fehler, daß sie die Todesstrafe abgeschafft haben«, sagte er zum Schluß.

30

Schon nach vier Uhr wurde es dunkel. Ascher hatte sich im Gasthof ein Zimmer genommen und frische Socken und Seife beim Wirt gekauft.
Am Nachmittag hatte er wieder zurück wollen, er hatte jedoch niemanden gefunden, der ihn hätte fahren können, und es war zu rasch dunkel geworden, um zu Fuß zu gehen, daher hatte er sich entschlossen zu bleiben. Er hatte ein heißes Bad genommen und sich im Zimmer auf das Bett gelegt. Dabei war er eingeschlafen. Später hatte er die Balken geöffnet und auf die Straße hinausgeschaut. Durch den Ort patrouillierte gerade ein Gendarmeriefahrzeug, sonst

sah er niemanden. In vielen Häusern brannte kein Licht. Die Balken waren geschlossen, und die Menschen schienen in der Dunkelheit darauf zu warten, daß etwas geschehen würde. Es war knapp vor sieben Uhr.

»Jetzt kommt es ihnen erst zu Bewußtsein«, hatte der Wirt gesagt, als Ascher in den Gastraum gekommen war. Gerade hatten sich zwei Journalisten einquartiert, die Berichte in die Stadt telefonierten. Der Wirt hatte noch immer das Gewehr neben der Eingangstür liegen, und hinter der Theke hielt er, wie er Ascher zeigte, eine Pistole bereit. Er war froh, daß er sich mit ihm unterhalten konnte. Zuerst hörten sie im Radio einen Bericht, dann fuhr der Bürgermeister mit einem Lautsprecherwagen auf der Straße vorbei und forderte die Bevölkerung auf, die Häuser nicht zu verlassen. Er wiederholte, daß alle bewacht würden. Es bestünde kein Grund zur Panik. Nach dem Bericht im Radio schaltete der Wirt den Fernseher ein. Die Frau des Wirtes, die Ascher zum ersten Mal sah, war in einem weißen Mantel aus der Küche getreten und hörte wortlos zu. Es waren einige Fotografien von der Ortschaft, den Gendarmen und den Opfern zu sehen, und sie erfuhren, daß die Suche von der Gendarmerie ergebnislos abgebrochen worden war und daß man sich auf die Bewachung ›der Bedrohten‹ in der Ortschaft beschränkte. Am nächsten Tag würde die Suche fortgesetzt, auch die ›jugoslawischen Behörden‹ seien verständigt. Nach dem Ende des Berichts sagte der Wirt: »Sie haben den ganzen Wald durchkämmt. Es ist fast unmöglich, daß sie ihn nicht entdeckt haben. Entweder hat er sich erschossen oder er ist zurückgekommen und versteckt sich. Wer sagt, daß er sich im Wald verborgen hält? Vielleicht ist er zurückgekommen. Es gibt eine Menge Scheunen, Heustadel und aufgelassene Häuser.«

Eine Weile redete er mit den Journalisten, die inzwischen aus ihren Zimmern gekommen waren, über Verstecke. Sie hörten ihm zu und tranken dabei. Sonst war niemand im Gastraum. Die Journalisten fragten den Wirt nach allem

möglichen aus und nickten, warfen sich aber – wie Ascher bemerkte – ab und zu ein kurzes Lächeln zu. Vor allem wollten sie über Lüscher Bescheid wissen, der Wirt zuckte jedoch nur die Schultern und fragte: »Was soll ich Ihnen sagen?« Er wiederholte, daß Lüscher ›nichts Besonderes‹ gewesen sei. Andererseits sei er mit ihm nicht allzu gut bekannt gewesen, da Lüscher Gasthäuser gemieden habe. Hierauf begannen sie über Politik zu sprechen, nachdem einer der Journalisten den Wirt nach der Zusammensetzung des Gemeinderates gefragt hatte.
Ascher fiel auf, daß es ihnen in Wirklichkeit nicht um Auskünfte zu tun gewesen war. Sie langweilten sich. Wie Falschspieler stießen sie sich mit dem Fuß unter dem Tisch an oder schnitten Gesichter, wenn der Wirt gerade den anderen anschaute. »Wir haben immer wenig Sozialisten hier gehabt«, hatte der Wirt geantwortet. »Im Gemeinderat sind nie mehr als fünf von fünfzehn gesessen, auch bei den Landtagswahlen bekommen sie nicht viele Stimmen.« Im übrigen interessiere er sich nicht für die Politik. Er habe eine Fischzucht begonnen und führe das Gasthaus, das reiche ihm – »wie Sie sich denken können«, fügte er nach einer kleinen Pause hinzu. Er unterhielt sich gerne mit den Journalisten, wahrscheinlich redete er überhaupt gerne. Ascher ging kurz darauf in sein Zimmer.
Ab und zu fuhr ein beleuchtetes Auto auf der Straße vorbei, nirgendwo sah er ein Licht brennen. An der Dorfeinfahrt parkte ein Gendarmeriewagen, und zwei Gendarmen mit umgehängten Maschinenpistolen kamen langsam die Bundesstraße hinauf.

31

Als Ascher zum Frühstück den Gastraum betrat, waren die Balken geöffnet, das Gewehr lag nicht mehr neben der Tür, auch die Balken der übrigen Häuser waren geöffnet, und die

Menschen gingen ihrer Arbeit nach. Der Wirt kam hinter der Theke hervor und erklärte, daß in den Morgennachrichten gemeldet worden sei, man habe Lüscher in Jugoslawien gefaßt. Er wartete darauf, was Ascher sagen würde. Ascher hatte tief geschlafen und verspürte, wie immer in solchen Fällen, keine Lust auf ein Gespräch.
»Sie haben ihn schon gestern abend erwischt, aber sie haben sich Zeit gelassen«, sagte der Wirt. Er nahm ein Paket Zeitungen und legte sie vor Ascher auf den Tisch. Dann fragte er, was Ascher zum Frühstück wünsche. Er ging in die Küche und kam mit einer Schale Kaffee zurück, die er vor ihn hinstellte. Ascher hatte inzwischen die Zeitungen durchgeblättert, und der Wirt machte ihn auf ein Bild aufmerksam, auf dem er unter den Neugierigen zu sehen war. »Ich war bald, nachdem es geschehen ist, dort«, erläuterte er. Er fing wieder an, über Lüscher zu reden, wobei er zwischendurch fragte: »Ich darf doch Platz nehmen?« und sich setzte. Lüscher habe in Jugoslawien behauptet, führte er aus, er habe seine Opfer nur erschrecken wollen. Vor Aufregung habe er so stark gezittert, daß sich der Schuß gelöst habe, ohne daß er es beabsichtigt hätte. Außerdem sei er betrunken gewesen. Seine Frau aber, wandte der Wirt ein, hätte angegeben, daß er nur einen Schluck Most in der Früh getrunken habe, also lüge er. Natürlich versuche er, sich herauszureden.
Er sei für die Todesstrafe, obwohl er Lüscher kenne. »Wenn jemand so etwas macht, gehört er weg«, sagte er.
Nach dem Frühstück telefonierte Ascher mit seiner Frau, auch sie las ihm, was ihr wichtig erschien, aus der Zeitung vor. »Gibst du auf dich acht?« fragte sie. Ascher antwortete, es gehe ihm gut, sie brauche sich nicht um ihn zu sorgen.
Dann verabschiedete er sich und bezahlte beim Wirt das Gespräch.
Es war wieder ein sonniger, klarer Tag. Eine Frau ging mit einem Korb auf dem Kopf an ihm vorüber, darin lagen in braunes Papier eingewickelte Pakete. Langsam stieg er die

Treppen hinunter. In den Gehöften standen Menschen, es war wie sonst. Hinter dem Gasthaus sah er den Fischteich, graues Eis bedeckte ihn, darauf war der Schnee zu tausenden winzigen Inseln zusammengefroren, die das Eis wie Blumentupfen übersäten. Alles lag in einem hellen Licht. Ascher empfand Vergnügen, wenn er die kalte Winterluft einatmete, er spazierte ein Stück zwischen Äckern, auf denen der Schnee braun geworden war oder die Erde schwarz dalag. Am Ende des langen Ackers machte er kehrt und ging auf einer von Schneeflecken bedeckten Wiese in den Ort zurück. Er war nicht lange unterwegs gewesen, aber es hatte ihm wohl getan. An der Tankstelle unterhielt sich die Familie, die vor Lüscher geflohen war, mit einem Gendarmen. Der Mann war mittelgroß, hatte glattes, pomadisiertes, dunkles Haar und eine dicke Nase. In einer Hand hielt er die Handschuhe, die andere hatte er in den Mantelsack gesteckt. Ascher erkannte ihn aus der Zeitung. Das brachte ihn auf den Einfall, sich Lüschers Haus anzusehen.

Zuerst kam er am Reitklub vorbei.

Er wirkte gegenüber dem Vortag, an dem er voller Gendarmen gewesen war, verändert: Größer schien er und von einer würdevollen Ruhe. Er näherte sich dem Hof, jetzt waren die Balken geöffnet. Im Hof sah er die beiden Journalisten mit zwei Arbeitern vor einem der Wirtschaftsgebäude stehen, sie fragten sie aus und machten Notizen. In den Zweigen eines Baumes hatte sich ein Luftballon mit einer langen Schnur verfangen, er war schlaff, wahrscheinlich hing er schon lange dort. Ansonsten hatte Ascher den Eindruck von Ordnung. Er kam an den Journalisten vorbei und hörte einen Arbeiter sagen, daß er am Abend Gendarmerieschutz verlangt habe, weil er es nicht gewagt hätte, die Pferde allein zu versorgen. Er hätte befürchtet, Lüscher kehrte zurück, um sich auch an der Frau zu rächen, möglicherweise aber hätte er auch an ihm Rache nehmen können, obwohl er mit der Angelegenheit nichts zu tun gehabt hätte. »Die Geschäfte sind uns nichts angegangen«, sagte der andere.

Beide waren kräftig und jung, trugen Mützen und Arbeitsanzüge und machten einen widerborstigen Eindruck. Sie schienen unzufrieden mit der Polizei, der Dienststelle und verärgert auf Lüscher.
»In meinen Augen muß jemand verrückt sein, der so etwas macht«, sagte der erste. Ascher war stehen geblieben und hörte ihnen zu.
Auf die Frage eines Journalisten, wie gut sie Lüscher gekannt hätten, sagte der andere Arbeiter, Lüscher sei mit Herbst lange befreundet gewesen. Jeden Sonntag sei er auf ein Viertel Wein zu ihm gekommen. »Dabei hat er seinem Sohn immer einen Schilling geschenkt. Aber er hat nicht eingesehen, daß man im Leben auch Ungerechtigkeiten einstecken muß.«
Andererseits, ergänzte der andere Arbeiter, sei er ein fleißiger Landwirt gewesen, habe sich bei der Feuerwehr hervorgetan und sei fast nie in ein Wirtshaus gegangen. Wirtschaftliche Schwierigkeiten habe er keine gehabt. Auch zu Hause, was seine Familie betreffe, sei alles in Ordnung gewesen. Der Arbeiter hatte in einem aufsässigen Ton geantwortet, und auch der andere war immer unruhiger geworden, schließlich hatte er zu jedem Satz feindselig gelacht. Ein Auto parkte auf der Seite des Hauses, Hühner pickten in einem offenen Arbeitsgebäude, auch die Stalltür war geöffnet. Ascher trat näher und schaute hinein. Ein Dutzend brauner Pferde stand in Bretterkojen, die zur Mitte mit Eisenstangen abgesperrt waren. Stroh war auf den Boden geworfen, und ab und zu machte eines der Pferde eine unruhige Bewegung, die meisten drehten ihre Köpfe aber langsam zu ihm hin und musterten ihn mit großen Augen. Plötzlich erschien ein kleiner Mann in Gummistiefeln und blickte ihn an. Ascher tat, als habe er ihn nicht bemerkt, worauf ihn der Mann ansprach. Er hatte einen kleinen Kopf wie ein Kind und eine sich überschlagende Stimme. In einer Hand hielt er eine Bürste, vermutlich hatte er gerade die Pferde gestriegelt.

»Sind Sie von der Zeitung?« fragte er.
Als Ascher verneinte, machte er ein enttäuschtes Gesicht. Das Haar hing ihm in fettigen Strähnen in das Gesicht, seine Haut war aufgedunsen, die Augen glänzten wäßrig. Er hatte sichtlich noch nicht seinen letzten Rausch ausgeschlafen.
»Ach so, ich dachte, Sie seien von der Zeitung«, sagte er. Er fing an, ein Pferd zu striegeln und wartete ab. Dann sagte er, daß die Frau des getöteten Besitzers den Reitstall nicht weiterführen wolle. Ascher hatte den Eindruck, daß er trotz der Enttäuschung sprechen mußte. Er mußte die Neuigkeiten loswerden, so würde er damit wenigstens jemanden verblüffen können.
»Sie hat sich nie etwas daraus gemacht. Nun wird sie ihn völlig aufgeben«, setzte er fort. Auch die Äcker wolle sie verpachten. Er machte einen Schritt zur Lichtklappe und öffnete sie. »Sehen Sie selbst, es sind große Äcker. Alles von der Kirche weg bis zum Nachbarn gehört zum Besitz.« Für die hiesigen Verhältnisse sei Herbst vermögend gewesen. Er habe zu den größeren Bauern der Gemeinde gehört. Auch Egger habe viel besessen. »Jetzt haben sie aber nichts mehr davon«, sagte er. Er wollte nicht mehr weitersprechen, und als Ascher das nicht sofort begriffen hatte, drängte er ihn beim Striegeln des Pferdes zur Seite, als stünde er ihm im Weg.
Hinter dem Pferdestall folgte ein Kuhstall, der ebenfalls sauber und gepflegt war. Er war lang und dunstig. Neben dem Kuhstall waren zwei Futtersilos errichtet, in einem gedeckten Schuppen standen zwei Traktoren und verschiedene Zusatzgeräte. Das Wohngebäude schätzte Ascher auf ungefähr zehn Jahre, aber die Küche war ohne Ansprüche eingerichtet. Ascher hatte das auch schon bei anderen größeren Bauern gesehen: Zumeist spielte das Wohnen keine große Rolle. Auch die vermögenderen waren nicht sehr anspruchsvoll, was die Einrichtung betraf.
Die Journalisten waren inzwischen mit ihrer Arbeit fertig

geworden. Er traf sie hinter dem Kuhstall. Sie hatten die Absicht, als nächstes Lüschers Frau aufzusuchen, und so gingen sie gemeinsam an einer kleinen, weißen Kapelle vorbei zur Saggau hinunter.

32

Lüschers Hof bestand aus einem Wohngebäude, das halb von Nußbäumen verdeckt war, und zwei kleineren Wirtschaftsgebäuden, vermutlich einem Stall und einer Tenne. Der Stall war wie das Haus gelb gestrichen, in einem der Fenster stand ein vergessenes Fliegenglas. Lüschers Frau arbeitete mit seiner Mutter vor dem Haus, als die Journalisten sie ansprachen. Die Mutter war nicht sehr groß und stellte beim Gespräch einen Fuß nach vorne, um sich mit den Händen auf dem Oberschenkel abzustützen. Sie hatte lebhafte Augenbrauen, die sich mit jedem Wort bewegten, einmal zusammenzogen, dann hoben, dann wiederum senkten, als hätten sie sich verselbständigt. Aber ihre Bewegungen waren langsam und schwerfällig, und ihre Blicke waren sorgenvoll. Lüschers Frau hingegen war größer und kräftig, sie hatte dunkelblondes Haar und war wie die Mutter mit Schürze, Pullover und Kopftuch bekleidet. Ascher grüßte sie, und die Frauen grüßten zurück, während die Journalisten nun ihrerseits grüßten, einen Ausweis herzeigten und sich vorstellten. Die alte Frau sprach zuerst. Sie wich dem Blick der Journalisten nicht aus, sondern schien in ihren Gesichtern Gedanken lesen zu wollen, um sofort widersprechen zu können. Ihre Stimme zitterte, aber Ascher hatte den Eindruck, daß sie sagte, was sie dachte.
Immer hätten die anderen ihren Sohn ›hineingelegt‹. Ihrem Sohn sei es nicht um die dreitausend Schilling gegangen. »Er hat es einfach nicht ertragen können, übers Ohr gehaut zu werden, und um noch so einen kleinen Betrag erbittert gekämpft«, sagte sie. Die Journalisten schrieben stumm

mit, und als die Frau darauf aufmerksam wurde, wurde sie noch unsicherer. Seit Wochen habe er sich gegrämt, weil ›sie‹ immer mit ihm gemacht hätten, was sie wollten, fuhr sie fort. Lüscher habe zu seinem Sohn gesagt, bevor er die Gewehre an sich gebracht habe, er solle sich von seinen Kameraden nicht ausnützen lassen, sonst ginge es ihm wie ihm selbst.
Ein normaler Mensch, unterbrach sie jetzt Lüschers Frau, die bemerkte, daß sie, wenn sie geschickt war, ihrem Mann möglicherweise helfen konnte, könne doch nicht ›am hellichten Tag‹ Leute erschießen. Noch dazu, wo bei ihm zu Hause alles in Ordnung gewesen sei. »Ich kann mir nicht vorstellen«, sagte sie plötzlich, »daß er viel bekommt, weil doch die anderen mit schuld an der Sache sind. Ich könnte ununterbrochen weinen.« Als der Bürgermeister in der Früh mit der Nachricht gekommen sei, daß die Jugoslawen ihren Mann gefangen hätten und er sich ergeben habe, sei sie erleichtert gewesen, nun aber sehe sie erst, wieviel Schande und Elend auf sie warteten. Daraufhin begann auch die alte Frau zu weinen.
Hatte sich Lüschers Frau anfangs in das Weinen geflüchtet, wie es Ascher vorgekommen war, so weinte sie jetzt wirklich. Sie hatte sich nur einen kleinen Ruck geben müssen, um von dem, was sie nicht begriff, zu dem, was sie fühlte, zu kommen.
In einer Ecke des Hofes stand ein kleiner, eiserner Ofen im Schnee. Eine Schar Enten watschelte herum, Brotstücke lagen auf dem Boden. Ascher hatte keine Lust mehr, mit den Journalisten zusammenzubleiben. Zuerst wies sich einer von ihnen aus wie ein Polizist, dann stellten sie Fragen. Die Antworten schrieben sie auf. Einer der Journalisten war glatzköpfig, klein und beweglich, der andere hatte dunkles Haar, war dicklich und trug eine Hornbrille. Unterwegs hatte der Glatzköpfige zynische Bemerkungen gemacht, und der andere hatte dazu gelacht. Gestern habe er bei den Opfern und beim Täter nach Fotografien suchen müssen, er

sei dabei von einem Gendarmen beschimpft worden. Die Frau Lüschers habe ihm ein Bild ihres Mannes gegeben, und obwohl sie im Augenblick, als sie ihm das Bild gezeigt hätte, es wieder habe zurückziehen wollen, sei es ihm gelungen, sie umzustimmen. »Ich weiß, ich habe das Bild heute gesehen«, hatte der andere geantwortet. »Sicher werden Sie uns jetzt verachten«, hatte der erste Journalist plötzlich zu Ascher gesagt. Sie waren an einem Hof vorbeigekommen, in dem ein roter Feuerwehrwagen abgestellt gewesen war. »Einerseits wollen die Leute alles wissen, andererseits verachten sie uns«, hatte er wie zur Erklärung ausgeführt. »Wir müßten bis in jede Einzelheit genau berichten, wenn es nach den Leuten ginge.« Das ekelhafteste Detail sei für sie das interessanteste.

33

Zu Mittag plötzlich verbreitete sich die Nachricht, daß Lüscher von den Gendarmen in den Ort geführt würde. Ascher hatte gerade aufbrechen wollen. Es war noch Zeit genug, um zu Fuß zurückzugehen, aber er mußte sich beeilen, denn die Vorstellung, von der Nacht überrascht zu werden, bereitete ihm kein Vergnügen. Vielleicht würde ihn ein Wagen bis Wuggau mitnehmen, von dort würde er sehen, wie er nach Hause käme. Außerdem würde er noch einheizen müssen und vielleicht im Kaufhaus eine halbe Stunde sitzenbleiben. Er hatte im Gasthaus zu Mittag gegessen und war dann durch den Ort gegangen, als ihn einer der Männer, mit denen er am Vortag an einem Tisch gesessen war, ansprach.

»Kommen Sie«, hatte er gesagt, »Sie werden ihn zum Verhör in das Gemeindeamt bringen.«

Das Gemeindeamt lag am Eingang des Ortes vor dem Friedhof, dahinter stand ein kleines, hellgelbes Haus mit der Aufschrift: ›Tiefkühlanlage Oberhaag‹. Auf der anderen

Straßenseite befand sich der Neubau der Raiffeisenkasse. Als er ankam, hatten sich bereits Männer und Frauen in Arbeitskleidung versammelt, einige in schwarzen Kleidern und Mänteln mit Taschentüchern in der Hand. Auch Kinder sah er. Es war noch immer ein freundlicher, warmer Tag, der Ascher wieder an die Tage im März erinnerte, wenn der letzte Schnee getaut war und er auf den Frühling wartete. Einige Männer saßen auf Traktoren, andere blickten aus Fenstern oder über Zäune, und vor dem Gemeindeamt patrouillierten zwei Gendarmen. »Sehen Sie!« rief der Mann aus Freude, recht behalten zu haben. »Es wird nicht mehr lange dauern.« Der Bürgermeister war vor das Gemeindehaus getreten und sprach mit einem Greis, der den Hut abgenommen hatte und vor die Brust hielt. In diesem Augenblick entdeckte Ascher den Betriebsrat des Bergwerks. Nur wenige Schritte war er von ihm entfernt und lächelte, als er Ascher sah.

»Was sagen Sie«, begrüßte er ihn.

Er wartete kurz, während er noch seine Hand hielt, dann drehte er sich mit dem Gesicht zur Straße hin und schaute zur Dorfeinfahrt.

»Haben Sie ihn gekannt?« fragte Ascher.

»Wen? Lüscher? Sie reden, als ob er gestorben ist.« Tatsächlich hatte Ascher über ihn gedacht wie über jemanden, den es nicht mehr gibt. In dem Augenblick, als er die Tat begangen hatte, schien er in eine andere Form von Leben übergegangen zu sein, mit dem man nichts mehr zu tun hatte. »Wie *war* er?« hatten die Journalisten gefragt, als hätte er aufgehört zu existieren. Es war ein selbstverständlicher Mechanismus, der in Kraft trat. Sein Leben war mit dem Tod der drei Menschen, die er erschossen hatte, abgeschlossen. Es wäre, als würde er die anderen übervorteilen, wenn er jemals freikäme und sein altes Leben wieder aufzunehmen versuchte. Niemand mehr würde an seinem weiteren Schicksal beteiligt sein wollen. Natürlich würde man wissen, daß er im Gefängnis war, das würde aber so selbstverständlich werden, daß es keinen mehr berührte, dachte Ascher.

»Er ist ein Einzelgänger«, sagte der alte Mann. »Wenn es jemandem gleich gegangen ist wie ihm, hat er sich nicht darum gekümmert, denn die anderen hätten sich ohnedies nicht so an das Recht gehalten wie er. Die Welt war für ihn in Ordnung, nur in seinem Fall funktionierte etwas nicht. Er hat sie daher auch für sich wieder in Ordnung gebracht.« Er hatte seinen hölzernen Zigarettenspitz in den Mund gesteckt und angefangen zu rauchen.

»Nun sieht er, was passiert. Er wird es nicht begreifen.« Dann reckte er den Hals zur Dorfeinfahrt und sagte: »Dort bringen sie ihn.«

Ascher sah die grün lackierten Volkswagenbusse der Gendarmerie in den Ort fahren. Sie fuhren mit unveränderter Geschwindigkeit vor das Gemeindeamt und bremsten scharf. Die Türen wurden aufgerissen, und ein schmächtiger Mann in Arbeitskleidung mit einer hervorspringenden Nase und gescheitelten Haaren kletterte hastig aus dem Auto. Er trug Handschellen und wurde von mehreren Männern in Mänteln umgeben. Kaum war er ausgestiegen, hatte jemand »Aufhängen!« gerufen, und die schwarzgekleideten Frauen hatten aufgeschrien und geweint. Lüscher hatte ihnen einen irritierten Blick zugeworfen, dann war er im Gemeindeamt verschwunden.

Ascher konnte den Mann nicht in Zusammenhang mit den Toten bringen, er hatte auf ihn nur einen gehetzten und ungeschickten Eindruck gemacht. Etwas Umständliches war in seinen Bewegungen gewesen, und sein Gesicht hatte Mitleid gefordert. Die Frauen schluchzten, und Ascher erkannte auf einmal das hagere Gesicht des Pfarrers. Er stand mit einem blauen kurzkrempigen Hut und einem Übergangsmantel unter der Menge, eine Hand hielt er so, als trage er eine Aktentasche. Wie ein blasser Vogel sah er mit dem hochgereckten Kinn aus. Als ihn jemand ansprach, machte er kehrt und schüttelte einer weinenden Frau die Hand.

Währenddessen führte einer der Gendarmen Lüschers Mutter und seine Frau in das Gemeindeamt. Die Frau verbarg ihr Gesicht in den Händen, als sie die Treppen hinaufstieg, aber es machte eher den Eindruck, daß sie die anderen Menschen nicht sehen wollte, als daß sie ihr eigenes Gesicht verdeckte.
Der alte Mann deutete mit dem Zigarettenspitz auf das Gemeindehaus und sagte: »Kommen Sie.«

34

Sie waren in das Gasthaus, das schräg gegenüber lag, gegangen, und der Betriebsrat hatte sich mit ihm an die Theke gestellt und ein Glas Bier getrunken.
»Am meisten habe ich als Kind unter der Menschenverachtung hier gelitten, weniger, wie ich verachtet worden bin, als mein Vater ...«, begann er. Er machte eine Pause, in der er einen langen Schluck Bier trank. »Wir konnten es nicht ändern. So haben wir begonnen, auch uns selber und alle, denen es gleich gegangen ist, zu verachten. Diese Verachtung ist geblieben, bei vielen noch. Früher hat der Bauer den Knechten und Mägden den Dachboden oder den Stall zum Schlafen zugewiesen, einer Landarbeiterfamilie das Winzerhaus. Sehen Sie sich doch an, wo die Häuser liegen: Sie liegen auf den schrägsten Hängen. Hatte ein Winzer einen Grund, so war es mit Sicherheit der schlechteste. Noch heute plagen sich Kleinbauern auf winzigen, steilen Grundstücken ab, noch heute dienen ihnen die größeren Bauern als Vorbild. Für die Bauern waren die Landarbeiter immer die Dummen. Sie haben sich über ihre Dummheit lustig gemacht, in Wirklichkeit war es ihnen nur recht, daß sie dumm waren. Haben sie sie zur Arbeit gebraucht, durften sie nicht in die Schule gehen, waren sie zwölf oder vierzehn Jahre, mußten sie voll mithelfen. Natürlich hat es bessere Bauern gegeben und schlechtere, na-

türlich wurden sie verschieden behandelt, aber im Grunde war es dasselbe. Die Landarbeiter sind immer verachtet worden. Waren sie betrunken, hat man sie verachtet, während ein betrunkener Bauer etwas Lustiges war. Ein Knecht durfte einem Bauern nicht ungefragt einen Ratschlag geben, während die Knechte ununterbrochen Anweisungen hinnehmen mußten. Auch Lüscher hat das noch kennengelernt. Das Recht war für ihn das Höchste. Schon in der Schule haben sie ihm beigebracht, daß das Recht stärker ist als er. Indem er sich aber hinter das Recht gestellt hat, konnte ihm nichts passieren, dachte er. Ich habe mich oft genug gefragt, was die Menschen hier am gefügigsten gemacht hat, ich denke, es waren die kleinen Besitzungen. Schon der kleinste Landstreifen, den sie einem Weinzierl gegeben haben, hat ihn verändert. Sie haben kaum einen Keuschler gesehen, der nicht verbissen an seinem Grund gehangen ist, kaum einen, der nicht blind durch ein Stück Land geworden ist. Erst jetzt, wo sie in den Städten und Betrieben arbeiten, beginnen sie zu sehen.« Er hatte das Glas ausgetrunken und schüttelte Aschers Hand. Dann trat er durch die Preßglastür ins Freie, und Ascher sah ihn zwischen den Menschen verschwinden.

35

Da es zu spät geworden war, um noch vor Einbruch der Dunkelheit zurückzukehren, richtete sich Ascher darauf ein, nochmals im Dorf zu übernachten, aber nachdem der Betriebsrat sich von ihm verabschiedet hatte, traf er den Gendarmen, den er bei der Hochzeit von Hofmeisters Sohn kennengelernt und der ihn in das Haus des erschossenen Herbst gelassen hatte. Man habe Lüscher gerade weggebracht, in ein paar Tagen würde man zum Lokalaugenschein zurückkommen, sagte der Gendarm im Gasthaus. Er trug seine Uniform und war übermüdet, er hatte die vergangene

Nacht kaum geschlafen, da er vor Lüschers Hof Wache gehalten habe, sagte er, falls er versucht hätte, sich zu Hause zu verstecken. Die Uniformmütze hatte er umgedreht auf den Tisch gelegt, mit einer Hand stützte er den Kopf auf. Er trank nichts, sondern rauchte nur eine Zigarette und wollte eine kurze Pause machen, bevor er heimfuhr. »Wenn Sie wollen, nehme ich Sie mit«, hatte er Ascher angesprochen. Dann war er plötzlich aufgestanden und vor Ascher zu seinem Wagen gegangen. Er war ein veralteter grüner Simca, auf dessen Vordersitz ein Sack mit Sojamehl lag. Der Gendarm ließ sich ächzend in das Auto fallen und warf den Sack auf den Rücksitz, bevor er die Tür für Ascher öffnete. Das erste Stück, das sie gefahren waren, hatten sie nichts gesprochen. Der Gendarm hatte starr durch die Scheibe auf die Straße geschaut und geschwiegen. Dann aber hatte er von Lüscher zu erzählen begonnen. »Wissen Sie, es war alles sehr unangenehm«, hatte er gesagt. »Ich habe kein Mitleid empfunden, aber ich wäre der Sache lieber ausgewichen, schließlich habe ich ihn gekannt.« Er schaute in den Rückspiegel, hielt an, ließ einen anderen Wagen passieren und bog nach Wuggau ab. Lüscher habe abgestritten, daß er seine Opfer vorsätzlich erschossen habe, begann er aufs neue. Draußen war es noch immer hell, und im Norden wurde plötzlich die Sicht frei auf hohe beschneite Berge, die unnatürlich gelb beleuchtet und deren Spitzen von weißen Wolken umgeben waren – die übrige Landschaft lag in einem diesigen Nachmittagslicht. Der Gendarm hatte sich wieder eine Zigarette angezündet und das kleine Kippfenster neben dem Lenkrad aufgeschoben, so daß sie ein brausendes Luftgeräusch hörten. Er habe gesagt, fuhr der Gendarm fort, daß er die Tat bereue, aber er könne sie nicht mehr ungeschehen machen. Dann sei er vom Oberstleutnant – der Gendarm nannte seinen Namen – verhört worden. Der Oberstleutnant sei ein selbstsicherer, ruhiger Mann, der – im Gegensatz zu den übrigen Gendarmen – Lüscher nie zuvor gesehen habe. Schon nachdem man Lü-

scher vorgeführt habe, habe man das Gefühl gehabt, er würde keinen Widerstand leisten. Der Oberstleutnant sei geschickt gewesen, habe mit Kopfnicken sein Vertrauen gewonnen und zumeist vorgegeben, als verstünde er ihn. Dann habe er überraschend Fragen gestellt, die ihn in die Enge getrieben hätten. Seine Antworten hätte er wieder mit Kopfnicken oder fragendem Kopfwiegen begleitet, wodurch Lüscher jedesmal gewußt habe, wie seine Darstellungen aufgenommen wurden, das hätte ihm das Sprechen erleichtert. Er hielt vor dem Gasthaus in Wuggau an und fragte Ascher, ob er einen Augenblick warte, er wolle nur eine Kiste Bier holen. Ascher nickte, und der Gendarm stieg aus. Im Sägewerk am Ufer der Saggau wurde gearbeitet, und Ascher konnte sehen, wie sie die Baumstämme mit einem kleinen Kran in die Halle hoben, in die Sägemaschine einspannten und dann durch die Gattersäge laufen ließen. Der Baumstamm fuhr, in Bretter geschnitten, auf der anderen Seite wieder heraus und wurde von zwei Arbeitern auf Stapel geschichtet. Nach einer Weile kam der Gendarm mit einer Kiste Bier, stellte sie in den Kofferraum und setzte sich zu Ascher.
»Überall fragen sie nach Lüscher«, sagte er, als er den Wagen startete. Er drehte um, wobei er angestrengt durch das rückwärtige Fenster schaute. Ascher sagte, der Weg sei frei.
»Danke, ich sehe schon«, antwortete der Gendarm und setzte sich gerade. Die Strecke führte nun steil bergauf.
»Der Oberstleutnant war wirklich sehr geschickt«, sagte der Gendarm. Er lächelte, als ob er mit sich selbst sprach und alles an seinem inneren Auge vorbeiziehen ließ. Als Lüscher beteuert habe, daß er seine Tat nicht vorsätzlich begangen habe, habe ihn der Oberstleutnant gefragt, ob er das Gewehr zwar angelegt habe, dieses jedoch von selbst losgegangen sei. Lüscher habe geantwortet, er habe so gezittert. Daraufhin habe ihn der Oberstleutnant gefragt, ob das dreimal der Fall gewesen sei, und Lüscher habe ent-

gegnet, er habe nicht mehr gewußt, was er tue. Das habe der Oberstleutnant zu Protokoll nehmen lassen.
An einem Zaun standen zwei Männer und unterhielten sich, sie brachen das Gespräch ab, als sie den Gendarmen erkannten und grüßten ihn mit einer Handbewegung. Auch der Gendarm hob die Hand. Andererseits, sagte der Gendarm, sei es äußerst schwierig gewesen, mit Lüscher zu sprechen. Er warf einen Blick auf seine Armbanduhr. Er sei so aufgeregt gewesen, zum Teil sei er ganz außer sich gewesen. Mehrmals habe er mit beiden Händen heftig gestikuliert und seine Opfer als Lumpen bezeichnet, worauf ihn der Oberstleutnant habe rügen müssen. Lüscher jedoch habe die Rüge übergangen und angefangen zu erklären, daß er hineingelegt worden sei. Er habe nur immer geschuftet und gezahlt, aber die anderen hätten kassiert und ihn auch noch dafür ausgelacht. Daraufhin habe ihn der Oberstleutnant gefragt, wo man denn hinkäme, wenn es ein paar Tausender rechtfertigen würden, Menschen umzubringen, Lüscher habe hierauf zurückgefragt, ab wieviel Tausendern man das rechtfertigen könne. »Mich interessiert nur, wie alles vor sich gegangen ist«, habe ihm der Oberstleutnant geantwortet. Er hätte gewartet, bis Lüscher sich beruhigt habe und sich dann dem Tathergang, wie es der Gendarm nannte, zugewendet. Sie waren jetzt auf dem ersten größeren, bewaldeten Hügel angekommen, und die Straße führte eine Zeitlang auf der Kuppe entlang. Unter ihnen lagen die kleinen Hügel mit Häusern, aus deren Kaminen Rauch aufstieg.
»Das Wetter wird schön bleiben«, sagte der Gendarm.
»Ja, es ist wie im Frühling«, antwortete Ascher.
»Nur, daß es früher dunkel wird«, wandte der Gendarm ein. Die Wolken verfärbten sich in der Dämmerung.
»Ich habe den Eindruck«, sagte der Gendarm, »daß Lüscher sich auf der Flucht zurechtgelegt hat, er habe alles vergessen.« Er habe angegeben, erst von einem jugoslawischen Major erfahren zu haben, daß er drei Menschen getötet

habe. Wegen einem »Scheu« wisse er nichts mehr davon. Unter »Scheu« habe Lüscher, wie er dem Oberstleutnant mitgeteilt habe, eine »Todesangst« verstanden, »die ihm den Schweiß ins Gesicht getrieben« und ihn »weglaufen lassen habe«. Schließlich habe er folgendes als Erinnerung zugegeben: Als er Egger im Weinkeller überrascht habe, sei Lüscher im Laufschritt auf ihn zugekommen. Auf einmal habe es einen Knall gegeben und er sei tot umgefallen, worauf Lüscher habe weg wollen. Aber da sei ihm seine Frau entgegengekommen und habe ihn »Kanaille« geschimpft, da habe er mit der Waffe auf sie hingestoßen. Da habe es wieder einen Knall gegeben, und die Frau sei umgefallen – für Lüscher sei alles aus gewesen, weil er zwei Leute getötet habe. An dieser Stelle habe ihn der Oberstleutnant gefragt, wieso er, wenn er die zwei Toten gesehen habe, noch zu Herbst gegangen sei. Er habe nicht mehr gewußt, was er tue, habe Lüscher geantwortet.
»Trotzdem haben Sie ein drittes Mal geladen«, hätte ihn der Oberstleutnant erinnert, daraufhin hätte Lüscher seine Antwort wiederholt. Eine Zeitlang hätte niemand gesprochen, dann habe Lüscher fortgesetzt, wegen dem »Scheu« habe er es nicht mehr gewußt. Der Oberstleutnant habe nachgedacht und ihn daraufhin gefragt, ob er schon früher Angstzustände gehabt habe, und Lüscher habe zur Antwort gegeben: »Ja, das ist schrecklich, ›der Scheu‹, der geht hinein in die Knochen.« Auch damals – damit habe Lüscher den erst einen Tag zurückliegenden Tathergang gemeint – sei »der Scheu« in allen Gliedern, in den Händen gewesen. Er habe eine Todesangst gehabt. Warum, habe der Oberstleutnant wissen wollen, jedoch habe Lüscher keine Erklärung dafür gewußt. Statt dessen sei er auf die Vereinskasse des Reitklubs zurückgekommen und habe angegeben, daß seine Partner die Verträge nicht hätten herausrücken wollen, aber er habe gewußt, daß ein Vertrag vorhanden gewesen sei, und er habe sich gedacht, er wolle seine Partner nur erschrecken, dann müßten sie mit dem Vertrag heraus.

Der Oberstleutnant sei nicht darauf eingegangen, sondern habe ihn gefragt, wie die Sache mit Herbst vor sich gegangen sei. Er habe mit dem Lauf der Waffe seine Tür aufgestoßen, ihn sitzen und plötzlich liegen sehen, habe sich Lüscher verantwortet.

Das habe dem Oberstleutnant vorläufig genügt. »Ihre Aussagen sind zwar widersprüchlich, aber es wird reichen«, habe er gesagt. »Einerseits geben Sie dauernd an, sich nicht erinnern zu können, andererseits schildern Sie uns, wie es sich abgespielt hat.« Aber das gehe ihn vorläufig nichts mehr an. Zum Schluß habe er noch wissen wollen, weshalb er geflüchtet sei und zur Antwort bekommen, daß Lüscher es nicht mehr wisse, er habe »die Augen voller Wasser« gehabt. »Ich bin nach Jugoslawien, weil der Kommunismus ist mir lieber als das Gefängnis«, habe er nach einer Weile gesagt. Er habe das Protokoll unterschrieben, nachdem man ihm versprochen habe, er dürfe dann seine Frau und seine Mutter sehen. Gleich darauf seien diese zu ihm gelassen worden. Lüscher habe um den Sonntagsanzug gebeten, den er für die Gerichtsverhandlung brauchen würde. Als zweites habe er seine Frau gebeten, sich von ihm scheiden zu lassen, damit die Hälfte des Hofes für die Ansprüche der Familien der Opfer nicht herangezogen werden könne. Nach dieser Bitte hätten alle geweint, am meisten Lüscher selbst, aber er habe keinen Widerspruch geduldet, so daß seine Frau eingewilligt habe. Zum Schluß habe er ihr verboten, mit den Kindern über ihn zu sprechen. Sie sollten nicht auch noch durch ihre Mutter an ihn erinnert werden. »Er war sehr gefaßt, als die Frauen gegangen sind, und hat gefragt, wo man ihn nun hinbringen würde, er sei müde«, sagte der Gendarm. Er hielt an, denn am Straßenrand ging ein älterer Mann, den er kannte und zusteigen ließ. Sie fuhren gleich weiter, rechts unter ihnen lag der Wald, auf den Hügelkämmen zur linken Seite standen die Häuser.

»Ihr habt Lüscher gefaßt?« fragte der alte Mann nach einer Pause.

»Ja.«
»Das ist gut. Die Nacht war sehr unangenehm. Wir dachten, er könnte versuchen, sich bei uns zu verstecken.«
Sie fuhren sanft bergauf. Hinter einer Kurve kam ihnen ein Wagen entgegen, so daß sie an den Rand fahren und anhalten mußten. Der andere Wagen fuhr langsam vorbei. In diesem Augenblick verspürte Ascher den Wunsch zu bleiben. Er würde sich vor dem Kaufhaus absetzen lassen und seine Frau anrufen.
»Und wer ist der Herr?« fragte der Alte.
»Ein Doktor«, sagte der Gendarm.
»Ah, ein Doktor«, wiederholte der Alte.
»Hören Sie, wir hatten einmal einen Doktor hier, ich kann mich noch an ihn erinnern, der war über siebzig Jahre alt und hat Pfirsiche gezüchtet. Aber dann ist er in die Stadt zurückgekehrt.«
Der Wagen fuhr rüttelnd die unasphaltierte Straße zum Kaufhaus weiter, und Ascher legte sich in Gedanken zurecht, was er seiner Frau am Telefon sagen würde.

Gerhard Roth

Die Archive des Schweigens

Band 1: *Im tiefen Österreich*
Bildtextband. 212 Seiten mit 65 vierfarbigen und 125 schwarz-weiß Abbildungen. Leinen und als Band 11401

Band 2: *Der Stille Ozean*
Roman. 247 Seiten. Leinen und als Band 11402

Band 3: *Landläufiger Tod*
Roman. Illustriert von Günter Brus
795 Seiten. Leinen und als Band 11403

Band 4: *Am Abgrund*
Roman. 174 Seiten. Leinen und als Band 11404

Band 5: *Der Untersuchungsrichter*
Die Geschichte eines Entwurfs
Roman. 172 Seiten. Leinen und als Band 11405

Band 6: *Die Geschichte der Dunkelheit*
Ein Bericht. 159 Seiten. Leinen und als Band 11406

Band 7: *Eine Reise in das Innere von Wien*
Essays. 288 Seiten mit 20seitigem Bildteil. Leinen und als Band 11407

S. Fischer

fi 131 /13

Gerhard Roth

autobiographie des albert einstein
Kurzromane. Band 5070

Circus Saluti
Erzählung. Collection S. Fischer. Band 2321

Der große Horizont
Roman. Band 2082

Dorfchronik zum »Landläufigen Tod«
Collection S. Fischer. Band 2340

Lichtenberg/Sehnsucht/Dämmerung
Stücke. Band 7068

Ein neuer Morgen
Roman. Band 2107

Die schönen Bilder beim Trabrennen
Band 5400

Winterreise
Roman. Band 12421

Uwe Wittstock (Hg.)
Materialien zu ›Die Archive des Schweigens‹
Band 11274

Fischer Taschenbuch Verlag

fi 130 / 6

Gerhard Roth

Der See

Roman

240 Seiten. Leinen

Paul Eck ist Vertreter für pharmazeutische Produkte. Überraschend erhält er einen Brief von seinem Vater, den er seit der Scheidung seiner Eltern nicht gesehen, den er nie wirklich kennengelernt hat. Der Vater lädt ihn ein zu einem Besuch am Neusiedler See. Trotz großer Vorbehalte macht sich der Sohn auf die Reise. Doch am Tag seines Eintreffens verschwindet der Vater spurlos, bevor die beiden sich begegnen. Es wird ein Bootsunfall auf dem See vermutet, dessen eigentümliche meterologische und geographische Gegebenheiten berüchtigt sind. Der Sohn spürt seinem Vater nach und versucht, ihn – oder wenigstens seinen Leichnam – ausfindig zu machen. Er muß erkennen, daß sein Vater in allerlei dunkle Geschäfte und windige Vorhaben rund um den See verstrickt war. Bei den Anwohnern des Sees macht der Sohn sich mit den falschen Fragen zum falschen Zeitpunkt rasch unbeliebt, seine Suche wird keineswegs unterstützt, sondern nachdrücklich behindert. Gerhard Roths handlungsreicher und suggestiv erzählter Roman nimmt Elemente der klassischen Detektivgeschichte auf.

Gerhard Roth

Das doppelköpfige Österreich

Essays, Polemiken, Interviews

Herausgegeben von
Kristina Pfoser-Schewig

Band 12914

Gerhard Roth genießt einen nahezu legendären Ruf als engagierter Essayist, der unermüdlich gegen Mißstände in Österreich polemisiert. Dieser Band versammelt Beiträge der letzten 10 Jahre, die Roth in überregionalen Zeitungen publiziert hat. Seine Artikel sind Aufschreie gegen Antisemitismus und Fremdenparanoia in Österreich. Mit analytischer Wahrhaftigkeit spürt Roth die Ursachen für Verdrängung und Kleingeistigkeit auf und erkundet Wesen und Mentalität der österreichischen Republik.

Fischer Taschenbuch Verlag

fi 2102 / 2